コクと深みの名推理①

名探偵のコーヒーのいれ方

クレオ・コイル
小川敏子 訳

ランダムハウス講談社

ON WHAT GROUNDS

by

Cleo Coyle

This edition published by arrangement with
The Berkley Publishing Group,
a member of Penguin Group (USA) Inc., New York
through Tuttle-Mori Agency, Inc.,Tokyo.

挿画／藤本 将
本文デザイン／川村哲司（atmosphere ltd.）

名探偵のコーヒーのいれ方

謝辞

著者とともに精魂こめて本書をつくってくださった飛び切り優秀な担当編集者マーサ・ブシコ、比類無きエージェントであるジョン・タルボットに心よりの感謝を捧げる。

「わたしは自分の人生をコーヒースプーンで測ってきた」

T．S．エリオット

『J．アルフレッド・プルーフロックの恋歌』より

登場人物

クレア・コージー……………ビレッジブレンドのマネジャー
ジャヴァ………………………クレアの愛猫
ジョイ…………………………クレアの娘
マテオ・アレグロ……………ビレッジブレンドのバイヤー。クレアの元夫
マダム…………………………同店の経営者。本名ブランシュ・ドレフュス・アレグロ・デュボワ。マテオの母
モファット・フラステ………同店の前マネジャー
エスター・ベスト……………同店のバリスタ。アナベルのルームメイト
マックスウェル………………同店のバリスタ
タッカー・バートン…………同店のバリスタ。ゲイ
アナベル・ハート……………同店のアシスタント・マネジャー。ダンサー
ペトラ
ヴィタ
マギー
シーラ
コートニー……アナベルと同じダンススタジオに通う生徒
ダーラ・ブランチ・ハート…アナベルの継母
クィン警部補…………………六分署の捜査官。本名マイケル・ライアン・フランシス。愛称マイク
ラングレー
デミトリオス……六分署の捜査官
エドゥアルド・ルブロー……事業家
リチャード・ギブソン・インストラム・ジュニア…アナベルの恋人
リチャード・ギブソン・インストラム・シニア……ジュニアの父親
ゲイリー・マクタビッシュ…セントビンセンツ・ホスピタルのガン専門医
ジョン・フー…………………同病院の研修医

プロローグ

彼女はダンサー。若くほっそりとした、かわいい娘。けれど、群を抜いているというわけではない。価値のない存在。

ハドソン通りの角に立ってじっと目を凝らす。背の高いフレンチドアのむこうで彼女が艶やかな木の床を掃き、モップをかけるところを。大理石のテーブル、銀色に光るエスプレッソマシンを拭くところを。

すでに夜更け。コーヒーハウスは閉まっていたが、店の縦長の透明な窓のむこうでは明かりが煌々と輝いている。少し先の暗く冷たい川からうっすらと流れてくる霧を、その強い光が溶かした。

店から洩れる光に吸い寄せられるように、ためらいがちな足どりで歩道の縁石をおりて無人の通りに立つ。灰色の石畳を、もやの塊がつぎつぎにわたっていく。波が打ち寄せるように。その神秘的な流れに包まれると、黄泉の国へとむかう船の乗客になったみたいだ。

通りをわたり切って歩道にあがる。幅の広い歩道にはゴミひとつない。頭上ではガス灯を模した街灯がジジジと音をたてて火花を散らしていた。

ああ、これはぴったりだ。なんてみっともない街灯だろう。外見はもっともらしいが、中身はまがい物。安い電球で細工したわざとらしい炎のまたたきは、イミテーション。本物とは似ても似つかない。

そう、まさにアナベルそのもの。

価値のない存在。

四階建ての赤煉瓦造りのタウンハウスの一画を占めるコーヒーハウスも同じだ。歴史のあるこの一帯には、似たような店がいくらでもあるにちがいない。

ありふれた店、価値のない存在だ。

正面のアーチ型の窓の下には錬鉄製のアンティークのベンチが置かれ、歩道にボルトで固定されている。腰をおろすと、ベンチは冷たく硬かった。

呼吸があやしくなる。さきほどまで無意識にしていたはずの呼吸が、いまや意識しなければできなくなった。

吸って、吐く。

吐いて、吸う。

一回ごとに数を数えながら、丁寧に呼吸した。吸って吐く、吸って吐く。ようやく立ちあがり、ふたたび足を踏み出した。

ビレッジブレンドのドアがそびえ立つように迎える。樫の木のドアにはカットガラスがはめこまれている。なかからは規則正しいリズムを刻む音楽が洩れてきた。そしてコーヒー豆を焙煎するときの芳醇な香り。

指の関節を打ちつけてノックした。一回。二回。

店のなかにいたアナベルがくるりとターンした。いかにもダンサーらしい身のこなしだ。ポニーテールにしたブロンドの長い髪がほっそりした首に沿って揺れた。卵形の顔に青い瞳。その瞳を大きく見ひらき、つんととがった鼻にしわを寄せ、美しい弧を描く眉をひそめた。なめらかな額に、似つかわしくないしわが徐々に刻まれていった。

彼女が年老いたら、きっとこんな顔になるにちがいない。しなびて、しわくちゃで、くたくたになった姿——。

なに、じきにそうなる。

ガラスのむこうの人影に気づいたアナベルの顔に、驚きの表情が浮かぶ。あきらかに、かすかな不信の色。だが危険を察知したわけではない。パニックに襲われてもいない。

そう、その調子。

アナベルはゆっくりとした歩調で板張りの床を進んだ。錠をガチャガチャとまわすのもゆっくりとした動作である。ついに、ドアのカットガラスがきしむ音がし、全身に力が入る。こみあげてくる苦いものをごくりと飲みこむ。

彼女は自分から誘いこんだのだ。

自ら招き寄せたのだ。

その思いをこの数日間、何度くりかえしたことだろう。呼吸するごとに、波のように打ち寄せた。執拗に迫るその思いはやがて流れとなって、感傷や良心の呵責、いつか後悔することになるという警告のささやきの最後のひとかけらまで流し去った。

「あら?」アナベルがいった。けげんそうな表情。「いまごろ、どうしたの?」

彼女は自分から誘いこんだのだ。

自ら招き寄せたのだ。

「なかに入る?」

うなずいて、笑顔をつくった。アナベルはドアをさらにひらいた。リズムを刻む音楽の音が大きくなる。店内に足を踏み入れた。さあ、行くしかないのだと自分にいいきかせながら——迷いが断ち切られた瞬間だった。

1

完璧にいれた一杯のコーヒーは神秘に満ちている。

わたしのお得意さまの多くは、コーヒーをいれるプロセスをある種の錬金術のように感じているらしい。自分の家で再現するのはとうてい無理なものだと。

アラビカ種ではなくロブスタ種のコーヒー豆を使う場合、焙煎の時間が長すぎてもいけない。短すぎてもいけない。フィルターに通す湯の温度が高すぎても、低すぎてもいけない。豆の挽き方も、細かすぎてもダメ、粗すぎてもダメ。いれてから時間が経ちすぎてもダメなのだ。こうしたマイナス要素の一つひとつが、コーヒーの味わいを左右する。

完璧なコーヒーをいれたいのなら、手を抜いてはならない。最高のものをいれるのだと自分をいましめ、妥協しない頑固さが必要なのだ。

一九〇二年のコーヒー年鑑にはこう書かれている。『まずいコーヒーは町でもっとも忌み嫌われる。うまいコーヒーは町でもっとも褒め称えられる』

ただし、完璧な一杯のコーヒーとの出会いにはリスクがつきもの。さがし求めた末に完璧なコーヒーに出会ったとする。そして完璧なコーヒーを飲むことにはまる。それはじつにあやうい事態だ。なぜなら、完璧なコーヒーを飲むことがかなわない朝が来ないとも限らないから。そういうときには――ここは前夫の言い草を拝借しよう。

“ズタボロで立ちなおれない”

あの朝、まさにわたしはそんな状態にあった。横たわっているアナベルを発見したあの朝。

渋滞にとっつかまって、十年もののホンダの運転席に押しこめられていた。かれこれ、そう、三ヵ月が経ったかと思うくらい。午前六時に飲むつもりだったエスプレッソは夢と消えていた。高速道路のサービスエリアで提供しているコーヒーときたら、独自のバラエティあふれるものばかり――水同然の薄いものから、焦げた苦味だけのものまで。おかげで、わたしはカフェインをビジュアル化するという禅僧顔負けの修行を極めるようになった。

ニュージャージーからリンカーントンネルを通過してマンハッタンのミッドタウンに入る。運転しながら、フロントガラスのあたりにビレッジブレンドのカップがふわふわと浮かぶのが見えてしまう。そこに満たされているのは素朴で芳醇な熱い液体。ほっと満ち足りた豊かな気分をもたらしてくれる飲み物。真珠色の湯気が渦を巻いて立ちのぼり、雲となって——。

「おっとっと!」

いきなりタクシーが車線変更して割りこんできた。客をひろうつもりだ。わたしはブレーキペダルを思い切り踏みこみ、タクシーの助手席側のドアにバンパーが接触する寸前で急停車した。あやうくタクシーのドアに激突して、おでこにコイン大の入れ墨を入れてしまうところだった。

クラクションを鳴らしてやった。ターバンを巻いたタクシーの運転手が悪態をつく。ブルックスブラザーズのスーツの男が、わがもの顔で黄色い車体に乗りこむ。バタンとドアが閉まるのを合図に、タクシーもわたしもふたたび走り出す。そのまま半区画進んだところで——また渋滞だ。

「最高だわ。ほんっとサイコー」

忌まわしいその瞬間、現実世界はわたしから完璧なコーヒーをもぎ取っていった。冒険家シャクルトンが氷山に行く手をさえぎられながらも前進を続けようとしたときと同じ心境。

495号は氷山とちがって、少なくとも動いていいた。それにしても、ミッドタウンとウエストビレッジを結ぶこの道路は駐車場なのか? やり場のない怒りがこみあげてくる。肌寒い木曜日の空気は、おあつらえむきの絶望的な雰囲気をかもし出している。早朝の雲は重く沈んだ色。通勤の人々はのっぽのオフィスビルや販売店にむかってせわしなく足を運んでいた。どんよりした九月の空がいよいよ持ちこたえられなくなる前に。

〝やれやれ。ここまで来ればひと安心〟

昨夜はニュージャージーの自宅で過ごす文字通り最後の晩だった。スリーベッドルームの農家風平屋、芝生の前庭、裏庭つきの郊外のわが家は売り出してからわずか数週間で買い手がつき、わたしが引き払うのと入れ違いに、アッパーウエストサイドに住む若夫婦の引っ越し荷物を積んだトラックがやって来ることになっていた。

持っていた〈イケア〉の家具のうち使用に耐えうるもの（スタイルはばらばらだが）のほとんどは慈善活動に寄付してしまった。ついでに八〇年代に買った肩パット入りの服の残党も。残っている持ち物の大部分は倉庫にあるか、すでにマンハッタンに運んでしまっている。

今朝、最後に残った物を荷造りし愛猫ジャヴァを抱えると、ふり返ることなく出てきた。

そのジャヴァは〈ペットラブ〉のピンク色のキャット・キャリーのなかにいる。われ関せずといった風情ですわり、コーヒー豆と同じ色の前足をなめている。飼い主のストレスが頂点に達しようとしているなんてことには、まるで関心がなさそうである。

「まあ、いいでしょう。少なくともわたしたちのうちいっぽうは快適な状態で移動しているってことで」

　ようやくお目当てのビレッジブレンド・コーヒーハウス——と、その上階の住居——が目と鼻の先に迫ってきた。かろうじて駐車できるスペースをハドソン川のすぐそばに見つけ、車を滑りこませた。〝神さまありがとう。ようやく運がむいてきた！　たとえ車に限ったことでも〟（消火栓のそばだけど、しかたない。くっつけて停めるわけではないのだから。それに長く駐車しておくつもりはない。荷物を降ろしたら近所のガレージに移動させよう。ひと月借りる契約は済ませてある）

　ジャヴァを入れたキャリーを持ちあげ、赤煉瓦造りのコーヒーハウスをめざした。正面の入り口はわざと素っ気ない造りにしてある。そこから入ろうとしたのは、すぐにアナベルと顔を合わせられるから。

　この時間帯はお客さんで立てこんでいるはず。でもアナベルはすぐにハウスブレンドの極上の一杯をいれてくれるだろう。そのあとで荷降ろしにかかろう。

　けれど正面の高さ三メートル半ほどもあるアーチ型の窓にちかづくにつれて、おかしなことに気づいた。なかの明かりはついているのに、店は空っぽだった。

　空っぽ。

　お客さんがいない。

　ひとりも。

〝あり得ない〟

前任のマネジャーはどうしようもない人物だったが（じっさい、半年のあいだに彼はお得意さまをほぼ半分にまで減らしてしまった）、それでもビレッジブレンドの朝はたくさんのお客さんでにぎわうのがあたりまえだった。

ドアをあけようとした。カギがかかっている。窓には『準備中』の札。

〝いったいなにがどうなっているの？〟もうじき九時だというのに。五時半にベーカリー類が配達され、六時には開店してお客さんを迎え入れることになっていた。

ということは、朝のおおぜいの常連さんたちは閉め出されたわけだ。サテイ&サテイ広告社の社員、アセッツ・バンクに勤務する人たち、バーク・アンド・リー出版社の社員、ニューヨーク大学の学生たち。いそいで店をあけないと、近所の常連さんにも対応できなくなる。ここで朝の一杯を飲んでからアップタウンやダウンタウンの仕事先にむかう、という人たちは多いのだ。

アナベル・ハートは、わたしがひと月前にビレッジブレンドのマネジャーに復帰して以来、厚い信頼を置いている人物だった。

「心配いりませんよ、クレア。わたしにすべてを任せてください」

昨晩の店じまいと今朝の開店を自分がやると彼女は申し出てくれた。そのときのせりふがこれだ。ほかに頼める人はいないし、ニュージャージーからの引っ越しをすませなければならない。だから彼女に任せることにした。つぎの給料のときには特別ボーナスをはずむわね、という約束もして。

アナベルは店のスタッフのなかでも、際だって有能だった。エスプレッソの抽出のしかたについては誤ったトレーニングを受けたらしく、抽出が速すぎた（そう、速すぎるのはまちがいです――それについてはまた改めて説明しましょう!）。それだけは注意した。以来、彼女はわたしにとって最高のスタッフとなった。といっても彼女のバリスタとしての腕が決め手だったわけではない。店の評判を維持するために有能なバリスタは欠かせない。が、なんといっても信頼が置ける人柄という点で彼女はダントツだった。

この商売をしていると、つくづく教えられることがある。人柄というものは変えられない。信頼できる人間か、そうではないか、のどちらかでしかないのだ。やりますといったことをやる人間と、やらない人間、そのどちらかしかいない。

アナベルは〝有言実行〟の人間だった。勤務のシフトを守り、いいわけをして早退することは決してなかった。わたしが彼女を必要とするとき、かならずそこにいてくれた。お客を無視したり失礼な態度を取ったりすることはなかった。店の人間にひどい態度を取るお客の扱いも絶妙。しょせん小売業、ぞんざいなふるまいをする客は避けられない。それにここはニューヨーク。不平不満がつねにくすぶっている街だ。ぶつけられた罵詈雑言を倍返ししたい衝動を抑え、相手の敵意を軽くいなしてしまうだけの秀でた人格が求められるのだ。

店で働いているアルバイトの大部分は世間知らずの大学生で、ようやく思春期をくぐり抜けたくらいの年齢だ。きつい言葉を浴びせられると、売り言葉に買い言葉、という青二才丸出しの反応を示しがちのお年ごろ。だからこそ、希有な人格を持ち合わせたアシスタント・マネジャーがどうしても必要となる。

アナベルはアルバイト学生たちとほぼ同年代だ。けれど彼女ははるかにオトナである。それを証明するような出来事が、つい先週あった。

そのお客はアン・クラインのスーツを着た広告会社の幹部だった。げっそりとやつれ、肉のほとんどついていない青白い顔には不快そうな表情が張りついていた。彼女はカフェ・カンネッラ（シナモン・コーヒーのイタリア風の名）を注文した。ちょうどスタッフは皆てんてこ舞い。バリスタのひとり、アルバイトのマックスウェルが注文の品を手早くつくって出し、すぐにむこうをむいてつぎのコーヒーをいれ始めた。

「ちょっと！」マックスウェルにむかって彼女の声が飛んだ。

「はい？」

「こんなにシナモンを入れたら飲めやしないじゃないの！」

「お客さま、当店ではいつもこうしています」

「なによ、このボケ」

「ボケとはなんだ、そっちこそ――」

「お客さま！　わたしが承ります」アナベルだった。ふたりのあいだにすいと割って入り、衝突の原因となったコーヒーをさっと取りあげた。わたしは店の隅でスケジュール調整をしていたのだが、アナベルのみごとな機転のきかせ方に目をうばわれた。

彼女はぴったり二秒で、カッカときている若いバリスタと気を高ぶらせたビジネスウーマンのあいだに入り、謝罪の言葉を述べて逆立った神経を鎮め、自分もシナモンの入れすぎは苦手だと話し、すみやかにオーダーの品をつくりなおした。そればかりかカップの横にシナモン・シェーカーを置いて、さあどうぞと客自身にシナモンをふり入れてもらったのだ。

「ゴミというのは下にむかって流れるものだということをおぼえておいてね」わたしがアナベルにこういってきかせたのは、ブレンドのマネジャーとして復帰した週だった。

「そしてこの街には、オフィス、店、病院、家庭から抱えてきたゴミを、なにかにこじつけてわたしたちにぶちまけたがっている人たちがいるということも」

「心配無用です、クレア。わたしは経験豊富ですから。ゴミの扱いに関しては」

その経験をどうやって積んだのか、なぜ積んだのかはきいていない。

店の建てなおしに取りかかって最初の一ヵ月で、彼女が信頼の置ける人間であり、わたしを守ってくれる天使のような存在だとわかった。だからこそバリスタからアシスタント・マネジャーに昇格させたばかりだったのに。ショルダーバッグをさぐってカギをさがし、ガラスをはめこんだ正面のドアのカギをあけた。九番街であやうくわたしを殺しそうになったタクシーめがけて口走った悪態が出た。

アナベル――あるいはほかの誰か――が開店準備をしていた気配はまったくない。コーヒーをいれた香りすらしない。あたりはしんとして、昔懐かしいメロディのひとつもきこえてこない――。

ため息が出た。思い切りがっかりしたときにつくため息。こういうため息は、たいていはわが子に対してつくものだ。

「ああ、ア〜ナ〜ベ〜ル〜ちゃん〜」娘を叱るときにも、いつもこうして節をつける。

「これじゃあボーナスは無しよ〜」

ジャヴァを入れたキャリーを置き、ワックスをかけたばかりのつやつやと輝く木の床をつかつかと歩いた（前任のマネジャー、モファット・フラステの時代には、この床はすり減って、しかも汚れ放題の無惨な状態にあった）。冷たい飲み物（ペレグリノ、エビアン、輸入もののイタリアンソーダ――ジンジャー、レモン、オレンジ風味）をディスプレーした冷蔵庫の前を通り過ぎる。このディスプレー用の設備は十年以上前に店のオーナー、〝マダム〟を説得して買わせたもの（おかげで総売上高が十パーセントもアップした）。ブルーベリー色の大理石の長いカウンターの前を歩いてペストリーのコーナーのところまで来て、思わず足を止めた。

二メートル足らずのガラスのケースには温かいクロワッサン、マフィン、ベーグル、やわらかなシナモンロール、焼きたてのシュトルーデルがぎっしり並んでいるはずだった。午後にはべつの種類のペストリー類が届く――ビスコッティ、タルト、クッキー、ヨーロッパスタイルの各種ペストリー、小型のブントケーキなどが。そう、このケースがいまのように空っぽなんてことは、なにがどうあっても断じてあってはならない！

メインルームから裏口に続く奥のスペースに入った。板張りの床の四角いそのスペースには、左側に貯蔵庫、右側にスタッフ用の階段がある。そして真正面には裏口。ドアのチェーンは外れていたが、カギはかかっていた。このあたりは暗い。

足を踏み出したところでなにかに足を滑らせそうになり、さらになにか大きな物体につまずきそうになった。明かりをつけてみると、カウンターの下にあるはずのステンレス製のゴミ入れが、地下に続くスタッフ用の階段の一番上に置かれていた。

〝どうしてこんなところに？〟とっさにそう思った。

ゴミ入れの蓋はどこにも見当たらなかった。コーヒーの黒い粉がゴミ入れの上部、板張りの床、階段の数段目まで飛び散っていた。

「アナベル、あんたを生かしちゃおかないからね！」

惨状を睨みつけてわたしは叫んだ。それから階段の下に視線をやり、はっと息を飲んだ。

なにかに弾かれたように身体が動いた。

ビレッジブレンド特製カフェ・カンネッラ

【用意するもの】
オレンジ…………… 1個
コーヒー…………… カップ1杯分
（ダークロースト、あるいはイタリアンローストか
フレンチローストの豆でいれたもの）
シナモンスティック……1本
生クリーム………… 100cc
砂糖………………… 10g
粉末のシナモン……… 適量

【作り方】
1. 生クリームに砂糖を加え、角が立つまで泡立てる。
2. カップの底にオレンジをごく薄くスライスしたものを1枚敷く。
3. 熱々のコーヒーを2のオレンジのスライスの上に注ぐ。
4. 3をシナモンスティックで混ぜ、シナモンスティックをそのままカップに入れておくと、香り高いコーヒーとなるので、1分間浸しておく。
5. 4に1のホイップクリームを少量のせ、風味づけにシナモンをふりかけて出来上がり。

2

わたしは地下にむかって駆け降りた。とちゅう、階段に飛び散ったコーヒーの粉に足をとられそうになりながら。

階段を降りきったコンクリートの冷たい床に、アナベルが横たわっていた。整った顔には血の気がなく、ミルクのように真っ白。頭は奇妙な角度に傾き、ポニーテールにしたブロンドの長い髪が扇形に広がっていた。黄色い繊細な羽飾りのように。

二十歳のアナベルの顔には生気が感じられなかった。いや、ほんとうに生きていないのであれば、手足が硬くなっているはずだ。

硬くはなかった。あきらかに死後硬直の状態ではない。わたしはアナベルの脇に膝をつき、生きているかどうかを確認した。背骨を負傷している可能性もあるので身体を動かさないように気をつけた。まず、アナベルの鼻と口に耳を寄せた。ああ、よかった。息をしている！　浅いけれど確かに呼吸している。それからアナベルの首に指を二本当ててみた。肌は冷たく、かすかに湿り気を帯びていた。脈は弱々しかった。蝶の羽ばた

きのように。

「アナベル！　きこえる？」

服装は昨夜出勤してきたときのものと同じように見えた。ブルージーンズ、おへその出る丈の白いTシャツ。胸の部分には『DANCE《ダンス》』という文字のプリント。

階段を駆けあがり、半狂乱の状態で救急車を呼んだ。それからアナベルのルームメイト、エスター・ベストに電話をした。ロングアイランド出身でニューヨーク大学で英語を専攻している学生だ。週末にはビレッジブレンドでバリスタをしている。彼女はアナベルとともにここから十区画ほどのところの賃貸のアパートに住んでいた。

「エスター、クレア・コージーよ。アナベルが――」

「彼女なら、いませんけど」エスターがさえぎった。「昨夜はもどって来なかったんです。べつに珍しいことではないけど。例のリチャードといっしょじゃないかしら。彼女の携帯電話にかけてみたらどうですか。確かまだ取り替えていないと思うけど――あ、ボーイフレンドのほうの話です。携帯電話じゃなくて」

「エスター、よくきいて。彼女にたいへんなことが起きたの。だから店に来てちょうだい。いますぐ」わたしは下に降りて、アナベルのそばにすわって救急車を待った。

それからの十五分は、まるで十五時間のように長く感じた。じりじりと落ち着かない気持ちで祈りを捧げたり、アナベルの細い手足を見つめて娘のジョイのことを思ったりしていた。といってもジョイの身体はアナベルのように完璧に整っているわけではない。もっと平凡で、わたしに似ている。けれどジョイにはアナベルにない陽気ないたずらっぽさ、天真爛漫なところがある。娘より年上といってもほんの一歳しか変わらないのに、アナベルにはそういうところが感じられなかった。

従業員としてのアナベルのおとなっぽさをわたしは評価していた。けれどこうして見ていると、彼女にはどこか不安定で、かすかに自暴自棄の気配が感じられたことが思い出されてならなかった。それに加えて、もろく、影のある部分も。

〝このまま死んでしまうことがありませんように〟わたしは祈った。〝こんなに若くして死んでしまっていいわけがない……ちょっとした不注意が原因で〟

ようやくサイレンの音がきこえてきた。ハドソン通りのフェデラル様式のタウンハウスやブティックのショーウィンドーにこだましながら。

つかの間、静寂があり、救急隊員たちの厚底の靴がたてる音が一階からきこえてきた。

「下です、こっち！　急いで！」わたしは叫んだ。彼らの姿がすぐそこに見えた。さきほどのわたしと同じように、コーヒーの粉で足が滑りそうになっている。

「気をつけて！」

ヒスパニック系の若い男性がふたり、白いシャツとスラックス姿で、悪態をつきながら降りてきた。彼らが手当を始めたので、わたしはアナベルから離れた。彼らはアナベルの心臓音を聴診器でき、小さな懐中電灯で瞳孔を調べ、名前を呼んで意識を取りもどさせようとした。気つけ薬も試した。しかし効果はない。

そこで、彼女の頭と首を固定してボードにのせ、ベルトを締めた。とても生きているようには見えない。手足はだらりと伸びて、顔には血の気がまったくない。

助けてあげられない自分が情けなかった。見も知らぬ人たちが彼女を連れていくのを、ただ指をくわえて見ているだけの自分に愛想が尽きた。

涙で視界がぼやけ、鼻水が出てきた。〝こんなこと、あってたまるものか〟何度も何度も胸のなかで叫んでいた。あまりにもくりかえしていたので、もはや胸のなかでいっているのか、じっさいに叫んでいるのか、わからなくなったほどだ。

階段をのぼりきったところで救急隊員たちはボードをストレッチャーに載せ、そのまますばやくメインルームへと押していった。

ちょうどその時、エスターが正面の入り口から飛びこんできた。青白い顔のルームメイトのぐったりした姿を見て、彼女はその場に凍りついたように足を止めた。

「これ、いったいどういうこと!」ふだんの彼女からは想像もできないほど取り乱した声だった。ショックのあまりブラウンの瞳を大きく見ひらいている。いつもは黒縁のメガネの奥で、しらけきった目つきをしているのだが。

ふたりの救急隊員がテーブルを押しのけながら進んでいく。わたしはストレッチャーから目を離さず、彼らの後ろにぴたりとついていった。車輪が盛大な音をまき散らして板張りの床を進む。だからアナベルを追って店の正面玄関を出るときまで、まったく気がつかなかった。自分を呼ぶ男性の声に。

青い壁が鉄のカーテンのようにいきなり目の前に立ちふさがった。ネイビーブルーのシャツ、ガンベルト、銀色のバッジ。そこにまともにぶつかってしまった。

警官がふたり、肩を並べて立っていたのだ。どちらも二十代半ばのようだ。ひとりは背が高くスリム。もうひとりはもっと小柄で胸と肩が張っている。背が高いほうの髪は明るい色で瞳は灰色。名札には『ラングレー』と書かれている。手にはメモ帳。最初に口をひらいたのは彼だ。

「おっと。失礼！　申し訳ありませんが、少々おききしたいことがあります」

「彼女はどこに連れていかれるんですか？」ぶつかりそうになって、とっさにぱっと後ろにさがった。警官をよけて進もうとしたが、相手もわたしと同じ方向に動く。通せんぼのように、おたがいに同じ方向に動いてしまう。左、右、左、右——。

傍から見れば、勝ち目のない一対二のバスケの試合みたいに見えただろう。わたしのこの身長では、NBAからのオファーは永遠に来るはずはないけれど。

「落ち着いてください。彼女はセントビンセンツ・ホスピタルに運ばれます」そう教えてくれたのは、小柄な警官だった。瞳と髪は黒く、名札には『デミトリオス』の文字。

わたしはもう一度伸びあがるようにして制服姿の若い救急隊員たちの姿を追った。店の外にはおおぜいの野次馬があつまっていた。バックパックを背負った学生、近所の年配の住人。多くはブレンドの常連客だ。エスターは救急隊員と話をしている。もうひとりの救急隊員が救急車の後部ドアを左右同時に閉めるのを皆の目が見つめていた。バタン、という大きな音。これでお終いだ、と告げるような忌まわしい音にきこえた。

「そうですよ」ラングレーだった。「できるだけの処置をしてもらえるはずです。それに彼女のルームメイトが病院まで付き添ってくれるそうです。被害者について基本的なことはあのルームメイトからききました。しかし、あなたからもおききしなければなりません。いったいなにが起きたのかを」

救急車が走り去ると——気のせいかスピードがのろく思えてならなかったが——常連客レティシア・ヴェールが、グレーのヘアバンドを巻いた頭を正面の入り口からのぞかせた。

「クレア、あなた大丈夫？　なにがあったの？」

レティシアはメトロポリタン・シンフォニーのビオラのサード奏者だ。飲むのはもっぱらお茶（ビレッジブレンドはお茶の専門店ではないが、一般的に飲まれているものはひと通りそろっている——アール・グレー、ジャスミン・ティー、カモミール・ティー）。レティシアは店の雰囲気と、この店のアニス酒入りのビスコッティが大のお気に入りなのだ。

いまから二十年ほど前に初めてわたしがマネジャーになったとき、すでにレティシアは長年のお得意さんだった。ビレッジブレンド恒例の休暇シーズンのパーティーには、メンバーを引き連れて室内楽の演奏をしてくれるほどだった。

「ああ、レティシア。アナベルが大変なことに……」喉が詰まってそれ以上声が出ない。

「まああ！　なにかわたしで役に立てることはある？」

「すみませんが」デミトリオスという名の警官が、これまたさきほどの通せんぼの要領で右に左に動いてレティシアの侵入を防いだ。「もう閉めなければなりませんので」

「あら！　そりゃそうよね。クレア、また後で来ますからね」レティシアはわたしを励ますように手をふった。

わたしはこくんとうなずいた。声が出てこないのはわかっていたから。

「さて、よろしいですか？」ラングレーがメモ帳をひらいた。「お名前はクレア、ですね？　まずはフルネームと住所をきかせてください」

わたしは彼を見つめた。急に頭が朦朧としてきた。

「どうしました？」ラングレーがうながした。

「え？」

ラングレーがわたしの顔を見つめている。

「わかりました。少しリラックスしてみましょう。いいですか？　深呼吸をして、どうぞ、すわってください」店には大理石の天板を載せたイタリア製のテーブルが二十脚ある。そのひとつに着くように彼がうながした。「ガイシャを発見した経緯を説明してもらえますか」

「ガイシャ？」胃がぎゅっとねじれ、口に唾液がたまった。「わたし……ちょっと気分が」

デミトリオスがラングレーを鋭く見た。

「あ、ああ、すみません」すばやく彼が言った。「他意はありません。要するに、その、あの若い女性です」

「すわったらどうです？」デミトリオスが勧めた。「顔色が悪いですよ」

すわろうとした。でも、できない。よけいに気持ちが悪くなった。頭に浮かんできたのは、コージー家の祖母の口癖だった。祖母のもとには、喪失体験やショックな出来事に苦しむ女性がコーヒーの粉を読んで占ってもらうためにやって来た。そんなとき、祖母は彼女たちにこういうのが習いだった。〝いつも通りのことをやりなさい。そうすれば気を確かに持っていられるからね〟

わたしは顔をあげた。デミトリオスと書かれた名札が目に入った。

「ギリシャ系の名前、かしら」たずねてみた。

「そうです」

「コーヒーをいれて差しあげましょう」

「え？　いえ、結構ですよ。そんなお気づかいは――」

すでにわたしはカウンターのなかに入り、長い取っ手のついた縦長の真鍮製のイブリックを手に取り、水の量を量り、電磁コンロの上に置いていた。

ふたりの警官はたがいになにかをささやき合っていた。わたしの行動をよろこんではいないようだ。でもわたしはこうして動いたおかげでやや現実感を取りもどし、ふだんの自分らしさを取りもどすことができている。

ギリシャ風のコーヒー（またはトルコ・コーヒー）なら、何度もいれたことがある。いれ方を教えてくれたのは、世界中を旅してまわっている元夫だ。彼はギリシャ・コーヒーのストロングな味がお気に入りだった――エスプレッソよりもはるかにパワフルなのだ。

わたしがコーヒーをいれるのを、ふたりの警官がカウンターの前に立って眺めていた。一分ほど経ったところで、彼らは質問を始めた。

（今朝ここに着いた時刻は？　店の入り口はあいていたのか、それともカギがかかっていたのか？　あの若い女性はこの店でどのくらい働いているのか？）

コーヒーの支度に気を取られているあいだは、質問にすらすらとこたえられる自分に気づいた。

（九時少し前に。カギはかかっていました。半年。ただし、わたしが彼女と初めて会ったのは一ヵ月前です）

わたしは、店の上階に引っ越して来たばかりだと事情を説明した。十年前にこの店のマネジャーをしていたが、やめてニュージャージーに移り、そこで暮らしながら働いていたという経緯を。

それだけ長く離れていた後なぜ復帰することを決めたのか、警官たちは知りたがった。

「理由はいろいろあるけれど」こたえるともなしに、わたしはいった。

それからの数分間、黙ってギリシャ・コーヒーをいれながら理由のいくつかを心のなかで思い起こしていた——四週間前のあの日、早朝にマダムから電話がかかってきたときにまでさかのぼって……。

3

「フラステを葬りました」あの朝、マダムは前置きもなしにいきなりこういったのだ。
「どうしようもない、ろくでなしですからね」

〝フラステ？　フラステって誰？〟わたしはあくびをしながら思い出そうとした。〝フラステって、いったい何者？　マダムはどうやって彼を葬ったの？〟

やっとのことで思い出した。まるまると太った女々しい感じの男の姿を。続いて非現実的な映像があらわれた。マダムのしわだらけの手が太った男を突き落とそうとするところ。場所はビレッジブレンドが入っている四階建ての建物の屋根。それから、宝石のついた指輪をはめた指が彼の朝一番のラテにヒ素を入れてかきまわすところ。マダムがリボルバーの冷たい手ざわりの引き金に迷いなく手をかけるところ。

　眠気をふり払うようにごしごしと目をこすり、わたしは寝返りを打った。糊のきいた真っ白な枕のうえで電話の真っ黒なコードがとぐろを巻いていた。ベッドの脇には赤い数字が光っていた。「5」「0」「2」という数字が読み取れた。

午前五時二分。

〝おやまあ〟

半分あけたミニブラインドのむこうに空が広がっていた。ストライプ模様の空。その暗いコバルト色に薄いブルーの光が走り、星は最後の力をふりしぼって銀の光を放っている。地平線の下でいまや遅しと出番を待っている華々しい勢力が登場する前に、消え入りそうにきらめきを放っている。

あわれでかわいそうな星たち。彼らの気持ちがわたしには痛いほどわかった。じきに四十歳になるわたしはマダム・ドレフュス・アレグロ・デュボワより四十歳も若い。なのに彼女のすさまじいエネルギーを目の当たりにすると、いつだって自分が取るに足らない、はかない存在に思えてしまう。

こんな夜明けに電話をかけてくるなんて、確かにふつうではない。けれど半年前に夫を亡くしてからというもの、マダムはますますビレッジブレンドに目を光らせるようになっていた。度を超している、といってもいいくらいに。少しでも問題が起きたり、まずい対応があったりすれば電話をかけてきて、事細かに事情を説明した。それも、ぎょっとするような時間帯に。

「あの油断もすきもないろくでなしがなにをしでかしたか、わかる？」マダムがきいた。「どう？」

〝う、来た。なにかをいわなくては〟「いえ、わかりません」

「あいつはね、厚かましくも店の銘板を売っ払ったのよ。ビレッジブレンドの看板代わりのあの銘板を！　行商してまわる骨董屋に！」

わたしは顔をしかめた。正直、ほんのちょっぴり同情が湧いた。歴代のブレンドのマネジャー——例外なくクビにされた——の末席に加わったあわれな男に対して。

それにしても、銘板を売ったというのが本当だとしたら、フラステは正真正銘のバカ者だ。

一八九五年に開店したその日から、ビレッジブレンドの看板と呼べるものは、唯一、あの真鍮製の銘板だけだった。黒い文字で、『焙煎したてのコーヒーを毎日お出しします』とだけ書かれている。「こうあるべきなのよ」というのがマダムの口癖だった。照明も、日よけも、やたらに大きくて下品なネオンもいらない。古びた銘板だけ。さりげなくて趣味がいい。エレガントで洗練されていて、自己主張の片鱗も見せず、貴婦人のような凛としたたたずまいで自然に人を惹きつければいい、そして香りで惹きつければいいのだと。

ハドソン通りの静かな一画にビレッジブレンドはある。煉瓦造りの四階建てのタウンハウスの一階と二階部分を占めている。いれたてのコーヒーの素朴で豊かな香りをグリニッチビレッジの曲がりくねった通り沿いに漂わせてすでに百年以上になる。

店を取り囲む歴史ある街路には、かつてトマス・ペイン、マーク・トウェイン、E・E・カミングス、ウィラ・キャザー、セオドア・ドライサー、エドワード・アルビー、ジャクソン・ポラック、そして無数の音楽家、詩人、画家、政治家などいずれもアメリカと世界の文化に影響を与えた人々の靴音が響いた。

店から数区画先には、ワシントン・アーヴィングが『スリーピー・ホロウの伝説』を執筆した家がある。由緒あるセント・ルーク・イン・ザ・フィールド教会の創設に尽力したクレメント・ムーアは『クリスマスのまえのばん』を書いた人物。また、オフブロードウェイのチェリーレーン・シアターは一九二〇年の創設だが、創設メンバーのなかには詩人のエドナ・セント・ビンセント・ミレイがいる。そして数十年後には若き日のバーブラ・ストライサンドが案内係として雇われることになる。

さらに新しいところでは、映画、劇場、テレビのスターたちがブレンドのご贔屓《ひいき》となった。小説家、記者、ミュージシャン、ファッション・デザイナーといった人々とともに。幸運をつかんだ者たち、そして幸運をさがし求める者たちが、ブレンドの名高い一杯を飲むために折々に訪れた。

このコーヒーハウスは地域の歴史の一部を担っていた。いい時も、悪い時も。そして店の看板代わりの銘板はただのプレートではなく、神聖な記念物だった。ブレンドの歴代のマネジャーはただちにそれを理解した。銘板を正しくディスプレーすることは昔を懐かしむための行為ではなく、自分の職を保証するための行為なのだと。

「彼をクビにしただけではないのよ。午前一時にニューヨーク市警の警官に来てもらうよう手配したの」

マダムはバカ者たちには容赦ないのだ。

この事実をわたしほどよく知る人物はいないだろう。わたしは二十代から三十代のほぼ十年、マダムが愛するビレッジブレンドのマネジャーとして働いた（マダムはいまだに、わたしのことを〝誰がなんといおうと最高〟のマネジャーだったといってくれている）。必然的に、雇用主の人となりについて実母同然にくわしく知ることとなった（正確には、仮に実母を知るチャンスがあったならそれと同等に、ということ――実の母親はわたしが七歳の誕生日を迎える前にわたしと父を置いて出ていった。まあ、それはまたべつのお話）。ともかく、ブレンドをやめてからもわたしとマダムの仲が疎遠になることはなかった。

「どうもわかりませんね」そこでわたしは大きな大きなあくびをした。「フラステはなんの目的で銘板を盗んだのかしら？」

「そこなのよ。おかしな話でね。彼は銘板を九七十ドルで売っているの。それが彼にとってはもっけの幸いだったというわけ。彼を逮捕した警官がそういっていたわ」

「どこが幸いなんでしょう」

「つまりね、千ドルに三十ドル足りないの。わかる?」

「いえ」

「千ドルの窃盗はEクラスの重罪に当たるのよ。だから警察は彼を軽窃盗罪で逮捕するよりほかなかったということ。ただの軽犯罪ね。そんなわけだからフラステは夜間法廷に一回出廷して〝お役目ごめん〟よ——警察の人の表現ですけどね。それでもね、白黒つけるべきところはつけておきましたよ」

「白黒?」

「年は取ったからといって、もうろくしてはいないということを思い知らせてやったの」

わたしは笑ってしまった。「銘板はどうなったんです?」

「ああ、あれは罪状を説明してくれた六分署のお行儀のいい坊やたちがちゃんと取りもどしてくれましたよ。あるべきところにもどすことができて、ほんとうにうれしかったわ。だからあの子たちにいったのよ、いつでも立ち寄ってちょうだい、ただでコナ・コーヒーをご馳走しますからって。クレア、あなたならわかるでしょう。わたしのいっている意味」

その通り、わたしにはわかった。

コーヒーと犯罪は、ちぐはぐな組み合わせに見えるかもしれないが、じつはこのふたつ、意外なほど因縁が深い。たとえば一九九六年に起きたコナの大スキャンダル。コーヒー生産者グループが中央アメリカ産の安いブレンド豆にハワイの極上のコーヒー豆、コナの銘柄をつけて荷をすり替えた罪でつかまった事件だ。コナ・コーヒーといえば、火山の溶岩地帯のなかで育ったとは思えないほどまろやかな味わいのコーヒーだ。じつは犯行グループのひとりはマダムがよく知る人物だった。少なくともいまの時点で、マダムの友だちはまだ連邦刑務所に収監されている。

「で、あなたに電話したのは」マダムが続けた。「わたしのところに来てもらいたいの、クレア。今日の午前中にね」

長い沈黙が続いた。受話器のむこうからオペラの音楽がきこえてきた。甘美なテノールがプッチーニの『トゥーランドット』の華麗な調べを歌っている。「ネッスンドルマ！」イタリア語で「誰も寝てはならぬ！」だ。

〝ダメです。行けません〟臆病な自分がそういいたがっていた。〝締め切りを抱えています〟

それは事実だった。《ホールセール・ビバレッジ》誌の依頼でラテンアメリカ産のコーヒーの品質について二部構成の記事をこの二十日間、書き続けてきた。締切は来週だ。

けれど、自分自身にうそはつけない。マダムからの電話はありがたかった。呼ばれて家を出られるのは、ほんとうにうれしかった。いまにも髪をかきむしりそうな状況だったから。原因は記事の内容ではない。〝孤立〟していることに耐えられなかったのだ。

　自宅で仕事をする生活は、ジョイを育てているあいだは好都合だった。けれど、行動的なわが娘がひと月前に家を出て以来、ニュージャージーの刺激のない郊外の小さな家が、いかにもつまらないものだと気づいてしまった。ここ最近は、庭の伸びきった草を眺めながら、ビレッジブレンドのマネジャーをやめる際にマダムからいわれたきつい言葉をつらつらと考えるようになっていた。

「わたしにはちゃんとわかっています。なぜあなたがやめたがっているのか」さんざん嘆き悲しんだ後でマダムはいったのだ。「でも、よりによって郊外にひっこむなんて！わたしは断言しますよ、クレア。いつの日か、朝めざめたら気づくでしょう。郊外なんて墓場に毛が生えたようなものだということをね」

「ハカバ！」（その時のわたしは、マダムの非協力的な態度に憤慨し、傷つき、腹を立てていた。当時のわたしが置かれていた状況が状況だったから、なおさら）

「そうですよ」マダムがいい返した。「どちらも手入れの行き届いた芝生に囲まれていて、おそろしいほど静まり返っている。人と名のつくものはたくさんいるのに、交通量が異常に少ない」

「安全ということです！　それにホッとします！」

「安全とかホッとするなんていうのは、死んでからのお楽しみに取っておくものですよ。いっておきますよ、クレア。あなたがやろうとしていることはまちがっているわ。いつの日か、それに気づくでしょう」

むろん、わたしはマダムのいうことなど無視した。そして市街から西にむかって九十分、車で走ったところに引っ越した。まちがっているのはマダムのほうだと証明してやろうと意気込んでいた。確かに、マダムのいったことの大部分はまちがっていたのだが——。

ジョイを育てるのは楽しかった。仕事をかけもちして(デイケアセンターで有料のヘルパー、地元の仕出し屋で調理のパートタイマー、地元のミニコミ誌で「クレアのキッチン便り」というコラムを執筆)、元夫からのあてにならない養育費と月々の支払いの赤字を補塡した。

去年、三十九歳の誕生日を迎えたわたしは、わが身をつくづくふり返ってみた。そして自分を叱咤激励して、思い切って飲食業界の専門誌、《ホールセール・ビバレッジ》や《カッピング》、《イン・ストック》などに記事を売りこんでみた。すると、あらまあ不思議。記事の一部が採用されたのだ。

だが、いまやジョイは荷物をまとめてマンハッタンに移り、料理の専門学校に通っている……そう、状況はすっかり変わった。わが娘は世のティーンエイジャーとはちがってもっぱら家のなかを活動範囲としていた。いつも仲のいい女の子のグループといっしょだった。半ダースの女の子が家のなかをうろうろしている、なんてことは珍しくもなんともなかった。

彼女たちがひらくレンタルビデオ映画パーティーと「マーサ・スチュワート・サバイバル・ナイト」にはわたしもちょくちょく飛び入りしたものだ。「マーサ・スチュワート・サバイバル・ナイト」というのは、マーサ・スチュワートの雑誌《リビング》の料理記事を各々が切り抜いて茶色の紙袋に入れ、ひとりずつ引いてゆき、当たった記事の料理を九十分以内に完成させる、というものだった。材料が足りなければ、大急ぎで買い出しもしなくてはならない。

(そんなゲームを毎度していたジョイと仲間の女の子四人がハイスクール卒業後、料理学校やレストラン経営コースに進んだのは、ごく自然ななりゆきだった)

ここのところのわたしの夜ときたら、スナックウェルのクッキーをかじり(わざわざ焼くなんて、無駄でしょ)、ライフタイムネットワークで映画を見て、ジャヴァのためにキャットミント風味のシャボン玉を吹いてやったりするくらい(ジャヴァの毛は偶然にもミディアムローストしたアラビカ豆と同じ色)。

わたしの人生の底には苦い残留物が積み重なっていた、というのが真実だった。満たされない思いがくすぶっていた(こと娘に関してはそうではなかったけれど)。マダムの電話はちょうどいい口実だった。これで高速バスに乗りこみ、四十二番街のポートオーソリティのバスターミナルにむかうことができる。

というわけで、わたしは朝一番のエスプレッソを飲むと、シャワーを浴びてしゃきっとした。

マダムはワシントン・スクエアのそばの、広々とした部屋で暮らしていた。五番街の古めかしいビルを見おろすそのビルはコンクリートの塀に囲まれ、ギルバート&サリバンのオペレッタから逃げ出して来たみたいなレトロな格好のドアマンがいる。

マダムの二番目の夫ピエール・デュボワがここに移り住んでくれとマダムに懇願したのは一九八〇年代。もともと彼らの熱い逢瀬の舞台は、ウエストビレッジのビレッジブレンドの上の住居部分だった。メゾネット式のそのつつましい住まいよりも、五番街で暮らすことを彼は強く望んだのである。

五番街という由緒ある住所ほどマダムという人にぴったりなものはなかった。ふたつの異なった世界の橋渡しをするという意味で。

ほどちかい場所にあるニュースクール大学は、作家、アーティスト、哲学者のメッカ。一九三〇年代にはナチス・ドイツから逃れてきた知識階級のための、いわば「亡命者の大学」の役割を果たしていた。かと思えば経済誌《フォーブス》を発行しているフオーブス社のビルも近所だ。ここには億万長者マルコム・フォーブスが財力にものをいわせて収集したコレクションが収められている。船の模型からロマノフ王朝に献上されたファベルジエのイースターエッグまで、ありとあらゆるものが。これはこれで、もうひとつのメッカ——資本家のメッカだ。

ピエールはあきらかにフォーブス側、つまり資本家側に所属する人間だった。五番街の広大なペントハウスのアパートがなによりもそれをものがたっていた。おまけに彼はたいへんな「旧世界」好みだった。それも、ハンパな〝古さ〟ではない——たとえば十八世紀趣味。

ブロケードのカーテン、金で縁取られた重厚な家具、凝った彫像などは、まるでガリア美術の博物館にでも足を踏み入れたような錯覚を起こさせる。マダムの二番目の夫は筋金入りのナポレオン・ファンでもあった。背の低いピエールの風貌はナポレオンにどことなく似てもいた。

ここに来るたびに、マダムという人の複雑さについて深く考えてしまう。マダムは相手が旧世界の男と知った上で恋に落ちた。けれど新世界もまた、マダムにとってはかけがえのないものだ。わたしにはそれがわかっていた。

酔っ払ってブレンドにやって来たジャクソン・ポラック、ウィレム・デ・クーニングら抽象派の画家に、ポットまるまる一杯ぶんのフレンチローストの熱いブラックコーヒーを飲ませて酔いをさました、なんて話をするときのマダムの誇らしげな声。あるいは売れない詩人（若き日のジャン・ルイ――〝ジャック〟――ケルアック）や立ち退きにあった劇作家を二階のソファで寝かせたことを語るときのプライドに満ちた様子が、なによりもそれをものがたっていたから。

アパートに着くと、マダムは寝室から出て来た。あいかわらず黒い服だ。喪に服しているとはいえ、いつもと変わらずエレガントで、それでいて威厳を感じさせた。飾り気のない服は非の打ち所のない仕立て。唯一つけている宝石はピエールから贈られたダイヤモンドとプラチナの結婚指輪だ。かつて美しいダークブラウンだった髪の毛はとうに白くなり、いまでは美しい銀色に染めて肩の上あたりですっきり切りそろえていた。今日はそれを夜会巻きにして、つやつやと光沢を放つブラックパールがついたシンプルな櫛でとめていた。

こうしたエレガントな装いのせいで、マダムは上流階級出身の人間だとずっと思われていた。

けれどわたしは真実を知っていた。

この女性のサテンの手袋の下には、相手をはじき飛ばすほどの硬いものがひそんでいる。この街のさまざまな人間――根性の腐った衛生検査官、いかがわしいゴミ収集業者、男尊女卑の取引先、こまっしゃくれた若い娘、いばり腐ったエグゼクティブ、自己陶酔的なヒッピー崩れなど――を相手にするとき、マダムのその部分があらわになるのをわたしはこの目で見てきた。

マダムのこのような二面性を解くカギは、じつは彼女の生い立ちにあった。マダムの家族は第二次大戦前にはパリで裕福な暮らしをしていた。だがナチスの侵攻ですべてを失い、着の身着のままでアメリカの親戚を頼って脱出したのだった。その親戚もアメリカで懸命にもがいていたのだが。

旧世界で暮らしていたころの幼いブランシュ・ドレフュスは甘やかされ、苦労など露ほども知らずに育った。が、アメリカまでの旅は艱難辛苦を極め、とちゅう母親と妹をともに肺炎で亡くした。そんな経験が彼女を変え、受け入れてもらえる場所があるだけでもありがたいと思うようになった。新世界に着いたその日から、朝目がさめると、このすばらしい街のために貢献するのだという強い決意とともにベッドから起きあがったのだ。

だから外見がどうであろうと、マダムの本質ともいえる信念は、極貧にあえぐ移民とまったく変わらない。それに気づくものはほとんどいなかったけれど。

でもわたしにはわかった。移民してきた祖母がいたから。わたしは七歳からもっぱらコージー家の祖母に育てられた。この祖母もまた、活発でユーモアのある人だった。感謝と強い意志と秘めたプライドを兼ね備えていた。マダムがわたしをたいそう気に入ってくれた理由はこのあたりにあるのだろう。たぶん、わたしがマダムを深く理解していることを、わかっていたのだろう。

「ところで、フラステは現金をなにに使ったんでしょうね。ブレンドの銘板を盗んでつくったお金で」

なんの前置きもなしにわたしはたずねた。

（マダムとわたしは何時間、何日、何週間ぶりであっても、おたがいにすぐに会話を再開できるという特技を持ち合わせていた）

「すぐに使ってしまったそうよ」

フランスのアンティーク家具のショールームみたいな、いわばデュボワ・サロンに落ち着いたところで、マダムが切り出した。

「領収書から判明したのは、『底抜けシンデレラ野郎』の映画完成披露パーティーにジェリー・ルイスが着用していたカフスボタンを買うのに全額はたいたということ」

「冗談でしょう」

「クレア、わたしは詐欺師に関しては決して冗談なんていいません。わかっているでしょう」

「ええ。でも、これでは犯罪者というより映画マニアって感じ」

「〝有名人〟狂いだわね。欧米社会に蔓延している病。彼は劇場関係のパーティーの常連だから、きっとそこで見せびらかしたかったんでしょうよ」

「でも名声のおこぼれにあずかりたいなら、どうして銘板を手放したりしたのかしら。あの店は文化史にも登場する場所なのに」

「ええ、そうですとも」マダムの声には威厳がこもっていた。「オー・ヘンリーの短篇小説、アンディ・ウォーホルの版画、ボブ・ディランの歌……みんなそう」

「とはいっても、フラステが手放した理由もわかりますね。だって五キロちかい真鍮の銘板を身につけてカクテル・パーティーに行くのは無理でしょうから。話題としても重すぎるし」

「とんでもない詐欺師ですよ。店の伝統に対する敬意がまったくないのだから。それに、あの男はブタですよ」

「ブ、ブタ?」

「ええ、ブタよ。半年前に雇ったときから、七キロちかく体重が増えたのよ。午前中のぶんのペストリー類を半分食べ続ければ、無理もないわ。おかげで利益なんてほとんど出やしない」

「いったいどうしてそんな人を雇ったんですか?」

「あなたもわかっているでしょうけど、なにも彼がとびぬけてひどいということではないわ。これまでにもさんざんがっかりさせられてきましたよ。彼を推薦してきたのはエドゥアルド・ルブローで、そりゃもう褒めちぎってね。耳に心地いいことばかり。フラステはエドゥアルドのところで働いていて、エドゥアルドはピエールといっしょに仕事をしていたのよ。だから……」マダムは頭を左右にふってため息をついた。

「そうだったんですか」

「どうにもしかたないわね。わたしは賭けた、そして負けた。もう賭けには疲れてしまったわ。だからあなたにもう一度マネジャーに復帰してもらいたいの」

呼吸が少なくとも十秒間、とまった。「そんなこと、無理です」

「あらどうしてかしら。ねえクレア、僻地での暮らしにはもう、うんざりでしょう?」

「〝ニュージャージー〟ですよ、マダム。ネパールじゃないんですから」

「それに、あなたの愛娘はいま街にいるのよ。少しでもそばにいたいと思わない?」

図星だった。くやしい気持ちをごまかすように、ベルベットのクッションの位置を変えた。

マダムの要求に応じられない理由はほかにもあった。とても大きな問題だ。まず、通勤に時間がかかりすぎる。それを回避しようとしても、マンハッタンの家賃ときたら天文学的な数字なのだ。わたしはじきに四十歳。いまさら大学生みたいにルームメイトと同居するのはまっぴらごめんだ。

それに、自分自身の将来のこともある。いまは、フリーランスの立場で雑誌の仕事を積み重ねて、キャリアを築こうと奮闘しているまっさいちゅうなのだ。書く仕事は孤独だからハッピーとはいえないけれど、仕事自体はとても順調だった。今月はアメリカでのコーヒーの消費動向についての短い記事が《ニューヨークタイムズ》紙に採用された。

（人口のほぼ五十パーセントがコーヒーを飲む。平均して一日に約三杯。高品質の各種コーヒーが市場では伸びを見せている）

しかしそうしたさまざまな理由は脇に置いても、ブレンドに復帰したくない〝どうにもならない〟理由がひとつだけあった。わたしもマダムも、それに関してはわかりすぎるほどわかっていた。けれどおたがいにそれには触れまいとしていた。

マダムはため息をひとつついて、二十四金のシガレットケースをあけた。シガレットケースには宝石がちりばめられ、金の文字でマダムのイニシャルが描かれていた。これはピエールが何年も前に、金製品で有名なフィレンツェのポンテ・ヴェッキオつまり〝古い橋〟でマダムのために買い求めたものだ。マダムはシガレットケースのなかからフィルターのついていない煙草を取り出して火をつけた。マダムがわたしの前でこういうことをするのは、よほど気がかりなことがあるときだけだ。

「あなたが初めてわたしのためにいれてくれたコーヒー、おぼえている？」

「もちろん。エスプレッソでした」

「古いガスコンロを使っていれてくれたわね。コンロ用の五ドルのポットを使って」

わたしは微笑んだ。コージー家の祖母は移民としてウエスタン・ペンシルバニアに落ち着き（ここの製鉄所で働くためにイタリア人がつぎからつぎへと来た）、長年、夫婦でイタリア雑貨店を営んだ。祖母ははるばるイタリアから三杯用の小さな銀製のポットを持って来た。わたしがニューヨークに発つ日、祖母はそれを譲ってくれたのだ。

上下に分かれる八角形のポットはいかにも古めかしい。それはわかっていた。便利な機械が大好きなアメリカ人には、あまりにも素朴で頼りなく見えるだろうということも。彼らは高価なエスプレッソマシンであればあるほど、すばらしいエスプレッソができると固く信じている。

コンロ用の小さくて素朴なポット。子どものころ、近所のイタリア人の家でごくふうに見かけたものだ。これでつくる強力な飲み物はまさにコーヒーの真のエッセンスといっていい。それをかわいらしいデミタスカップにきゅっと注ぎ入れる。コーヒー豆から濃厚なアロマを最大限ひき出すには、いつだってこれが最高の方法なのだ。

コンロ用のエスプレッソポットには三杯用、六杯用、九杯用がある。使い方はかんたん。まずポットの下の部分を外し、小さな蒸気口のところまで水を満たす。それから豆を挽く（ビレッジブレンドでは水三オンス（一オンスは約二十八cc）につき、挽いた豆をテーブルスプーン山盛り一杯使う）。

〝エスプレッソ〟という言葉はコーヒーをいれる〝方法〟を示すもので、豆の種類を特定してはいない。だから質のいい豆を使えばおいしいものが飲める。ビレッジブレンドのお勧めはフレンチあるいはイタリアンなど、ダークローストした豆。

豆は細かく挽く。でも挽きすぎないように気をつけること。細かく挽きすぎてパウダー状にしてしまうと、コーヒーが苦くなってしまう。

適量を挽いたら付属のバスケットに入れて押し固める。水を入れたポットの下部にバスケットを固定したら、さらにポットの上の部分を載せてはめこむ。

つぎにポットを低音で熱する。数分で沸騰し、蒸気の圧力でお湯が粉状の豆を通過してのぼってゆき、あっという間にポットの上部がいっぱいになる。

コンロを使っていれたエスプレッソは、スチーム方式よりもたくさんの粉がカップに残る。〝占う〟ためには、この粉は欠かせない。わたしは迷信に縛られているわけではないけれど、あえて無視しようとも思わない。コーヒーの粉を見て占う方法は子どものころに祖母から教わった。それを手頃な室内ゲームとして楽しんでいた。

「ローマ出身のバリスタに千ドルもするエスプレッソマシンを使ってつくらせたけれど、とてもこんなにおいしくはいれられなかったわ」あの朝、マダムはそういって褒めてくれた。ちょうど母親がわが子に目を細めるように。

自分の頬が赤くなったのに気づいて、びっくりしてしまった。誰かにこんなふうに褒められるなんて、いったいいつ以来だろう。さっぱり思い出せなかった（中年、まして母親であればしかたのない事実か。現実に目をむけよう。いまや相手を褒める立場に立っているのだ)。

「そうでしょうか」わたしは異議を唱えた。「わたしの姿を見てほっとした、というのが本音ではないですか。チューブトップを着てタトゥーを入れたあばずれ女だったらどうしようって、びくびくしていたんですものね。でも、そうではないとわかってわたしのことを気に入ってくださった。だからわたしがいれたコーヒーも好きになることにしたんですよ」

「わたしはね、コーヒーを好きなふりなんて、一度もしたことはありませんよ。あなただってよく知っているでしょう。いいコーヒーか、ダメなコーヒーか、そのどちらかしかないの。そしてあなたがいれたコーヒーはとてもよかった」

「いれ方を教えてくれたのはわたしの祖母。それはよくご存じですよね」

「ええ。お祖母さまに教わったのよね。そしてこのわたしも教えた」

「確かにその通りです。だからマダムには深い恩義を感じています――」

「そんなこと、感じる必要はありませんよ。あなたは自分の力で成長しているのだからね、クレア。わたしたち女は、みんな自分の力で成長している。それなのに、それを正当に評価しようとしない」

わたしは身体の位置を変え、咳払いをした。

「わたしが自分に素直ではない、ということですか?」

「ええその通り。あなたは自分がいるべき場所がどこなのか、わかっている。どうしたら幸せになれるのか、ちゃんと知っている。でもそれを無視している」

わたしは深呼吸した。「しかたありません」

「逃げているだけですよ。彼から逃げているのよ」

〝ほうら出た。わたしたちのあいだに巨大な青いトラがあらわれた〟思わず両腕で自分の身体を抱きしめた。

「それは臆病というのよ。そんなことで自分が望む人生を生きようとしないなんて、バカげてますよ」マダムは煙を吐き出して片方の眉をあげた。「あなたの《タイムズ・マガジン》の記事の締めくくりの文章、ちゃんとおぼえていますよ。『コーヒーを飲むとき、わたしたちは歴史を飲んでいる。それはまた、わたしたち自身の歴史でもある』」

身のすくむ思いだった。わたしはマダムの言葉を無断で使用したのだ。編集者に印象づけたくて、自分のコーヒーIQの高さを誇示したくて。

ほんとうのところ、知識の大半はマダムの庇護のもとビレッジブレンドを切り盛りした年月の間に身につけたものだった。

「ごめんなさい」しおらしい声が出た。「マダムの言葉の引用だと断わるべきでした」

「なにバカなことをいってるの。わたしはあなたを叱っているわけではないの。ただ、あなたに思い出してもらいたいだけ」

マダムが立ちあがってサイドテーブルから一週間前の《タイムズ・マガジン》を取りあげた。わたしにむかって、どうだとばかりにそれをゆらし、いままですわっていた場所にもどった。そして鼻に老眼鏡をちょこんとのせた。

「読みますよ。『コーヒーを愛飲することが文明であるとしたら、わたしたちが購入し、いれ、飲むコーヒーそのものには文化遺産に匹敵する価値があるはずだ。コーヒーなど取るに足らないものだ、というのはかんたんである。しかし日々のコーヒーの選択は、自分の人生の基準をどのあたりに設定するのかという決断を反映する儀式なのだ。その基準が最高であっても、最低であっても、そのままわたしたちの子どもたちに受け継がれてゆく。どんなにささいなことについても、最高の基準が受け継がれてゆかなければ、文明の発展は望めない。T．S．エリオットの言葉はそれをうまくいい当てている。人の人生をコーヒースプーンで測ることができるのであれば、コーヒー豆の品質には注意を払うべきである、と』」

マダムがにっこりした。

「わたしの言葉ではありませんよ。これはあなたの、あなたの言葉、そうでしょ」

「マダムから教わったことです」

「そう？　じゃあ、証明してちょうだい」半分だけ吸った煙草をもみ消し、マダムは小さな鈴に手を伸ばした。「わたしの提案を書面にして用意してあります。クレア、読んで同意してほしいの」

鈴がちりんちりんと鳴る音で、マダム専属のメイドが銀のトレーを持って来た。トレーには正式な契約書らしきもの、それと並んで小さな砂時計、熱湯を入れた魔法ビン、フレンチプレス。なかのコーヒー豆が完璧に挽いたジャマイカ産のブルーマウンテンであることは香りでわかった。

あやうく気が遠くなりそうになった。

濃厚でまろやか、そして心弾むほどの香りの高さ。この豆は標高七千フィートのジャマイカのブルーマウンテンで生育し、収穫量はごくわずか。一年にたった八百袋（一袋あたり六十キログラム）しかとれない。同じジャマイカ産でもこれより品質が劣る豆となると（ハイマウンテン、プライム・ジャマイカ・ウォッシュト）、年間の収穫量は一万五千袋。輸入業者と焙煎業者は価格を下げるためにブルーマウンテンブレンドにして取引するが、当然、品質も下がる。本物のブルーマウンテンは一ポンド（約四百五十三グラム）当たり三十五ドル、あるいはもっと高額で取引される。わたしはここ十年というもの、つまりビレッジブレンドを離れて以来、一滴も味わっていなかった。

マダムはなにもいわず、わたしの手に契約書をのせた。そして挽いたコーヒーが入っているフレンチプレス式の容器に湯気の立つお湯を注ぎ、蓋をして砂時計をひっくり返した。マダムがわたしを見た。その顔にはこう書いてあった。

〝五分間ですよ〟

コーヒーが出るまでにかかる時間。そのあいだに契約書に目を通し同意しなさいということだ。

大きく息を吸って、読み始めた。五年契約にサインすればつぎの特典が与えられる、という内容だった。
一、本契約と同時に、ビジネスの所有権の十五パーセント。さらに、利益率が十パーセントを上回った営業年度には、五パーセントの所有権が加算される。
二、店の上階の家具つき住居のカギ。
マンハッタンの超人気エリアのどまんなかで、暖炉、バルコニー、中庭つきの二部屋に家賃ゼロで住める貴重なチャンス。これは掛け値なしに、あり得ないくらいの好条件だ。

そして最後の項目はつぎの通り。
三、胸を締めつけるほどのカリスマ的魅力の持ち主、すなわちビレッジブレンドのコーヒーのバイヤーと接する期間は、ひと月のうち一週間を超えないというマダムの確約。

「契約書なんかで彼を縛ることはできないわ。おわかりですよね。彼はいまだに海賊同然なんですから」制限時間が来た。なにはさておいても、これだけはいっておきたかった。

「父親譲りなのよ」マダムはフレンチプレスのブランジャーを押してガラス容器の底にコーヒーの粉をぎゅっと押しつけた。力の入れすぎではないかと思うほど、強く。マダムが顔をあげてわたしの目をのぞきこんだ。「ほかにいいようがないでしょう?」

「わかっています」銀のトレーにのっているシンプルなカップにマダムがコーヒーを注いだ。フレンチカフェ・スタイルのクリーム色のカップ。「これまでに何度も通った道ですから」

「そうだったわね。たいへんなでこぼこ道だった。おたがいにとって」

長い長い沈黙が続いた。話題がマダムの息子におよぶと、いつもこう。できれば触れたくない話題だった。マテオ・アレグロは現在四十代前半。ビレッジブレンドのコーヒーを世界各地で買いつけてくる担当者であり、かつまたマダムが最初の夫アントニオ・アレグロとのあいだにもうけた一人息子。そしてマテオ・アレグロはじつはわたしの元夫であり、わが自慢の娘ジョイの父親でもある。

優美なトレーからカップを取りあげクリームをさっと入れると、いれたてのジャマイカ産ブルーマウンテンを味わった。官能的で甘く濃厚なコーヒーの香りに包まれながら、マテオについて、そしてマダムの魅力的な申し出について考えた。

「さあ、きかせてちょうだい。あなたのこたえを」

わたしは顔をあげた。そしてはじめて気づいた。義母の瞳は、わたしがおぼえている色とはべつの色になっている。二番目の夫を亡くしてから、マダムのブルーの瞳はしだいにグレーの色を帯びてきた。口と目の周囲のしわは、かつて表情に合わせてあらわれていたのに、いまやすっかり定着してしまったようだ。頑として居すわったまま、追い出しても出ていこうとしない店子みたいに。

縁起でもない考えが湧いてきた。世の中には一年経たないうちにあいついで死んでしまう夫婦がいる。どちらかが大病を患って死んでしまうと、残されたほうもごくささいな原因（たとえば風邪からあっという間に肺炎になる）で後を追うように亡くなってしまう。医師は、精神的なダメージを負っている時期に免疫力が弱まったためと臨床的な診断を下すだろう。けれど、それは悲しみの極みにある死、伴侶を失ったことによる死にちがいない。

この日のマダムは、どこか弱々しく見えた。ブレンドの切り盛りをわたしに最初に仕込んだときのマダムはこうではなかった。ひと昔前のこの女性《ひと》の情熱の源はコーヒーのカフェインとはべつのところにあった。マダムを支えていたのは店に対する誇りであり、長い歴史、多彩な顧客、品格の高さ、地域に貢献するという使命感。無数のストーリーの舞台となったビレッジブレンドという店を維持してゆくのだという意識だった。

最初の夫に先立たれた後、マダムはたったひとりで何年も経営してきた。それはピエールと再婚する前日まで続いた。ピエールはフランス製の香水、ワイン、コーヒーの輸入を手がけ、その方面ではニューヨークの街で有数のやり手だった。

結婚を境にマダムの人生は百八十度変わった。旅行につぐ旅行、アップタウンでのディナーパーティー、夫の顧客の接待、夫のティーンエイジャーの子どもたちの子育て、毎年八月にはヨーロッパの別荘の切り盛り、という生活が始まった。

マダムが若き日々を費やしたコーヒーハウスは遠いものとなった。だが店のコンロの火が絶えることはなかった。ピエールはたいへんな資産家であったが、その妻となってからもマダムは頑としてビレッジブレンドを手放そうとはしなかった。それまでの長い年月、マダムにとって店は命がけで守らなくてはならないもの、たいへんに貴重なものとして存在していた。売却の話などにはとうてい応ずるはずがなかった。

「わたしにはあなたが必要なのよ、クレア」マダムがようやく口をひらいた。低い声だった。マダムのこんな声をきくことはめったにない。

〝わたしはこの人に選ばれたのだ〟その瞬間、わたしは悟った。〝マダムはこのわたしに店を続けてもらいたいと望んでいる〟

すぐに思い浮かんだのは、デュボワ家の子どもたちのことだった。義理の母親のこの決断を知ったら彼らはなんと思うだろう。子どもたちとはほぼ全員、会ったことはあるが、ビレッジブレンドという店の重要性には誰もピンときていないようだった。店が地域の名物であることも、マダムの信念の証であることも。

無理もない。何不自由なく育てられ、エリート校で教育を受け、芸術や文化の香りに包まれて暮らしてきたデュボワ家の子どもたちにとって、零細なビジネスを日々切り盛りしていく苦労など、およそあずかり知らぬこと。彼らは全員がとうに成人に達し、それぞれヨーロッパ、ウエストコースト、ニューヨークで暮らしていた。上流社会に身を置き、世間一般の人々の生き方とは接点がなかった。

マテオ・アレグロは彼らとはちがう。元妻であるわたしがいうのだから確かだ。けれど最愛のコーヒーハウスを引き継ぐ者として、マダムは息子に白羽の矢を立てなかった。

マテオはコーヒーに関わる仕事をしてはいるが、彼が情熱を注いでいるのは人にコーヒーをふるまうことではなく、コーヒーを追い求めて世界を駆けめぐるほうだった（たいていはコーヒーだけではなくほかのこと――女性――も追い求めていた）。

彼は猛烈に働く人ではあったけれど、結婚生活には向いていなかった。一ヵ所に腰を落ち着けて日々商いに打ちこむ、などというライフスタイルにはおよそ不向きなタイプ。実の母親もそれを見抜いていた。

〝商い〟が優先順位の第一位ではない、という点ではマダムも同じだ。ビレッジブレンドは断じて商いではない。ビレッジブレンドは伝統であり、遺産であり、愛なのだ。それがわかっているからこそ、わたしはマダムの契約書に署名した。

「やります。マダム」きっぱりいい切って、ようやくマダムの目を見ることができた。

「ありがとう。感謝しますよ」

4

ギリシャ・コーヒーをいれる手順はごくシンプルで、少しもむずかしくはない。コーヒー一杯につき三オンス（約八十四cc）の水とダークローストしたコーヒーをティースプーンに山盛り一杯（わたしはイタリアンローストとマラカイボ――ベネズエラ産の魅力的なコーヒー。ベネズエラの主要な港の名にちなんで命名された。豊かなフレーバー、繊細なワインの味わい――を半分ずつ使った）。

細かく挽いた豆と水をイブリックに入れ、中火にかけて沸騰させる。イブリックには蓋がない。縦長で先に行くほど細くなっているのは、吹きこぼれないためであり、コーヒーを注ぐときに粉がいっしょに出ないように縁が立ちあがっている。

ふたりの警官はわたしが作業するのを見ていた。

砂糖を取ろうとして、おやっと思った。カウンター付近がきれいに片づいている。アナベルが前の晩に階段から落ちたのであれば、掃除をすませ、セルフサービスのコーナ

ーに補充した後で落ちたということだ。エスプレッソマシンはピカピカだし、食器棚にはカップとナプキンと木製のステアラーが収められていた。

〝それなら、なぜ階段の上の貯蔵庫はあれほど散らかっていたのだろう？　どうしてあんなふうにコーヒーの粉がまき散らされていたのか〟

火にかけたイブリックのなかをかきまぜ続けた。コーヒーの濃い香りが立ちのぼり、店のなかにひろがった。

ギリシャ・コーヒーやトルコ・コーヒーを出す場合、それがおめでたくない場面、たとえば葬式（あるいはアシスタント・マネジャーが救急車で運ばれた場合）では砂糖を抜く習慣だ。でもそんな習慣は無視することにして、それぞれのカップに砂糖をティースプーンに山盛り一杯ずつ入れた。これは悲しい状況ではない、アナベルはきっと大丈夫だと〝願をかける〟つもりで。

「すみません、あいてますか？」

三十代とおぼしきハンサムな男性が正面のドアから顔だけをのぞかせた。美容院で仕上げた無造作ヘア、カシミアのクルーネックのセーター姿。

「いや、あいてません」ラングレーがこたえた。

「後でまた寄ってください」デミトリオスがいい添えた。

「ダブル・エスプレッソをテイクアウトしたいだけなんだけど」ぴしっと折り目のつい

たカーキ色のズボンがするりと店内に入った。「たいした手間じゃないでしょう?」

「後で出直してください」デミトリオスだった。

「テーブルで待っているから――」男性は《タイムズ》をサッとひろげて椅子にちかづいていった。

お客のこういう態度にはいまさら驚かない。マンハッタンには〝ノー〟という言葉にまったく反応しない人間が一定数いる。〝ノー〟が自分にむけられているとは露ほども思っていない態度を取る。ルールがわからない、というわけではない。ただ、自分には守る義務はないと解釈する。

「おれ、ちゃんと英語しゃべってるよな?」デミトリオスがラングレーに確かめた。

男性はあと少しのところで椅子にすわりそこなった。デミトリオスが腕を伸ばして彼を押しもどし、歩道に出してしまったのだ。デミトリオスは店内にもどってドアを閉め、後ろ手でカギをかけた。

その時だった。イブリックのなかの真っ黒な液体が沸騰し始めた。その半分を筒状の薄いグラス三つに注いだ。うっかり迷いこんだコーヒーの粉が縁まで舞いあがるのを防ぐためにこんなに背の高いグラスなのだ。残りのコーヒーをふたたび火にかけ、かきまぜて泡立て、スプーンでそれぞれのグラスに移す。熱いグラスを銀のホルダーにはめこむ。凝ったつくりのホルダーには繊細な細工のループ状の取っ手がついている。ホルダーをトレーにのせて大理石のテーブルに運んだ。

デミトリオスはあぜんとした面持ちでわたしを見た。

「ちゃんと〝顔〟もついている」そういって腰掛けた。

わたしはうなずいて、隣にすわった。「ええ、でもスプーンを使ったから手抜きです。もっと気持ちがしゃんとしていれば、ポットからそのまま注ぐのですけれど」

「なんですか、〝顔〟って」ラングレーも腰掛けながらたずねた。

「泡のことよ」（調子がいい日には、泡立ったコーヒーをイブリックから直接移すことができる。コーヒーの粉をこぼさずに）

「そう、なぜ〝顔〟なんて呼ぶかというと、泡なしのコーヒーを出したら顔がつぶれるからさ」デミトリオスはそういってコーヒーをすすり、ふうっと息をついた。そしてギリシャ語でなにかをいった。

わたしは彼にかすかに微笑んで見せた。「どういう意味なんですか？」

「え？　あなた、こんなに上手にギリシャ・コーヒーをいれるのに、ギリシャ人ではないんですか？」

わたしはいいえとばかりに首を左右にふった。

デミトリオスが笑い出した。「〝ママの味と同じだ〟っていったんですよ」

「すばらしい母ちゃんだな」ラングレーはひと口すすってからいった。「おお、濃厚だ」

「おいしいでしょう?」

「ええ」ラングレーはまたひと口すすった。「でもアイリッシュ・ウィスキーとたっぷりの生クリームがほしいな」

「男らしくそのまま飲めよ。ラングレー。おれが胸毛を植えてやるから」デミトリオスがこちらをむいてウィンクした。

わたしはだいたいにおいて、ウィンクする人がきらい——指を鳴らす人も苦手——なのだが、彼のウィンクはそういうウィンクとはちがう種類のものだった。わかってもらえるだろうか。いけすかない中古車のセールスマンが「冗談だよ、ほんの冗談だってば」とばかりにするウィンクとはちがう。「元気だせよ、おれたちがついてるじゃないか」という感じのウィンクだった。おかげで強い吐き気を催すようなことはなかった。これ以上落ちこまずにすむ、というレベル。

「ギリシャじゃ子どもはそんなふうにいわれるんですよ」デミトリオスが話を続けた。「いいかラングレー。おまえには胸毛が必要だ」

「おおい、プラトンはどこだ」とラングレー。「ギリシャの男が困っているのは胸毛だけじゃないだろうが。どこにもここにも毛が生えすぎて困るんじゃないのか。こんなところに絶対生えてほしくない、ってところにな」

そのとき、正面のドアを力いっぱいノックする音がした。ガラス窓のむこうに背の高い男の姿が見えた。茶色のズボン、白いシャツ、赤と金のストライプのネクタイをゆったり結んでいる。ひろい肩をおおっているベージュのくたびれたトレンチコートは、クリーニングに直行させたほうがよさそうだ。濃いブロンドの髪は短く刈ってあり、しゃれっ気のかけらもない。四十がらみと判別できる顔、その顎の部分にはうっすらと無精ヒゲ。目の下にはクマが見えた。

ひと目で好感を抱いた。店を閉じていることを一瞬、残念に思った。さきほどの客とはちがって、このげっそりとやつれた人は、ほんとうにダブル・エスプレッソを必要としているようだ。けれどどうしようもない事情があって店をあけるわけにはいかない。だからわたしは頭を左右にふり、両手で追い払うそぶりをした。

「しょうがねえな」

ラングレーが面倒くさそうにいってさっと立ちあがった。ドアに駆け寄るとカギをあけドアをひらき、むっつりとした表情のトレンチコートの男を店のなかに招き入れた。まるでチャールズ皇太子を迎え入れるように。

「もう開店してもいいということ？」わたしは期待を込めてデミトリオスにたずねた。

さっそく頭のなかで算段を始めていた。午後のバリスタのタッカーに電話をして呼び、店のことを任せたらセントビンセンツ・ホスピタルに駆けつけよう。そうすればアナベルに付き添ってあげられる。

「いや、まだです」とデミトリオスはこたえた。「ラングレーが入れたのはクィン警部補です。六分署の捜査課の人間です」

「捜査課？　なにを捜査するところ？」

「殺人事件です」

それをきいたとたん、さきほどの気分の悪さがどっとぶり返した。

フレンチプレス

容器にコーヒーの粉を入れてお湯を注ぎ、蓋をしたら5分間待つこと！　それからプランジャーを押してガラス容器の底にぎゅっと粉を押したら、美味しいコーヒーの出来上がり。

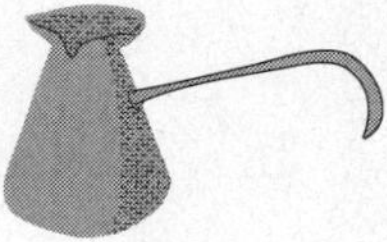

イブリック

ギリシャ・コーヒーやトルコ・コーヒーをいれるための道具。縦長で先に行くほど細くなっているのは吹きこぼれないようにするためで、コーヒーを注ぐ時に粉がいっしょに出ないように縁が立ちあがっている。

コンロ用エスプレッソポット

上下に分かれる八角形のポット。スチーム方式よりもたくさんの粉がカップに残るので、コーヒー占いにもおすすめ。

サモワール

サヴォルカというロシアの飲み物をいれるためのポット。ロシアでは食後にテーブルのまんなかにサモワールを置き、家族全員があつまって飲む。

5

「まず、お名前をきかせてください」

クィン警部補の声は煮つまったコーヒーのようだった。疲れて、苦みがまじっていた。

わたしは彼をじっと見据えた。なんの用があって殺人事件の捜査官がわたしのコーヒーハウスにあらわれなくてはならないのか、と問いつめるような目つきで。ふと、彼のトレンチコートの衿に褐色のシミがあるのに気づいた。おそらくロブスタ種の豆を使ったろくでもない代物だ。六番街あたりの安い店で出しているものだろう。〝ミルク入り、砂糖抜き〟とにらんだ。

いったいぜんたいどうしてこの警官《ひと》たちは、あんな汚水みたいなものを飲むのだろう。ほんの目と鼻の先で、一ドルよけいに払えば極上のコーヒーが飲めるというのに。身も心も温まる豊かな思いができるなら、一ドルなんて惜しくはないだろうに。

「もしもし」警部補がうながした。「きいてますか?」

ちらっと彼を見あげた。まだわたしはこたえていなかったのかしら？　はっきり思い出せなかった。アナベルの事故の後でなぜ〝殺人事件〟を捜査する刑事がやって来るのか。脳はそちらの分析をするのにかかりきりらしい。

〝事故よね……それとも、殺人？〟いつの間にか、そんなことを考えていた。わたしが経営を委ねられているマダムのコーヒーハウスに誰かが押し入った、そしてアナベルを襲った、なんてことがほんとうに起きたのだろうか？　こんなことを考えていたものだから、よほど具合が悪そうに見えたのだろう。顔面蒼白になっていたにちがいない。そうでなければ警部補がえらの張った横顔を見せてラングレーにこんなことをいうはずがない。「彼女は医療措置を必要としているのか？」

責めるような口調だった。それに対しラングレーは肩をすくめただけ。

「それはどういう意味だ？」警部補がたずねた。「言葉ではっきり返事できないのか」

警部補が姿をあらわしたとたんに立ちあがっていたデミトリオスが、ようやく割って入った。「わたしたちはまだ――」

「きみにはきいていない。デミトリオス」

デミトリオスは奥歯をかみしめ、身をこわばらせた。反論を試みようとしたようだったが、考えなおしたらしく視線をそらした。

警部補はラングレーに視線をもどし、腕組みをして返事を待った。

ラングレーがまた肩をすくめた。「この人は医療措置は必要としてはいないと思います。これでいいですか、警部補？　治療を必要とするショック状態にはありません。きちんと受け答えができます。ただ、少し動きまわって気持ちを落ち着ける必要があるのではないかとわたしとデミトリオスは判断したのです」

「〝動きまわって〟だと？　犯行現場の可能性がある場所で〝動きまわる〟？」

「そうよ。その通りです」ついにいってしまった。でなければ、この人たちはわたしを蚊帳の外に置いたまま延々と話し続けるだろう。それはどう考えても気分のいいものではない。「ラングレーさんのいう通りです。わたしは動きまわってました」

クィン警部補がわたしを睨みつけた。わたしも睨み返した。すわっているわたしの目の前に彼が立っている。〝立っている〟というのは正確ではない。〝迫って来る〟というほうが適切だろう。少なくとも〝威圧的〟であるのは確かだった。

低く見積もっても一九十センチはありそうな身長でわたしを見おろしている。ミッドナイトブルーの瞳は充血していて、凄みがある。思わず息を止めてしまう。

濃いブロンドの眉がゆっくりと持ちあがった。

「ミセス――」

「ミズでどうぞ」

かすかな吐息を洩らしてから、警部補はたずねた。「ともかく、苗字をきかせてください。ここにいるラングレーとデミトリオスはどうしたわけか、まだきいていないようですから」

「コージーです。クレア・コージー」

わたしはすでに立っていた。手を腰に当て、少し憤慨した態度を示して主導権を奪い返すつもりだった。ここの責任者はわたしなのだから。

けれどそんなジェスチャーはあまり効果がなかった。今朝、お気に入りのストレートのブルージーンズに合わせた履き心地のいいローヒールのブーツをもってしても、わたしの身長はやっと一六十センチといったところ。警部補との差はゆうに三十センチはある。彼にとってはむしろ微笑ましく映ったようだ。

「スペルをいってください」

クィン警部補はメモ帳を取り出して殴り書きした。それからさきほどのラングレーとデミトリオスと同じように基本的な事柄を質問した。彼らが苗字をきかなかったのは単なるうっかりミスだったようだ。

「結構です。ミズ・コージー」と警部補。「ではガイシャを発見した場所を教えてください」

「女の子です」わたしはいった。

「え？」クィンはつぶやきながら部屋を見まわしてメモを取っていく。

「〝ガイシャ〟ではありません。女の子です。生きているんです。ちゃんと息をしているんです」

「便宜上そういってるだけです」クィン警部補がそっけなく返した。

「アナベル・ハートは便宜上の存在などではありません。彼女は若くてきれいな女性です。生きて、息もしています。ガイシャなんかじゃない。だから正直なところ、あなたがここにいらっしゃる理由がわからないんです。誰も死んでいないのに！」

メモ帳の上を走っていたペンが止まった。警部補がわたしを見た。それからラングレー、デミトリオスと視線が移った。わたしは彼らの顔を見ることができなかった。自分の顔がカッカとしているのを感じた。おそらく真っ赤になっているはずだ。呼吸も荒くなっている。

「ニューヨーク市警の殺人担当刑事は銃殺、刺殺、絞殺だけを捜査するわけではありません」クィン警部補がいった。ゆっくりと落ち着いた口調だった。どうやらわたしはベルビュー・ホスピタル・センターの精神科病棟の患者と五十歩百歩と判断されたらしい。「それ以外でも、死あるいは死に至るおそれのある事故のうち疑わしいものは、捜査の対象となります。どうぞ冷静になってください、ミズ・コージー」

冷静になれ？　そういうセリフほどわたしをいらだたせるものはない。元夫がこうだった。そう、結婚生活の終焉を彼に告げると決めたあの日も、彼はこのセリフを吐いたのだ。いっそなにもかもが、あの日で終わってしまえばよかったのに。きっぱりと彼を忘れられればよかったのに。でも、そうはいかなくて、あれから一年以上経って、わたしは彼から贈られた結婚指輪をようやく外すことができた。

見るともなく、警部補の左手の金の結婚指輪に目がいった。そのまま無意識のうちに彼のトレンチコートのポケットに視線を移した。思った通り、そこにはまぎれもない証拠があった。チョコレートの小さなシミ。ポケットをさぐろうとする小さな指がつけたものだ。〝パパ、お土産はなあに？〟

ジョイがうんと小さかったころはマテオもそうだった。海外を探検してひと月ぶりにもどってくるたび、娘のためにとっておきのお土産をかならず持ち帰った。ちょっとしたアクセサリーであったり、異国情緒たっぷりのオモチャであったり、キャンディーであったり。ジョイが大きくなると子どもだましのプレゼントは姿を消し、外国のポップバンドのミュージックテープ、その土地ならではの変わったレシピがお土産となった。さらにお年ごろになって父親の不在期間の長さに気づくようになると――ホテルからの絵葉書ひとつよこさなかった――お土産は一挙にぜいたくなものとなった。ハンドメイドのバックパックやジャケット、繊細な細工の指輪、ネックレスにしても真珠、プラチナ、翡翠、象牙など。

娘へのそういうお土産が、最初はうとましかった。忙しくて父親のつとめをまともに果たせない後ろめたさを安っぽい物で埋め合わせようとしている、と思っていた。けれど気づいたのだ。ジョイにとってそれはとてもだいじな物なのだと。彼女にとって父親はたいせつな存在だとわかったのだ。それ以降、わたしはいっさい口出ししなくなった。

「午後にはひと口サイズのとてもおいしいペストリーが届くんですよ」わたしは警部補にいった。「小さなチョコ・エクレアや小さなキャノリスが。子どもたちには大人気なんです」

クィン警部補が眉をひそめた。この女はいよいよイカれたか、という目でわたしを見ている。

「あなたの右ポケット」きっとどうしようもなくバカげた推理だと受け取られるだろうな、という思いがよぎった。

「わたしの、なんだって？」

「右のポケットです。そのトレンチコートの」

ラングレー、デミトリオス、クィン警部補の視線がクィンのトレンチコートのポケットに注がれた。

「チョコレートのシミがあります。小さな手形の一部分も。幼いお子さんがいらっしゃるんでしょう？　お父さんが帰って来たらお土産をさがしてポケットをさぐる、ちがいますか?」

ラングレーがにこっとした。デミトリオスは愉快でたまらないとばかりに声を洩らした。警部補の顔はほんのりと赤くなった。ふたりの若い警官を脅すように睨みつけ、ブルーの鋭い目をわたしにむけた。

「ミズ・コージー、わたしはここであなたに質問を――」

「お子さんがいらっしゃるのなら、わたしがアナベルを思う気持ちもおわかりでしょう。彼女と知り合ってまだ日は浅いけれど、わたしの下で働いてくれていたんです。それにわたしの娘よりも一歳年上なだけで――」

「というと?」

「二十歳です」今回はラングレーが自分のメモ帳を見ながらこたえた。「被害者は二十歳でした。あ、すみません」しまったという表情でわたしを見た。「二十歳です。ダンススクールの生徒です。ルームメイトにはすでに話をきいています。ルームメイトはその後、病院に付き添っていきました」

クィン警部補がいぶかし気な目でこちらを見た。

「つまり、あなたに十九歳の娘さんが?」

わたしはうなずいた。警部補は怪しいものでも見るような視線をわたしにむけている。彼が〝査定〟にかけた時間は、せいぜい数秒だっただろう。けれど、わたしには一日かそこら時が止まったかのように感じられた。

黒いブーツの先からスタートして、ストレートのブルージーンズをすばやくのぼり、腰の曲線部分で、急カーブにさしかかったスポーツカーのようにスピードがゆるむ。査定はそのまま続き、黒いタートルネックのセーターに。Cカップの胸のあたりでは必要以上に長く留まった。小柄な女性としては自慢できるサイズなのだが、調査の対象になっていると思うと、いたたまれない気分だった。最後に、彼の視線はハート形のわたしの顔と肩まである髪の毛をとらえた。髪はイタリアンローストのコーヒー豆と同じブラウン。

彼のコバルトブルーの瞳がわたしのグリーンの瞳を見定めた。

「で、あなたの年齢は?」

「三十九歳です」〝う、こんなに大きな声でいわされるのはつらい〟

警部補は視線を外し、メモ帳をパラパラとめくり返した。「見えませんね」メモ帳に書きとめながらいった。やわらかな口調だった。

「ありがとう」わたしも、同じような口調で返した。

クィン警部補はラングレーとデミトリオスのほうをむいた。

「じゃあ、見せてもらおうか」

ふたりの警官は警部補を案内して長方形のメインフロアを横切った。ここにはサンゴ色をした大理石のテーブルが十五、白いフレンチドアに沿って並んでいる。そのほとんどは一九一九年ごろのものだ。フレンチドアを通して室内には日の光があふれる。暖かい季節にはあけ放して歩道に席を並べる。

警部補は歩きながら、床から天井までのフレンチドアを観察しているみたいだ。無理矢理侵入した形跡をさがしているのだろう。が、そういうものはまったく見当たらない。

メインルームの一番奥はむきだしの煉瓦の壁となっていて暖炉がある。また、二階席に続く錬鉄製のらせん階段がある。二階のスペースは貸し切りのパーティーにも使われる。らせん階段はお客さま用だ。スタッフは専用の階段を使う。いまわたしたちはそちらにむかっている。

ふたりの警官と警部補は短い廊下を通って奥のドアにむかった。地下にむかう階段につながっているドアだ。警部補はじっと観察し、手早くメモを取った。ステンレス製の重たいゴミ入れから真っ黒なコーヒーの粉がこぼれ、あたりに散って滑りやすくなっているのを見て、顔をしかめた。

「どういうわけか、こんなところにあったんです」わたしはいった。「ゴミ入れのことです」

「いつもはどこに?」警部補がたずねた。

「作業スペースにゴミ入れを三つ置いています。大理石のカウンターのむこう側です。シンクの下、コーヒー沸かし器の下、食器洗い機の隣にひとつずつ。これはシンクの下のゴミ入れです。ここに一番ちかいところのものです」

「なるほど」

「それをゴミ収集箱まで持っていくことになっているんです」

「そのゴミ収集箱はどこに？」

「裏口の外です。ここのコンクリートの階段を四段降りた右側にあります。私道になっているんです。収集業者はこの二十年変わっていません」

「パセリ・アンド・サンズ？」

「そうです」

警部補はうなずき、両手を腰の後ろにまわして裏口のドアをしげしげと眺めた。スチール製の重いドアには窓がなかった。「この地区の大部分を請け負っている業者だからね。あなたが見たときも、ドアはこの状態でしたか？」

「はい。カギはかかっていましたけど、チェーンはかかってませんでした」

「ふだんはチェーンを？」

「ええ、特に夜は」

「で、アナベル・ハートはゆうべ、店を閉める係だった」

「はい」

「ひとりで?」

「はい」

「閉める時間は?」

「昨日は平日でしたから、深夜十二時です。金、土、日曜日はお客さんしだいです」

「カップルが多いから?」警部補がたずねた。

「ええ。レストランやナイトクラブからあふれたお客さんがたくさん来るんです。あのね、ディナーやクラブで話が盛りあがったカップルには、さらにおたがいを知るための場所が必要なんです」

「すごくロマンティックだ」思わずラングレーがつぶやいた。

デミトリオスがふき出した。「おいおいラングレー、おまえは夢見るロミオか」

「そうさ、プラトンくん。きみは考えるほうを担当してくれ。ぼくはロマンティックなほうをやるから」

「わたしの若いころは」警部補は用心しながら階段を降りていく。「ダンスフロアでアツアツになったらコーヒーハウスではなくシーツの上に直行したものだが」

「それはエイズが登場する前の時代ね」下にいる彼にむかってわたしは叫んだ。

「すれすれの時期だな」階段を降りきったところから彼がどなり返した。わたしがアナベルを見つけたあたりを調べている。「地下にほかに出口は?」

「ひとつだけあります。歩道に面した跳ね上げ戸が。でも大量の荷が届いたときにしか使いません。いつもはカギをかけています」

「しまっている」警部補がこちらにむかって叫んだ。「よし、ここにはなにもない」警部補が階段をのぼってきた。「下にあるでかい機械、あれはなんですか?」

「コーヒー豆を焙煎する機械です。この店で使う豆はここでローストしているんです」

クィン警部補がうなずいた。「いい匂いだ」

「それが重要なんです。コーヒーを飲む楽しみのうちの五十パーセント以上は香りですから」

「ほ、ほう」

彼がわたしを見つめている。なにもわかっていない目だ。カフェイン命とばかりにロブスタ種の豆でいれたコーヒーをがぶ飲みする人間の目。でもがっかりしたりしない。これから転向させればいいのだ。

警部補は裏の階段をのぼっていった。

二階のスペースも長方形だ。片面には窓がずらっと並んでいる。一階と同じく奥の壁は煉瓦造りで暖炉がある。一番奥まったところにはドアがあり、マネジャー用の、つまりわたしの小さなオフィスへと続いていた。板張りの床のいたるところに防音のためのラグが敷かれている。大理石のテーブルがあるのは一階と同じだが、ここにはソファタイプの椅子がたくさん置かれていた。

フランスのノミの市で買い求めた種々雑多のソファ、ふたり掛けのソファ、肘掛け椅子、卓上スタンドがほどよく配置され、落ち着いて会話できる居心地のいい空間となっていた。ボヘミアンの居間、といっても通用しそうだ。じっさい、そういう目的でも使われていた。ビレッジの住人の多くは狭いスタジオやワンベッドルームのアパートにぎゅう詰めになって暮らしていたので、ビレッジブレンドの二階は彼らにとってリビング代わりだった。また、ご近所のさまざまなグループの内輪のあつまりの場所としても重宝されていた。

「すてきなところですね。ミズ・コージー」警部補はカギがかかっている窓を子細に見ている。

わたし専用のオフィスはすでにチェックしたが、荒らされた気配はなかった。壁の金庫も、その脇のカギのかかったガラスケースも。ここにはお宝が収められている。百年以上にわたってアレグロ家に受け継がれてきたブレンドの秘蔵のレシピブックだ。これにも異変はなかった。

「ありがとう。コーヒーをご馳走しますね」

「どうぞおかまいなく」

「遠慮なさらないで。保証しますから。いつもの六番街の店で飲むミルク入り砂糖抜きのコーヒーよりも千倍おいしいです」

警部補がぴたっと動きを止め、こちらを見つめた。あっけにとられたような、気分を害されたような、どちらともつかない表情が浮かんでいた。「左の衿です」

刑事が視線を下にやった。コーヒーのシミを見つけて、顔をしかめた。

「いれたてのコーヒー、いかがですか?」口元がほころんできそうになるのを感じた。「さきほどいった通り、店で使う豆はここでローストしているんです。地下で」

彼がわたしにちかづいてきた。おかげでふたたび、目の前に壁がそびえ立つような圧迫感を感じた。

「またべつの機会に」そっけない口調だった。

「お代はいただきません」つまりサービスだ。顔を合わせるために思い切り首を後ろに反らせた。〝痛っ。この人の奥さんがわたしみたいに背が低いとしたら、毎晩欠かさず首の牽引が必要ね〟

「押し入った形跡はないな」クィン警部補が警官にむかっていった。「行こう」警部補はわたしたちをうながしてスタッフ用の階段にもどった。と、踊り場にもうひとつドアがあるのに気づき、足を止めた。「このドアのむこうは?」

「わたしの住まいに通じています。一階上でメゾネットになっています。ここから先は私用の階段です。裏庭から外階段を使って入ることもできますけど」

「このドアにはいつもカギを？」

「もちろんです」

刑事はポケットのなかからラテックス製の手袋を出して右手にはめると、ドアをあけようとした。ドアのノブは動かない。ドアの枠の部分も調べた。「カギがかかっている。よし、下に降りよう」

皆でスタッフ用の階段を降りてメインルームにもどった。

「裏の通りを見てくる」クィン警部補はそういい残して正面のドアから出て裏にまわった。手足のひょろ長い彼の姿が角を曲がって見えなくなってしまうと、わたしは若い警官たちのほうをむいた。

「クィン警部補さんはずいぶんお堅い人なのね」

ラングレーがふき出した。デミトリオスはクックッと声を洩らした。

「なにがそんなにおかしいのかしら？」

「ぜひお目にかけたいですよ」とデミトリオスがいった。

「なにを？」

「あの人は六分署の捜査課の部屋に格言をかけたんですよ。自筆のすごく凝った字体でね。なんでもそれが趣味らしくて。なんていうんだっけ、あれのこと」

「カリグラフィー」デミトリオスがこたえた。

「なんのことかさっぱりだわ」

「その格言を読めばわかりますよ」ラングレーがいった。

「なにが書いてあるの？」

ラングレーがデミトリオスを見た。黒い瞳をいったん伏せ、ふたたび上をむいたときには死体安置所にふさわしいような、きわめて改まった表情になっていた。

「他者の血を流すという罪を犯したヤツは死ぬまで追え。断じて手をさしのべるな」

6

正面のドアがあいて、クィン警部補がもどってきた。

「なにか見つかりました？」わたしはたずねた。

「侵入を企てようとした痕跡も、異常を示すものも、裏通りにはないな。ただ、これが」

彼の長い脚が数歩、こちらにちかづいた。ラテックスの手袋をはめた手には厚紙の切れ端があった。真っ黒なインクで文字が印刷されている。

「ＪＦＫ」声に出して読んだ。

ラングレーがのぞきこむ。「空港で荷物につけるタグですね」

「シミも足跡もついていない」とクィン警部補。「汚れていない。裏の私道にあった。つまりごく最近落ちた、ということだ。あなたのですか、ミズ・コージー」

「いいえ。店のスタッフもここ数週間、旅行してきた人はいなかったと思います」

「事件とは無関係という可能性もあるのですが」クィン警部補はわたしにむかってそう

いいながら、紙片を小さなビニール袋に入れ、大理石のテーブルにそっと置いた。「さて、ちょっとうかがいたいことがあります。ラングレーの報告では彼らがここに到着したとき、正面のドアはあいていた。あなたが着いたときにはあいてましたか？」

「いいえ」わたしはこたえた。「カギがかかっていました。そのことは申しあげたはずです。自分のカギであけました」

警部補はわたしの後ろに立っているラングレーとデミトリオスに視線をむけたが、とくに表情は変わらない。

「なるほど。ちょっと確認しておきたかったもので。とても重要なことですから。店からなくなっているものはありませんか？　値打ちのあるものでなにか」

〝強盗〟その言葉が浮かんで、はっとした。朝からわたしの頭は混乱しきっていた。一番可能性のありそうな理由を、いまのいままで思いつきもしなかった。〝強盗なのだろうか？　強盗が入ったということ？〟

わたしはレジに駆け寄り、ジーンズのポケットをさぐってカギの束を出した。そのなかの短いカギをつまんでレジをあけようとした瞬間、店内に声がとどろきわたった。

「動くな！」

あれほど冷静沈着な態度を崩さなかったクィン警部補の、とつぜんの豹変ぶり。そこいらの横暴な警官みたいに大声で恫喝されるとは。

わたしがその場で静止したのは、いうまでもない。

「どういうこと？」背後から突進してくるクィン警部補にたずねた。

「それでは証拠が台無しになる」

「証拠？」

「事件現場ではあ、い、い、い、あらゆるものが証拠です、ミズ・コージー」

「ああ、そういうこと」彼にとっては、おそらく基本中の基本なのだろう。けれどここはわたしの店。わたしの世界なのだ。それをいきなり事件現場といわれても、すぐには頭を切り換えられない。

第一、デミトリオスとラングレーはわたしがカウンターのなかに入ってギリシャ・コーヒーをつくるのを許したではないか。ちらりと見たふたりの顔には、これはまずいという表情が浮かんでいるような気がした。彼らがなにもいい出さない限り、わたしも黙っていようと決めた。

クィン警部補がレジをしげしげと眺めた。両手はあいかわらず腰の後ろにまわしたままだ。「誰も触れた形跡はなさそうだ。あけられます？」

「ええもちろん。だってここに飛んで来てカギの束を――」

「あ、あ、け、て、く、ださい」

小さなカギをレジのカギ穴にすっとさしこみ、まわした。「NO SALE」のキーを押すと、ドロアーが出てきた。二十ドル札、十ドル札、五ドル札、一ドル札でいっぱいだ。「ふだんの夜の売り上げと変わらないようですけど」

「店の現金はどこに置いているんですか？」

「金庫に。上のオフィスです」

「もう一度調べてみよう」

金庫のなかに異常は見られなかった。オフィスにも異変はなかった。わたしたちは一階に降りた。

「ほかになにかなくなった可能性のあるものは？」クィン警部補は粘る。「ようく見てください」

すばやく店内の様子を調べた。百年のあいだに収集されたコーヒー関係のアンティークが統一性のないまま、ディスプレーされていた。鋳鉄製のハンドルがふたつついたミル（一八〇〇年代後半に使われていたもの。当時、ブレンドは卸売り業を営んでいた）からイギリス製の銅のコーヒーポット、持ち手がついた真鍮製のトルコのイブリックに至るまで。

カウンターの奥の壁にはカラフルなデミタスカップのコレクションがずらりとかかっている。どれもヨーロッパのさまざまなカフェのものだ。そして高さが一メートルちかくあるロケットのような形のビクトリア・アーデュイノのエスプレッソマシン。一九二〇年代にイタリアから輸入されたものでダイヤルや管がいくつもついている。これはあくまでも飾りとして置いてあるだけで、もっと効率のいい、しかも背の低いエスプレッソマシンにとうに主役の座を取って代わられている。

壁面いっぱいを埋めているのは、かつてコーヒーのブランドの宣伝に使われた錫製の看板。二〇年代前半のアンティークだ。暖炉の上の棚に飾ってあるのはロシアのサモワールとラッカー塗りのフランス製のコーヒー沸かし器。何年も前にマダムが飾ったときのままだ。

とくに変わった様子はない。なくなったものもないようだ。

そのとき、思い出した。あの銘板！　正面の窓に駆け寄った。

「あった。ちゃんとある」

「どうしたんですか？」

「ビレッジブレンドの有名な銘板です。百年以上前のものなんです。おそらく店で一番値打ちのあるアンティークでしょう。前のマネジャーが盗んだことがあって、確かあなたと同じ署の方が逮捕したはず」

「モファット・フラステですね」デミトリオスだった。「おぼえていますよ。わたしたちです、ミズ・コージー。わたしたちが彼を逮捕したんです」

「あなたが？　ラングレーさんも？」

「ええ」

「一度もコナ・コーヒーを飲みに来てくれていないでしょう？　少なくともわたしはあなたがたをお見かけしたおぼえがないわ」

警官たちは肩をすくめた。

「ぜひとも来てもらわなくては。マダムが気を悪くしてしまいますよ。あの人は無料でコーヒーをご馳走するなんてことを無責任にいう人ではないの。とりわけコナ・コーヒーとなれば――」

「ちょ、ちょ、ちょっと失礼」少しいらだった様子で警部補が割って入った。「あの窓にあるのが銘板なんですね？　まちがいありませんね？」

「ええ」

「アナベルの持ち物は？　彼女を見つけたとき、バッグもいっしょにありましたか？」

「いいえ。いつも二階のオフィスに置いておくんです。コート掛けにかけてます。上では見なかったわ。そういえば、アナベルのジャケットも」

「なるほど。手がかりが見つかったようだ。バッグとジャケットがなくなっている」クィン警部補がいった。

「でも店を閉めるつもりだったのなら」わたしが遮った。「下に持って降りたのかもしれない」

青い大理石のカウンターのむこうにもう一度まわってみた。なににも手を触れてはいけないのよね、と思い出しながら。

さきほど使ったイブリックの前を通り過ぎて、訂正した。これ以上は手を触れないようにしよう。ジーンズのジャケットと革製の小さなハンドバッグがカウンターの後ろの棚に置かれていた。アナベルのものだ。

「あったわ」わたしは指さした。「ここにありました」

クィン警部補がカウンターのこちらにまわってきた。またもやラテックスの手袋をはめて、ジャケットと革製の小さな赤いバッグを取りあげた。バッグの口をひらき、なかに入っているものを出す。ブロンドの髪の毛がひっかかったブラシ、透明なリップグロス、コンパクト、赤い革の財布、カギ。

「カギか」重々しく抑揚のない口調。文章の最後に句点を打つようないい方だ。

「これはアナベル・ハートに持たせている店のカギですか?」クィン警部補がたずねた。

カギの束をじっくり見て、数本のカギに『ピーツ・ペイント・アンド・ハードウェア』というロゴがついているのを確認した。店の合いカギはすべてこの店でつくっている。ドアのカギから保存庫のカギまで全部。カギの束からバレリーナの銀のチャームがぶらさがっているのを見て、確信した。「ええ、アナベルのものです。まちがいありません」

ラングレーとデミトリオスが顔を見合わせてうなずいた。

「では、これで決着がついたな」警部補はアナベルの持ち物をバッグにもどし、カウンターの上のジーンズのジャケットにそっと重ねた。

「決着？　どういう意味ですか？」

「店にはカギがかかっていた。押し入った形跡はない。犯罪の形跡もなし。カギを盗んで入り口にカギをかけなおした形跡もなし。カギはすべてここにある。彼女が性的暴行あるいは暴行を受けたかどうかは病院での検査で判明しますが、どうやらこれは悲劇的な事故と考えられます」クィン警部補がいった。「そういうことです。お気の毒ですが」

「そんな。ちょっと待って。いくらなんでも――」

「お気持ちはわかります。ところで、おたくの店は保険に入っていますよね？」

「アナベルの入院費ね、それなら大丈夫です」

「訴訟の費用も」

「訴訟？」

「そうです。こうしたケースでは従業員が訴えることが多いものですから。危険な職場で働かされた、ということで」

「ここは危険な職場なんかじゃないわ」

警部補はわたしの肩に両手を置き、落ち着いた口調でいった。

「アナベルにとってはそうではなかった」

また気分が悪くなった。でももう取り乱したりしない。クィン警部補の手の温もりが効いているようだ。大きくて力強い手がわたしの肩をぐっとつかんでいた。

「あれは事故ではありません」わたしは訴えた。「すべての証拠が事故だと語っていたとしても、この店の隅の隅まで知り尽くしているわたしにはわかる。あれが事故であるはずがないんです」

「どうしてそういい切れるんです？」

「理由なんかないわ。直感よ」

「世の中には直感でわかるものもあります。が、明確に証明できることもある。事件の場合、かならず証拠があるのですよ、ミズ・コージー。そうだろ、ラングレー？」警部補は若い警官に視線をむけた。

ラングレーがうなずいた。

「残念ですが、ミズ・コージー。警部補のいうとおりです」いたわるような口調だった。

わたしはいきなりすたすたと歩き出した。「きいてください。わたしはここに着いて、奥のスペースの明かりをつけたんですよ。変でしょう？　アナベルが落ちたのが事故だとしたら、明かりはついているはずですよね。いったい誰が消したの？」

「状況証拠を指摘しているんですね、ミズ・コージー」クィン警部補が親指と人差し指で鼻筋をこすった。「それについては説明がつくかもしれない。彼女は急いでいたので明かりをつけていなかった可能性がある。バランスを崩してゴミをこぼし、足を踏み外して階段から落ちてしまった」

「でも、アナベルはダンスを勉強しているんですよ。バランス感覚は抜群なんです。足がもつれるなんて、あり得ないわ。店内で立ち働く彼女の様子を見たら、誰だってそう思います。彼女の動きはほんとうに美しくて優雅なんです。歩く、というよりすうっと流れるような感じ、まるで浮いているみたいにね」

これはこじつけだ、と自分でもわかった。自分の直感に理屈をつけて正当化しようとしている。どう見てもクィン警部補に分がある。彼は事件の現場を数え切れないほど見ているのだ。それにひきかえ、わたしはこの一件だけ。でもこれまで直感が外れたことは一度もない。正確には、ほぼ一度もない。それが三十九年の人生でわたしが得た教訓だ。だから今回もそれに従うまで。

「だから、絶対に、絶対にちがうんです！」わたしは子どもがいやいやをするように頭を左右に激しくふった。「ここでなにかが起きたのよ。ただの事故なんかじゃないわ」

「ミズ・コージー、犯罪があったと主張するなら、その根拠が必要です。誰もが納得できる根拠が」

「もしもアナベルの意識がもどって、納得できる根拠を彼女が話したら？　誰かが彼女に危害を加えていたとしたら？　彼女の告発を立証できる証拠をあつめておく必要があるんじゃないですか？」

クィン警部補がうなずいた。

「鑑識の連中が来ることになっています。デミトリオス、到着予定時刻は？」

「はい。そろそろ到着するはずなんですが」

「ゆうべは忙しかったからな」

「イワノフの銃撃の件ですか？」ラングレーがたずねた。

「ああ」

「あの事件の捜査もしているんですか？」こんどはデミトリオスがきいた。

「ジャクソンといっしょに夜中からずっと捜査していた。ドゥルーリーは休暇。サンチエスは風邪っぴき。トゥレーリとカッツは刺殺事件が起きてそっちに行った。だからわたしがこっちの捜査も兼任だ」刑事が腕時計を確かめた。「もう二十八時間ちかく寝てない」

「こういっちゃなんですが」とラングレー。「見るからにそんな感じですよ」

「コーヒーをいれましょう」わたしが提案した。「上の、わたしの住まいでいれてここに運びます。そうすれば、もうここにはさわらずにすみますから」

クィン警部補が椅子を引いて腰をおろした。そのとたんがっくりと肩を落とした。もはや全身が疲労感に抗しきれないといった様子だった。

「そうだな」ふぅーっという長いため息の後で警部補がいった。「鑑識が来るまで時間がありそうだ。それまでのあいだにいただきましょう。すみません」

「いいんですよ。すぐにいれてきますから」

「ミズ・コージー」クィン警部補が呼んだ。

「はい？」

「従業員の名前と住所の一覧表を用意してもらえますか。アナベルがここで働くようになってからの同僚を」

「ええ、もちろんです」

「いっておきますが、あまり期待しないでください」ジャヴァを入れたキャリーを持って奥の階段にむかうわたしに、忠告が追いかけてきた（ジャヴァは今朝の刑事ドラマのあいだ、すっかり眠りこんでいた）。

「どういう意味でしょう？」

「要するにですね、調べるにしてもひじょうに限られた情報しかない。単なる事故だった、という可能性もじゅうぶんある。それを覚悟しておいてほしいということです。病院での検査結果がその結論に一致すれば、彼女は店を相手取って訴訟を起こすでしょう。オーナーもその心づもりをしておいたほうがいい。彼女が死ぬようなことがあったら、彼女の家族にこの店を乗っ取られるかもしれない」

わたしは反論しなかった。できなかったのだ。なにをいっても、クィン警部補は議論に応じられる状態ではない。ただ歯ぎしりをして我慢するしかなかった。

上階の住居部分にむかいながら、心のなかで誓った。ゆうべここで起きたことを、かならず解明してみせる――殺人課の刑事、クィン警部補の協力があっても、なくても。

7

「よしよし、ジャヴァ。出してあげるからね」

少々お待ちください、というセントビンセンツ・ホスピタルの人の声をきいて、受話器を耳に当てたまま〈ペットラブ〉のキャリーの扉をあけた。まずピンク色の鼻と白いヒゲが、つぎにコーヒー色の四本の足が出てきた。ジャヴァは興奮した様子でラグに鼻を押しつけている。寄せ木張りの床の大部分は、複雑な柄の何枚ものラグに覆われている。その一枚一枚の匂いをくまなく嗅いでゆく。

看護師が電話に出た。アナベルは集中治療室に運びこまれたそうだ。が、それ以上のことは教えてもらえなかった。わたしはため息をついて電話を切り、短いお祈りを唱えた。ジャヴァの茶色のやわらかな毛が足に触れてくすぐったい。

膝をついて撫でてやるとジャヴァは四肢を伸ばし、背中をアーチ型にまるめて、なおもクンクンと匂いを嗅いだ。

「新しいおうちは気に入った?」

ミャアオという鳴き声はイエスといっているようにきこえた。そう、この子は昔から趣味がいい。

マダムは、ずっと昔からここで暮らしていた。いまではウエストビレッジの不動産の価格が高騰し、こういう住居の価格が百万ドルの大台に乗ってしまったが、それよりもはるか昔から。

ブレンドのマネジャーに復帰するかどうかを考えたとき、このすばらしい住まいは大きな決め手だった。なにより、ここなら娘のそばにいられる。ジョイのことが頭に浮かんだと思ったら、無意識のうちに彼女の携帯電話の番号をダイヤルしていた。呼び出し音が四回。続いて「こちらはジョイです。たぶん、いまなにかをソテーしているまっさいちゅうですので、メッセージを残してください!」

「ハイ、わたしよ」声がふるえないようにしなくては。「今朝、ブレンドでちょっとあって……だから……だからね、今夜あなたに会えたらうれしいんだけど。予定がないのなら、夕飯を食べにいらっしゃい。夕飯が無理なら、ちょっと寄ってジャヴァでも一杯――」

「ミャアオ」

「あなたのことじゃないのよ、ジャヴァ」

電話を切ったとたん、罪悪感に襲われた。ジョイはソーホーの料理学校に通い、マンハッタンでの新しい生活を謳歌している。そこに母親がのこのこ顔を出すなんて、迷惑千万だろう。けれどアナベルが地下の冷たい床にぴくりともしないで横たわる姿を見てしまった以上、娘の無事をこの目で確かめるまでは今夜はきっと眠れない。自分でもそれがわかっていた。

ため息をついて、わたしは部屋を眺めた。

「すばらしい部屋。ジャヴァもそう思うでしょ？」

インテリアはマダムの高尚なロマンティック趣味でまとめられていた。メインルームには彫刻をほどこしたソファと椅子。素材はローズウッドとシルクだ。ペルシャ絨毯はブルー、グリーン、サンゴ色の落ち着いた色合い。そしてクリーム色の大理石の暖炉。フレンチドアをあければ細い錬鉄製の手すりがあるバルコニー。それにフラワーボックス。ここだけ見ると、エレベーターもないフェデラル様式の建物というより、中庭のあるモンマルトル風。

部屋の壁はおとなしいピーチ色。アイボリーのカーテンはシルクだ。天井の中央の百合花紋《フルール・ド・リス》の装飾からは、滑車のついたシャンデリアが下がっている。淡いピーチ色のクリスタルカットガラスの玉が六個ついているすてきなシャンデリアだ。

壁際にはアンティークの椅子。背もたれが竪琴のようなデザインだ。居間の隣は居心地のよさそうなダイニング。ややコロニアル風を意識したダイニングにはチッペンデール様式のテーブル、鉤爪足の椅子が四脚、マホガニーとセンダンを使ったイギリス製のサイドボードが置かれている。上の階の寝室には、大理石のバスとひろびろとしたドレッシングルームがついていて、さらにため息もの。

「よくきいて、ジャヴァ。ペルシャ絨毯で爪を研いじゃダメよ」

「ミャオウ！」

尾を高く立てて、離れていこうとする。気を悪くしたのかな——と思っていると、しおらしく反省していたりするのだ、この子は。こうやって飼い主はいつもふりまわされっぱなし。

本気でラグの心配をしているわけではない。ジャヴァの爪はいつも手入れしているし、キャットミントの香りがついたお気に入りのスクラッチポストをペルシャ絨毯の端に立ててある。小さな灯台のようなその姿がきっとジャヴァを惹きつけてくれるはず。

頭のなかであれやこれや考えながら、キッチンにむかった。クィン警部補のコーヒーをいれるために。

さてどうやっていれようか。パーコレーター、機械を使ったドリップ、メリタ式のドリップ、のなかからどれを選ぼう。

どうやら彼は街なかのまずいコーヒーを飲み慣れているようだ。そういう相手には、特殊ないれ方をしないほうがいい。敬遠されるだろうから。ふと、棚に飾ったフレンチプレスが目に入った。はっと大きく息を吸った。胸が痛くなるほど。なぜかある光景がとつぜん頭のなかに浮かんできた。げっそりしたクィン警部補のためにフレンチプレスでめざましのコナ・コーヒーをいれているわたしの姿。

「なに考えているのよ、クレア。しっかりしなさい」

クィン警部補は確かに魅力的な男性だ。でも彼は結婚しているし、子どもだっている。第一、いまこの瞬間もアナベルは病院のベッドの上にいるのだ。それなのにこんなことを考えるなんて、わたしは正真正銘の人でなしだ。

「カップルでなければお呼びでない、という郊外の住宅地で十年も、まるで尼さんみたいに暮らしたものだから、こんな人間になっちゃったのね」ジャヴァにむかってつぶやいた。ほとほと自分が情けなかった。

「同年配のちょっといい男から、しかも出会ったばかりの相手からやさしげな言葉をかけられただけで、一気にベッドルームまで妄想がふくらんでしまうとは。いいからさっさと豆を選ぶのよ、クレア。コーヒーに集中しなさい――」

「ミャオ?」

「あなたの意見はきいてません」

「ミャアオ!」

ジャヴァが豆の種類に興味をもつはずがない。そうか。はたと気づいた。お腹が空いているのだ。〈キャットチャウ〉の箱をあけてやったら至極満足そうにほおばり始めたので、そのまま作業にもどった。

「ライト、ミディアム、それともダークロースト?」声に出してみる。カップボードに並ぶ密閉式のセラミック容器をひとつひとつ確かめていった。コーヒーを適切に保存することは、わが家では基本中の基本。コーヒーの鮮度と風味を保つには、これが重要なポイント。

よその店に足を踏み入れて、コーヒー豆が透明なガラスのビンに入っていたり、カウンターの上に置かれていたりすると、ぞっとする。光はコーヒー豆の鮮度を損ない、風味を落としてしまう。

二流どころのスーパーの自社ブランドのコーヒーにも用心しなくては。ぞっとするどころか、ぎょっとする保存方法が記載されているものがまじっているからだ。『コーヒーは冷蔵庫で保管してください』などという指示に従うと、スーパーで買ったコーヒーを開封し、冷蔵庫にしまい、毎日それを取り出して使う、ということになる。これはおまちがい!

コーヒーを入れた袋あるいは容器を冷蔵庫や冷凍庫から毎日のように出し入れすれば、そのたびに空気中の湿気がついて、それが冷蔵庫あるいは冷凍庫で凝縮されてコーヒーが台無しになる。

長期の保存であれば、冷蔵庫や冷凍庫を使ってもいい。たとえば真空パックに入ったものを保管し、さあ使いましょうというときに開封する、といったふうに。ただし開封後は適切な容器に移し替えること。まちがっても冷蔵庫や冷凍庫にもどしてはならない。

コーヒーの一番うまい保管方法を教えてほしい、と店のお客さんにはよく質問される。そういうときにはつぎのように教えてさしあげる。

まずはコーヒー豆を保存する際の基本となる四つのポイントを守ること。

一、コーヒー豆は空気、湿気、熱、光を極力避けて保管する。
二、ふだん使いのコーヒーの買い置きを冷蔵庫や冷凍庫にしまってはならない。
三、コーヒーは密閉式の容器にしまって暗く涼しい場所に置く。
四、コーヒーの香りと味わいは焙煎直後から失われていくので、焙煎したてのコーヒーを一週間あるいは二週間分というふうにこまめに買う。

コーヒー豆が入ったセラミック製の密閉容器（ブレンドの種類ごとに色分けしている）をじっくり見比べながら、クィン警部補のことを考えた。彼をはっと感動させ、おっと驚かせるにはどうしたらいいだろう。あまりにも斬新な味は、かえって逆効果だ。

「それならかんたん」

そうつぶやいて、ビレッジブレンドのハウスブレンドに手を伸ばした。中南米産の豆をミックスしてダークローストしたものだ。まろやかさ、風味の豊かさ、コク、素朴なニュアンスをあわせもっている。ライトローストしたものよりもカフェインは少ない。どちらにしろ、彼が日頃飲み慣れている鮮度の落ちたコーヒーの、あの耐え難い酸味はない。ビレッジブレンドのハウスブレンドのいれたては、すばらしくすっきりした味わいだ。

「完璧」

この一杯で彼を満足させることができれば、きっとまた飲みに来てくれる。そうしたらアナベルが落ちたことについて警察がどう判断したとしても、わたしに協力して〝真相〟を究明してくれるかもしれない。

豆を新しく挽き、ドリップ式のコーヒーメーカーのタンクに水を満たした。ローストしたての新鮮な香りを放つコーヒーを金色のメッシュのフィルターに入れ、「スタート」ボタンを押した。

コーヒーができるまでのあいだに、トレーに砂糖、フレッシュクリーム、カップを六つ用意した。クィン警部補がお待ちかねの〝鑑識〟の人たちも飲みたがるだろうと思ったから。

コーヒーをいれるためにポットに手を伸ばした瞬間、物音がした。

ドスン、という音。ちょうど真上だ。

そして〝ドン〟となにかがぶつかるような音。

さらに、上の階の床板がきしむ音。

わたしはその場で固まり、全身を耳にして音をきき洩らすまいとした。

〝ドスン、ドスン、ドスン……〟

まちがいない。上の階で誰かが歩きまわっている。重々しい足音が主寝室からバスルームにむかっている。

どうやって侵入したのかが謎だが、まだそこまで頭がまわらなかった。ただただ、重々しい足音に全神経がいっていた。そしてつぎの瞬間、はっとした。

「ああ、なんてこと！」

アナベルが犯罪に巻きこまれたのだとしたら、異常な犯人はさらなる獲物を狙ってうろついているかもしれない。

シャワーの蛇口を全開にする音。それをきいたらもう部屋にいられなかった。いやがるジャヴァをキャリーにもどし、スタッフ用の階段を全速力で駆け降り、一階のコーヒーハウスにもどった。

「助けて」

クィン警部補はさきほどと同じ場所に腰掛けて、ラングレーとデミトリオスと話をしていた。わたしの顔をひと目見て、三人は話をやめた。

「上の階に侵入者が」

警部補が立ちあがった。まぶたがあいて、ブルーの瞳があらわれた。

「ほんとうに侵入者?」

「ええ。ルームメイトはいないし、お客さんでもありません。娘にはまだカギもわたしていないから」

「わかった」クィン警部補はトレンチコートとツイードの茶系の上着をぬいで椅子の背にばさっとかけた。白いワイシャツの上に装着した濃い茶色の革製のホルスターがむき出しになった。銃はちょうど左腕の下。それを固定していた革の小さなストラップを外し、デミトリオスのほうをむいた。

「裏の通りを見張れ」

「了解しました、警部補」デミトリオスは正面の入り口から出て建物の裏にまわった。

「ほかに出口はないんだね?」クィン警部補がたずねた。「外階段からアパートのなかに入れるといっていたが、それは裏の通りからしか入れない、そうだね?」

「ええ、そうです」

「よし。ラングレー、ついて来い」

正確には、わたしはついて来いとはいわれていない。けれど、ここにいろといわれたわけでもない。だからジャヴァを入れたキャリーをテーブルに置いて、ふたりの後から奥の階段をそっとのぼっていった。

「われわれの後ろにいてください」クィン警部補がわたしに気づいた。

ふたりは様子をうかがいながらなかに入り、居間、狭いダイニングスペース、そしてキッチンを調べていく。

クィン警部補がキッチンの脇のドアに目をとめた。外階段に続くドアだ。いま入って来た入り口をのぞけば、この住居と外をつなぐ唯一のドア。しっかりと施錠されてチェーンもかかっている。誰かがここから押し入った形跡はなかった。

「確かに人の姿を見たんですか、ミズ・コージー?」クィン警部補がたずねた。

「きいたんです。上の階で誰かが音をたてるのを」キッチンの隣の物入れの脇にひっそりと隠れている階段を指さした。板張りにカーペットを敷いた短い階段だ。

わたしたち三人はじっと耳をすました。

床がきしむ音がまちがいなくきこえた。誰かが歩きまわっている。

「後ろに下がって」クィン警部補がわたしにささやいた。

彼の手が脇に固定した革製のホルスターに伸びて、銃が出てきた——。

小さな大砲のように見える銃身を床にむけたまま、クィン警部補は階段の下に移動した。

ラングレーも銃――警部補の銃とほぼ同じ大きさ――を取り出して続いた。

「それ、使うんですか?」小声でたずねてみた。

「そうならないといいが」警部補は穏やかな口調でこたえ、一歩目を踏み出す。ゆっくりと慎重に、まるでジャヴァのような足取りで一段目の具合を確かめた。かすかにきしんだ。ラングレーのほうをふり返り、ここにいろと身ぶりで示した。

クィン警部補が階段をのぼり切るのをわたしは息を詰めて見守った。こんなに大柄な男の人がなぜこんなに音をたてずに動けるのだろう。そこでふと思った。どうしてラングレーはいっしょに行かないのだろうか。そうか、侵入者を取り押さえられなかった場合のことをクィン警部補は考えていたのだ。たとえそうなっても相手を取り逃がさないように、下に誰かを置いておきたかったのだ。それなら、わたしよりもずっと大柄な人間、しかも銃で武装している警官のほうがいいに決まっている。

警部補の姿が角のむこうに消え、数秒間、完全なる静寂があたりを包んだ。

ぞっとする時間。

と、くぐもった声がきこえた。驚いている声。それから警部補の声。

「警察だ。手を頭の上にあげろ。さっさとあげるんだ」

ラングレーが階段を駆けあがった。

さらにくぐもった声がきこえた。

クィン警部補がラングレーになにかをいい、それに対しラングレーがなにかこたえている。

ザザッと擦るような音がしたかと思うと、ウーッというめき声、さらに悪態をつく声がした。

大声。

ふたたび静寂。

「行け」

ラングレーが階段の最上段に姿をあらわした。彼が先頭に立ち、つぎに侵入者が降りて来た。両腕が後ろにまわっている。手錠をかけられているにちがいない。〝ああ、よかった〟あと少しでラングレーが一番下の段まで来る。そうしたら、いま陰に隠れている図々しい侵入者の顔をしかと見ることができる。

だんだん男の姿が見えてきた。裸足だ。くたびれたボタンフライジーンズを穿き、隆々とした胸はこんがりと日焼けしている。

〝ちょっと待て〟見おぼえのある胸だった。整った顎のラインも。鼻は高く、黒い短髪はシザーカットで整えられている。

「マテオ」やっとのことで声が出た。「あなただったの?」

「クレアか？」

〝いやだ、まさかそんな〟

「ミズ・コージー、こいつを知っているんですか？」クィン警部補だった。今朝会ったときの、悪いヤツはしょっぴいてやるというムードがプンプンだ。

「知ってるさ。知ってるとも！」マテオがこたえた。「聖書に誓って知ってるとも！」

「おまえにはきいてない――」

「知り合いです。警部補」すばやく割って入った。「でも、まさかここにいるなんて」

「誰なんです？」警部補がさらにたずねた。

「元夫です」

8

〝まさか、まさか、まさか、ウソでしょう〟

いくらいったところで、目の前のこのあほらしい光景が消えてなくなるわけではない、それはよくわかっていた。だからといって、黙って見ているわけにはいかない。

「クィンさん」

「クレア、いったいこれ、どういうことなんだ？　例の養育費の不払いの件なのか？　あれについてはおたがいに納得したはずだろ！　ぼくがジョイの学費を払うから――」

「マテオ、興奮しないで」

「興奮？　興奮するなだと？　クレア、きみのせいで手錠をかけられているんだぞ！」

「落ち着きなさいよ！　手錠をかけたのはわたしじゃないでしょう。だいたいあなたが」

そこで口をつぐんだ。どこからどう見ても、元夫をなじる妻の口調になっているのに気づいたから。目を閉じると、テレビの警察ドキュメンタリーに登場する場面がつぎつ

ぎに浮かんだ。家族の激しいいい争いの場面が。

「警部補」こんどは極端に冷静な口調で。「これはあきらかに誤解です」

マテオがクィン警部補のほうをむいた。「きこえただろ」そして両方の手首をつないだ鎖をガチャガチャいわせた。「こいつを外してくれよ。いますぐ」

いっぽう、ラングレーは落ち着かない様子でわたしのほうをふり返った。ゆうに十秒間、クィン警部補は微動だにしなかった。

「ミズ・コージー、あなたはこの男が元の――」

「夫です。そういいました」

ラングレーはクィン警部補をちらっと見て頭を掻いた。若い自分がまたもや試されているのだろうかと疑心暗鬼になっているらしい。ラングレーはマテオにちかづいて手首に触れようとした。それをクィン警部補の腕が阻む。

「なぜですか？」ラングレーがたずねた。

「二、三質問がある」

「神よ」マテオがいった。

「まず、ミスター・コージー」

「アレグロだ」マットがぴしゃりという。

「コージーはわたしの旧姓です」わたしが説明した。

「そうだ。彼女はその旧姓にもどったんですよ。目にもとまらぬ速さでね」マテオはいつもこうだ。いかにも〝棄てられた側〟といいたげな口調。結婚生活でわたしにした仕打ちを思えば、当然なのに。

「ミスター・アレグロ」クィン警部補が気を取りなおしたようだ。「どうか落ち着いてください」

「子ども扱いするな」

「落ち着いて」クィン警部補がくりかえす。

「もうたくさんだ」

クィン警部補がラングレーに目くばせをした。「すわらせて」

ラングレーがマテオの筋肉の発達した腕をがっちりとつかんだ。が、マテオが身を硬くしたので、そのままの状態で動きを止めた。マテオは仕事で長年、高地のコーヒー農園に通っている。辺境の地を訪れるうちに、山歩き、自転車、ロッククライミング、クリフダイビングへの情熱がめざめ、おかげでみごとに鍛えあげられた身体になった。

そのために元夫はふたりの男に手錠をかけられてしまったわけだが、まあそれもしかたない。ラングレーは無理強いするつもりはなさそうだった。マテオのほうも、一瞬、抵抗したように見えたのは、無意識に身体が反応しただけだった。つぎの瞬間、マテオは息を吐き出し、潔くいった。

「そうだな、そうしよう」そしてラングレーに連れられるまま、居間へと入っていった。

クィン警部補は後に続き、とちゅうで裏通りに面した窓からデミトリオスに合図を送った。すべて解決したと。それから壁際の椅子をひっぱって暖炉の前に置いた。背もたれが竪琴のデザインの椅子を、ペルシャ絨毯のまんまんなかに。

思わずはっと息を飲んだ。わたしの記憶が正しければ、マダムは確かこういったはずだ。あの椅子と同じものはこの世に三十二脚しか存在しないと。もともとは近所のセント・ルーク教会のためにつくられた椅子だった。教会が建てられたのは一八二二年、まだグリニッチビレッジが田舎の集落だったころのこと。

いまでもセント・ルーク教会には田舎の教区らしい、すがすがしく温かい雰囲気がある。ここはマンハッタンでも指折りの古い教会なのだ。一九五三年、詩人ディラン・トマスの葬儀がここでいとなまれた折にはマダムが参列している。一九八一年、初代の建物が火事で全焼してしまい、再建の資金づくりとしてオークションがおこなわれた。教会の地下に残っていたものが出品され、ビレッジブレンドは無料でコーヒーとペストリーを提供するとともに、繊細なつくりのこの椅子を競り落としたのだ。

ラングレーはマテオにすわるようにうながした。わたしは身がすくんだ。ここでまたもみ合いが起きたら、この繊細な椅子はどうなるのか。想像するだけでぞっとした。

「待って！」叫んでいた。「動かないで！」

三人の男たちがその場で固まった。

わたしはキッチンに飛びこみ、ポッタリーバーンで手に入れた椅子を持って来た。籐を編んだ背もたれのこの椅子は、世紀末ごろフランスのカフェで評判を呼んだトーネットチェアのイミテーション。これなら丈夫だ。

椅子を置き、竪琴の椅子を壁際にもどし、そこでようやくゴーサインを出した。

「続けてください……尋問でも、なんでも……」

とまどったような表情のクィン警部補とラングレーにむかってマテオが鼻を鳴らした。「昔はもっとまともだった」ふたりに語りかけている。「出会ったばかりのころはね。あのお袋にとっつかまる前まではね」

睨みつけると、マテオは首をかしげてこちらに流し目を送ってきた。自信ありげな憎たらしい表情。〝あいかわらずきみは愉快だよ、クレア〟とでもいいたげだ。トーネットチェア――えんじ色のベルベットのクッションを敷いてある――にさっさと腰掛け、すまして後ろにもたれた。

「ほら、すわりましたよ。それにかなり冷静になった。さあ容疑をはっきりさせてもらいましょう。そうでなくては質問にはこたえられない」

「わかった」クィン警部補がいった。「ではこれについても説明する気はない、ということかな」

警部補の手がシャツのポケットに入り、出て来たときには親指と人差し指で小さなガラス瓶をつまんでいた。瓶の四分の三くらいの高さまで白い粉末が入っている。

「またかよ、まいったな――」脱力したようなマテオの声。

「どこにあったんですか!」わたしは自分でも気づかないうちにクィン警部補にたずねていた。こたえなど知りたくない、と思いながら。

「あなたの元ご主人のジーンズの右側のフロントポケットです」

わたしは目をつむり、いやいやをするように頭をふった。ききたくない。見たくない。とうてい耐えられない。もうこりごりだ。

「大丈夫だよ、クレア」マテオだった。「きみが思っているようなものでは――」

「いったいどういうこと。また同じ目にあわせ――」

「ぼくはやっていない」

「所持していることを理由に、いますぐ逮捕することもできる」クィン警部補だった。

「なにを所持してるっていうんだ? 刑事さん、そいつの正体わかってる?」

「コカインだろ!」間髪をいれずにラングレーが叫んだ。「そうですよね、警部補?」

「ハズれ」マテオがいった。

「なるほど」とクィン警部補。「元奥さんの反応から判断して、あなたは自分が中毒にはなっていないと」

「よしてくれよ、それは〝カフェイン〟なんだから」

「え?」とクィン警部補。

「カフェインです。純度百パーセントのカフェイン」

笑いがこみあげてきた。われながら、いささかヒステリックな反応ではあるけれど、わたしにはわかってしまったから。

マテオはほんとうのことを話している。去年、彼からきいたことがある。時差ボケを解消するために、空港のあのほとんど凶器にちかいまずさのコーヒーに世話にならずにすむようになった、と。おそらく、これがその解決法にちがいない。

「ほんの少しだけ歯ぐきにこすりつければわかるよ、刑事さん」マテオがいった。「コカインだったら歯ぐきの感覚がなくなる。これはそうならない」

クィン警部補はガラス瓶をふり、なかの粉末をしげしげと眺めた。「カフェイン?」

「カフェインなら〝茶色〟なのでは?」ラングレーがきいた。

「コーヒーの茶色は」わたしがこたえた。「豆を焙煎するからです。もとの色は緑。もしその粉がカフェインだとしたら、コーヒー豆からカフェインを取り除く化学的な処理の際に出る副産物でしょうね。カフェイン入りのソフトドリンクに使われるんです」

「仮にこれがカフェインだとしても、法律的にこれだけの量の所持が許されるのかな？」クィン警部補がたずねた。

「あんたが持っているのはおよそ十グラムだ。コーヒー一杯に入っているカフェインは百ミリグラムから二百ミリグラムってところだな。つまり百杯分のコーヒーを持っているという容疑でオレを逮捕するというのなら、どうぞおやんなさい、ってこと」

「さあどうするか」即座にクィン警部補がいい返した。「いまの言葉を信じてもいいような気はする。だが検査にまわすという方法もある。となれば、しばらく時間がかかるだろう。一日か二日くらいは。その間、どこで待っていてもらうか」

「いいだろう」ついにマテオが観念した。「質問でもなんでもしてくれ。いったいなにが知りたいんだ？」

信じられなかった。マテオ・アレグロが誰かに降参するなんて、いったいいつ以来だろう。クィン警部補は五分もかけずにやってのけた。

警部補がラングレーに視線をむけた。「手錠を外してやれ」

「ありがとよ」マテオは立ちあがり、ラングレーに手錠を外してもらった。

「ここでなにをしていた？　元の奥さんによれば、ここに住んではいないようだが」

「一年の大半は旅暮らしでね」マットは手首をさすりながら、籐の背もたれのトーネットチェアにまた腰をおろした。「この建物は母親のものだ。ひと月ほど前かな、リオにいるときに母親から契約書が送られてきた。ニューヨークにいるときにはこのメゾネットを使える権利を譲ると――」

「なんですって⁉」自分の耳を疑ったわけではない。信じたくなかっただけだ。

「ミズ・コージー、どうか」クィン警部補だった。

「そんなこと、ひとこともきいていない！」思わず口走っていた。

「きく必要ないだろ？」マテオがいった。「きみはニュージャージーで暮らしているわけだし。だろ？」

「引っ越したわ。先月、あなたのお母さんと契約をかわしてビレッジブレンドのマネジャーになったのよ。お給料と所有権の一部とここに住む権利をもらうという条件で！」

「まいったな」マテオがため息をついた。「またか」

マダムは彼とわたしを復縁させたくて、これまで数え切れないほどの策を弄してきた。今回もまた、してやられたわけだ。

「まさかあなたも所有権を譲られたんじゃないでしょうね」

「当たり。どうやらお袋はゆくゆくはぼくたちにここを共同所有させたがっているらしいな」

「ちょっと失礼、ミズ・コージー」クィン警部補が割って入った。「まだ質問のとちゅうです。これ以上中断するようなら、ラングレーに命じてあなたを退室させなくてはならない」

「あ、わかりました。すわってきいていますから」

だが腰掛けても――彫刻がほどこされたローズウッドの椅子に――とうてい気持ちは収まらなかった。マダムがこんなことを企んでいたなんて！　〝わたしを陥れるなんて！〟

その間にも、クィン警部補の質問は続いた。昨晩はどこにいたのか、乗っていた飛行機の会社名、便名をクィン警部補は丹念にメモしていく。どうやらアナベルの件との関わりを調べているらしい。

「ここに来たのを誰かに見られていますか？」クィン警部補がたずねた。

「もちろん。タクシーの運転手が見ていた」

「運転手の名前は？　免許証は見ましたか？」

マテオがにやにやして警部補を見た。たっぷり五秒間。「本気できいてるの？」

「あなたが着いたのを見た人はほかにいないんですね？」

「朝の五時十五分ですよ。ペルーアンデスから六時間ジープで走って、リマ、ダラス、ＪＦＫと飛行機を乗り継ぎながら十四時間、あげくのはて入国のための税関審査でクタクタだ。荷物を受け取ってタクシーに乗りこんで、あとはベッドに直行してバタンキュー。それだけ」

「ここに到着したとき、建物に出入りする人に気づきませんでしたか？」クィン警部補が続ける。

「いいえ」

「ふだんと変わった点はありましたか？　なんでもいいですから」

「いや」

「よく考えてみてください、ミスター・アレグロ。タクシーを降りたとき、なにか見ませんでしたか？」

マテオは腰掛けたまま身体をもぞもぞ動かした。片足をもう一方の膝にのせ、額をこすり、わたしのほうをむいた。「クレア、ゆうべ店でなにかあったの？」

「いまは話しかけないで」とクィン警部補。「質問にだけこたえてください」

マテオは大きく息を吸って目を閉じた。「店の明かりはついていた。ずいぶん早いな、と思ったのはおぼえている。でも腕時計を見て、ベーカリー類が五時半から六時のあいだに配達されると思い出して、合点がいった」

「なかには誰かいましたか？　窓越しに見えましたか？」

「いや」

「店のなかには入らなかったんですね？」

「ええ。くたびれていたもんで。裏の通りにまわって、裏庭から階段をのぼって部屋に入っただけ」

「アナベル・ハートという人をご存じですか？」

マテオがはっとした。わたしは身を乗り出した。

「アナベル・ハート？　彼女がどうか——」

「いいから、こたえて」クィン警部補がいった。

「もちろん知っている。店で働いているバリスタだ」

「それから？」

「それから、って？　それだけだ」

クィン警部補はマテオのこたえに満足していない様子だった。彼の態度が気に入らなかったのかもしれない。しばらくマテオを見据えた。

「彼女とは特別な間柄でしたか？」

「冗談じゃない、彼女は娘と同じくらいの年だ」

「だから？」

「だから、子どもだってことですよ。彼女は店で働いていた。働き者だった。そして彼女にはボーイフレンドがいた。それ以上は知らない。どういうことなんだ？　彼女がなにかいっているのか？」

「彼女に対して怨みは？」

「どういうことなんだよ。なあ、クレア？」

わたしが返事をするより早く、クィン警部補がいった。

「ミス・ハートが事故にあったんです。スタッフ用の階段から転落した」

マテオの目がわたしの目と合った。「クレア、彼女は大丈夫なのか？」

わたしは頭を左右にふった。「いいえ、ひどい状態。いまは集中治療室に入ってる」

「そんな――」

「ミスター・アレグロ、あなたはアパートのカギを持っていますね？」クィン警部補はなおもメモ帳になにやら書きつけている。

「当然です」

「それから下の店に入るカギも？」

「そりゃそうだ。ビレッジブレンドのコーヒーのバイヤーで、おまけにオーナーの息子だ」

「もう少し質問させてください。ミスター・アレグロ。来週はずっとニューヨークに滞在の予定ですか？」

「ええ、少なくとも二週間は」

「お住まいは、ここですか」

「ちがいます！」思わず声が出た。「この人はここには住んでいません」

マテオがひょいと眉をあげた。「まあ、それは改めて考えるとして」もったいぶってそういうと、立ちあがって後ろのポケットをさぐった。「名刺です。携帯電話の番号も入ってますから」

「わかりました」クィン警部補は白い粉の入ったガラス瓶を持ちあげた。「これは検査にまわします」

「は？　なんのために？　べつに四十八時間以内にオリンピックに出場しようっていってるわけじゃない。オリンピック以外にカフェインを禁じているところがあるなら教えてもらいたい」

彼のいう通りだった。ビレッジブレンドの常連客にフェンシングのオリンピック元代表選手で大のコーヒー好きという人物がいるのだが、あるとき尿検査で百ミリリットル当たり十二マイクログラムを超えるカフェインが検出されて、危うく陽性と判定されそうになったという。試合前にコーヒーを三杯ほど飲んでいたのだ。あと二杯も飲んでいたら、出場禁止になっていたところだ。

「あくまでもミズ・コージーのためです。元夫が依存症から立ちなおったかどうか、真実を知る権利があるでしょうからね」

マテオがわたしを見つめている。「信じてくれよ」

一瞬の後、ラングレーが奥の階段に続くドアをあけて出ていった。続いて出ようとしたクィン警部補にマテオが声をかけた。「刑事さん――」

「なにか？」

「アナベルのことをきいて、ほんとうにショックでした。ぼくにできることがあれば、いってください。本気です」

警部補は足を止めてマテオを見つめ、うなずいた。それからちらっとわたしを見た。無表情だった。そしてくるりとむこうをむいて、行ってしまった。

9

階段を降りていくふたりのどっしりとした靴音がドアのむこうからきこえた。行き先も、その目的もしっかり把握して毅然と進んでいく人たち。

ドアのこちら側では、まったくちがう空気が流れていた。

マテオもわたしも身動きしなかった。

たがいにひと言も発していない。

呼吸すら止まってしまった。

あたりの空気は北極なみに凍りついている。うっかり息をしたら、そこだけ空気が真っ白になるにちがいない。

そこにいきなり電話の音。あまりにもしんと静まり返っていたので、まるで第二次大戦の空襲警報のサイレンのように感じた。わたしは飛びあがり、マテオは身ぶるいした。二度目に鳴ると、彼はサイドテーブルに駆け寄った。テーブルの上の充電器にコードレスホンがのっているのだ。

でも、ここはわたしのアパート。だからあれはわたしの電話。そう思ってわたしも動いた。千分の一秒の差でわたしが勝った。

彼とぶつかることまでは予想していなかった。

ここ数年のあいだにマテオの目尻のあたりにはかすかにしわがあらわれ、黒い髪のあいだにちらほらとグレーの髪がまじるようになった。老いのサインだ。けれど身体そのものは、ほとんどガタが来ていないように見えた——こうして思いがけなく接触してしまったせいで、皮肉にもそれを確信させられた。

日に焼けた彼の身体をよけようとして、電話を持ったままあやうく倒れそうになった。すかさず彼が両腕をさっとわたしのウエストのあたりにまわした。その拍子にCカップのやわらかな胸が花崗岩かと思うほど硬い板——彼はそれを胸と呼ぶ——にぶつかった。

ふたたび電話の音。オンを押して、耳に当てた。

「もしもし？」

「もしもし」元夫のむき出しの温かな胸から逃れようと、もがいた。ところが彼ときたら筋肉質の腕にいっそう力をこめるではないか。まいった。

「ママ、なにかあったの？　メッセージの声、すごく変だった」

「大丈夫、なにもないわよ」

マテオと目が合った。「ジョイから」小声でいった。シャワーを浴びたばかりの男の清潔な香りがしたけれど、それは無視。

「誰かいるの？」すぐに娘がたずねた。

「あなたのお父さんよ」

「帰って来たの？　わぁ、やった！　〝お帰りなさい〟っていいたいから、替わって！」

「え、ええ。替わるわね」

気が進まなかったけれど、コードレスホンを譲った。マテオの片方の腕がウエストから離れ、電話を受け取った。もう一方の腕はまだわたしの身体をしっかり支えている。もうくっついていなくてもいいのだ、と自分にいいきかせた。でも、そうしたら電話から遠くなってジョイの声がきこえなくなる。娘の話をききたかった。

「やあ、マフィンちゃん」

「お帰りなさい、パパ！」

マテオの顔がぱっとほころんだ。にこにこ顔だ。

「いつ着いたの？」

「真夜中さ」

「ママのところでなにしてるの？」

マテオが片方の眉をぐいとあげて、思わせぶりな表情でわたしを見おろした。

「トラブルに巻きこまれた」

「あら、いつものことじゃない！」

「まあ、そんなところだな」

「ママが夕飯食べにいらっしゃいっていってくれたから今夜はそっちに行くわ。ママに伝えておいてね、お願い」

「わかった」

「パパもいっしょに食べるでしょ。ね？」

「楽しみにしているよ」

〝ちょっと待って〟わたしはその提案には賛成できない。

「それからママに伝えておいて。びっくりプレゼントがあるからって。お願いね」

「わかったよ。ママもよろこぶだろう。パパからもきみにびっくりプレゼントがある」

「うれしい！」ジョイが叫んだ。「まずい、遅刻しちゃう。これからソースの授業なの！」

「行っておいで」

「バイバイ、パパ。また今夜ね」

マテオが電話を切り、わたしははぁっと息を洩らした。朝の一件があってから、ようやくジョイの声をきくことができて、とにかくほっとした。

「今夜、夕飯を食べに来るそうだ」離れていた腕が、さきほどの位置にもどり、ウエストをがっちり押さえた。

「きこえたわ」

「じゃあ、ぼくが誘われたことも？」

「ええ。でも、果たしていいことなのかどうか」

「いいじゃないか」わたしの声に葛藤がまじっているのに気づかないふりをしている。

「びっくりプレゼントがあるらしいぞ」

「ねえ、わたしはよくないと思うの」

「いったいなにをつくって来るんだろうなあ」

「あなたとわたしがいっしょにいるところを見たら、あの子」

「手紙じゃフレンチのソースに苦しんでいるそうだ。だからきっとデザートの新作だろう。なんたってオーブンでつくる焼き菓子が好きな子だから」

「ねえ、ちゃんときいてちょうだい。こういうのはよくないと思う。あの子が十三歳のときのこと、忘れたの？　夜、みんなでいっしょに過ごしたら、あの子てっきりわたしたちが」

「クレア、気づいてた？」

「なにを？」

「ぼくはまだ、きみにただいまのキスをしていない」

彼の筋肉の動きが伝わってきた。下半身がさらにぎゅっと押しつけられた。

「わたしたちはただいまのキスなんてしません」そういいながら、わたしはまたもがいた。「もうそういう間柄ではないから」

「でも、ぼくはしたい」

彼の手がウエストから離れ、首筋を押さえた。スズメがとまったみたいな感触。彼の親指と人差し指が動き始める。ゆっくりとした柔らかな動き。知らないうちにたまっていたストレスの塊がもみほぐされてゆく。

わたしは彼のキスを拒まないだろう。自分でもそれがわかっていた。

そしてわたしはうっとりするだろう。それもわかっていた。

マテオのキスは夕暮れに味わうフルシティローストのコーヒーみたいだ。温かく、飾らず、ほっとする。それでいて刺激的なキス。彼にもそれがよくわかっている。一杯のフルシティローストのように、彼とのキスはわたしの一部をめざめさせる力を持っていた。めざめたくない、と思っていても。

〝決断するなら、いまよ〟自分にいいきかせた。〝でないと、あっという間に身体のほうがこたえを出してしまう〟

「だめよ、マテオ。やめて」

冷ややかな声でいった。これならさすがに彼もわかるはず。わたしは彼の胸に手のひらを当てて、押した。強く。

彼はぱっと手を離し、引き下がった。

「残念だな」ブラウンの瞳が、拒絶され傷ついたと抗議している。

自分のことを棚にあげて、よくもまあ。そう思ったら、また血圧があがってきた。

「煮つまってる」少ししてから彼がいった。さっきとは打って変わっていぶかしげな表情だ。

「〝煮つまってる〟というより〝こじれてしまってる〟って感じ」ふたりの関係を考えれば、もともと相性はいいのだ。だから〝煮つまってる〟という表現はふさわしくない。わたしたちの問題はむしろ――。

「コーヒーはこじれたりしないよ、クレア」

「コーヒー?」

「そうだ、コーヒーだよ」マテオがくんくんと匂いを嗅ぎ、顎でキッチンを指し示した。「あっちでコーヒーが煮つまってる――」

「あら、いけない。クィン警部補のコーヒー!」

キッチンに駆けこんだ。とたんにきつい匂いに襲われた。コーヒーを保温してからすでに四十五分。ああ、もったいない! 十分から十五分、最高でも十八分保温されたらコーヒーの味は損なわれる。おいしく飲むのは不可能だ。

苦そうなコーヒーを流しに捨て、ドリップ式コーヒーメーカーのスイッチをオフにした。冷蔵庫から水の入ったジャグを取り出し、ヤカンに注いだ。浄水器を通した水だ。コーヒーメーカーが冷めるまでには十分ほどかかるだろうから、メリタ式でいれるしかない。

ドリッパーを取り出し、金メッキのメッシュのフィルターを洗ってセットし、魔法瓶のボトルの上にのせた。そして豆をすくってミルに入れた。

「ここには泊まれないわよ」居間にむかって声をかけた。

マテオはあいかわらず胸をさらけ出したまま、腕組みをして数歩移動し、キッチンの入り口の壁にもたれた。

「ここはぼくの家でもある。契約書に従えばね」

「わたし、家を売ってしまったのよ。ここを出ていくつもりはありませんから」

「いればいいさ」

「あなたと同棲するつもりもありません」

「同棲?」マテオが笑った。「きみ、どうかしてるんじゃないの? どうせまた、クラシックムービー・チャンネルで大昔のドリス・デイの映画を見ているんだろう?」

「ホテルに移ってちょうだい」

「ここを使うったって、せいぜい月に十日かそこらだ。何カ月も顔を合わせないことだってある。きみの邪魔はしない」

「邪魔するに決まっているわよ。わかっているくせに」

「マンハッタンでホテルに十日も泊まったら、どれだけ請求されるか、わかってるの？」

「わたしの知ったことではありません」

「そうはいかないだろう。この先、ぼくがジョイの学費と生活費を払い続けられるかどうかに影響する」

「お金の問題なら、お義母さんに頼めばいいでしょう」

マテオがため息をついた。「知らないの？」

「なにを？」

「お袋は金なんて持ってないよ、クレア」

「なにいってるの？　ピエールが遺したあのペントハウスだけでもたいへんな価値が」

「そう、まさにそこがポイントだ。ペントハウス、別荘、株式、証券類、財産一式。どれもみな〝ピエールのもの〟だったんだ。そしていまはすべて彼の子どもたちが管理している」

「まさか。だってマダムは二十年もピエールの妻として」

「二番目の妻だった。ピエールの最初の奥さんは実の父親から輸入会社を受け継いだ。ピエールの資産の大部分は、もともとは結婚前の奥さんの資産だったんだ。そして彼女は将来彼の妻となる人間にはビタ一文くれてやるなと明記した遺言を遺した。だからピエールの資産はすべて彼の子どもが相続した」

わたしはすわりこんでしばらく宙を見つめた。ヤカンの笛の音で我に返った（メリタ式に使うお湯は沸騰寸前の温度でなければならない）。立ちあがり、金色のフィルターに置いた挽きたてのコーヒー豆に湯気の立つお湯を注いだ。金塊を茶色い土が覆っているような光景だ。

メリタ式でいれるときには、コーヒーの粉がふわっと浮くようにお湯をゆっくり注ぐのがコツだ。細かく挽いたコーヒーにお湯がすーっと浸みてゆき、上に逆流させることなく下に落ちてゆくようにする。使うフィルターは先端がつぼまったコーン型。これは鉄則だ。わたしとしては、底が平らなフィルターはすべて却下する。同じ濃さのコーヒーをいれるのに、水一オンス当たりに使うコーヒー豆の量が多くなってしまう。つまり、同じ量の豆を使えば底が平らなほうは薄いコーヒーしかできないということだ。先端がつぼまっていれば濃縮されたコーヒーとなる。豆も節約できる。要するに費用が節約できる。これは今後のわたしたち家族にとって、疎かにできない要素だ。けれど、心のどこかいままでマダムにお金のことで頼ろうと思ったことは一度もない。けれど、心のどこかではこう思っていた――ジョイにかなりの遺産を遺してくれるのではないか、と。それなら娘の将来は安泰だし、わたしが彼女のためにお金の心配をする必要はない。けれど、元夫との短い会話で、自分がとんでもない見込みちがいをしていたことを思い知らされた。

「お金がないのなら、なぜ店を売ってしまわないのかしら」穏やかな口調でたずねてみた。

「理由なら、きみがよく知っているだろう」

確かに、彼のいう通りだ。生活費はピエールが子どもたちとなんらかの取り決めをして、きちんと支払われているにちがいない。マダムが店を売らない理由、それはおそらくビレッジブレンドの歴史へのマダムの思い入れだ。それにくわえて、マテオとジョイ、そしておそらくわたしにも、価値あるものを遺してやりたいという願い。

「ところで、アナベルの様子はどうなんだろう」マテオがやわらかな口調で話題を変えた。キッチンに入ってきて腰をおろし、テーブルの上でゆっくりと出来上がってゆくコーヒーの香りを吸いこんだ。

「セントビンセンツ・ホスピタルに電話しても、くわしいことは話してくれなくて。話せないのかもしれないけどね。アナベルのルームメイトのエスターが病院に付き添ってくれたの。アナベルは意識がなかった。すごく心配」

マテオがため息をついた。「ぼくが行ってみようか?」

「いえ、わたしが行こうと思う。悪いけど、そのあいだ店をお願いできるかしら。午後にはタッカーが来てバリスタをやってくれるわ。それまでに店をあけられるといいんだけど」

「いますぐあければいいじゃないか」

「鑑識の人たちが来るのよ。クィン警部補が下で待っている。着いたらまず、犯行の物的証拠をさがすと思う。だからここでコーヒーをいれているの。鑑識の人たちに飲んでもらおうと思って。クィン警部補にもね。いつもいい加減なコーヒーしか飲んでいないみたいだから、認識を改めてもらうつもり」

「クレア、アナベルは階段から落ちたといったね。それはどういうことなんだろう。どうしてきみは犯行だと思うの?」

「直感よ。彼女を見つけたときからそう感じていた。だって、つじつまが合わないのよ。それはそうとアナベルのこと、もっとなにか知っているのね。警部補にいっていないことがあるんでしょう。わたしはごまかされませんからね」

マテオが困ったようにもぞもぞ動いた。

「アナベルはボーイフレンドとうまくいっていなかったんだ」

「どういうこと?」

「彼女がそういっていた。なんだか大きな問題があって、それを解決しようとしているんだといっていた」

「問題って、どんなこと？　思い出してみて。具体的になにかおぼえていない？」

「六週間くらい前だったかな。ニューヨークを発つ前だ。下でエスプレッソを飲んでいたらアナベルが隣にすわったんだよ。ボーイフレンドとトラブルがあって、男の気持ちがわからないから教えてくれっていわれた」

「つまり？」

「つまり……どうしたら結婚したいという気を起こさせられるか、って」

「彼女、結婚について相談したの？　あなたに？」吹き出さないように懸命だった。

「で、なんてこたえたの？」

「なんてこたえたと思う？　自分はその件に関してふさわしい相談相手ではないといったよ。自分でも結婚のきっかけなんてわからないからな。それでも彼女は引き下がらなかった。ぼくのこと、筋金入りの独身男だと誰かにきいたらしい。結婚を考えたことは一度もなかったのかときかれたよ。だから、結婚していたと教えた。そうしたらなにがきっかけで結婚に踏み切ったのかと質問された。で、こたえた」

「ジョイね」

「そう」

「で、彼女は?」

「彼女はこういった。〝ありがとうございます。とても参考になりました〟それだけさ」

「それってすごく重要なことよ、マテオ」

「わからないな、なぜ?」

「だって彼女がボーイフレンドと結婚するために妊娠すべきかどうか迷っている、ってことでしょう」

「べつにかまわないじゃないか。刑事が出て来る幕じゃないだろう」

「彼女を突き落とした犯人はボーイフレンドだった、ってこともあるでしょ」

「だから、なにもいわなかったんだ。警官ってやつらは人を手錠につなぐことしか考えていないからな。なにげない会話で自分がいったことから無実の若者が告発されたりするのはごめんだからね」

「でもね、もしもその彼が無実ではないとしたら? あなたは会ったことがあるの?」

「いや」

「わたしもよ。ねえ、警部補に話してみたらどう? あのクィンという人、あなたがなにか隠していることに絶対気づいている。ラングレーという警官もね」

「勝手にそう思わせておけばいいさ! あいつら、ふたりとも気に入らないね」

「そう思うのも無理はないけど。手錠までかけられたらね。でもね、それはわたしがあなたを侵入者とまちがえたから。あの人たち、わたしを守ろうとしただけよ」

「あいつら悪徳警官だぜ、きっと」

「バカなこといわないで！」

「ほんとうにそう思う？　見てろ、白い粉が入った瓶のこと、あいつら二度と口にしないはずだ。クィンだかラングレーだかが今夜あたり、警官がたむろする酒場にあの粉末を持っていくのさ。ところがどっこい、やっこさんたちいっこうに〝ハイ〟になれない。そりゃそうだ、コカインじゃなくて〝カフェイン〟なんだから」

「あなたは中南米で海千山千の人たちを相手にしすぎたみたいね。あの人たちはいい人たちよ。とくにクィン警部補は」

「クィンて野郎はとくに虫が好かない」

「どうして？」

「一番気に入らないのは、きみを見るときの目つきだ」

「どんな目つき？」

「きみに気がありそうだ」

「ほんと？……ほんとに気があると思う？」

マテオが驚いたようにこちらを見た。「ちょっと待てよ。クレア、まさかきみもか？」

「冗談はやめて！　あほらしい。彼、既婚者よ」

「だから？」

「だからって、どういう意味？　わたしが既婚者とどうこうなるなんて、あなた本気でそう思うの？　あなたといっしょにしないで。そこのところ、はっきりいっておきますからね。だいたいね、わたしが誰に関心を持とうと、あなたにはまったく関係ない。頭を切り換えてちょうだい。とにかく、前みたいに気安く入って来られても――」

そこでスタミナが切れた。長い長い朝だった。わたしは窓のほうに歩いてゆき、腕を組んだ。早朝から雲行きがあやしかったが、とうとう雨が降ってきた。

マテオはしばらくのあいだ、その場でじっとしていた。やがて不快そうな声を洩らしたかと思うと、階段のほうに歩きだした。

「いい加減、服を着てしまうか。これ以上寒い思いをするのはごめんだからな」

五秒後、ドーンという衝撃音がきこえた。階段をのぼりながら彼が拳を壁に叩きつける音だった。

10

一八四九年、セントビンセンツ・ホスピタルは「愛の修道女会」の四人の修道女によって設立された。十三丁目の煉瓦造りの小さな建物で、三十床の病院だった。

現在では七百五十八床の規模となり、マンハッタンの十四丁目以南で唯一のトラウマセンターである。この病院は教育病院でもあり、ここで学ぶ医師の卵たちは店の大のお得意さま。そうでもなければ教育病院などという存在を知ることもなかっただろう。

若い研修医たちは定期的に三十時間継続で待機という勤務シフトに入るのだが、そういうときには充血した目で店に顔を出す。そしてダブル・トールラテ、トリプル・エスプレッソ、グランデ・イタリアンローストでひと息つく。彼らにきけば、ひとりくらいアナベルの容態を教えてくれる人がいるかもしれない。

鑑識チームが去り、出勤してきたタッカーがマテオといっしょに店をあけたところで、わたしは店を出た。降りしきる雨のなか、傘をさしてセブンスアベニューサウスを歩く足取りは重かった。

あと少しで病院の入り口というところで足を止めた。病院の建物の濃い灰色の石に雨の筋がついていた。のっぺりした顔を涙が流れてゆくようだ。いまからほんの数年前、この灰色の壁はこんなにのっぺりしていなかった。

いまでもあの何百枚もの写真が目に浮かぶ──顔、名前、その下に書かれた必死の訴えが。「この人を見かけませんでしたか……？」「どうか、どうか電話をください……」「妻を、夫を、息子を、娘を、兄を、妹を、恋人を、友人を……さがしています……」

二〇〇一年九月十一日の朝、わたしはニュージャージーにいた。この国の大部分の人と同じように、テレビのニュース速報を見ていた。あの時、事件のディテールにまで思いを及ばせることがどれほど苦しかったか、いまだに忘れられない。

命の危険を顧みずに行動した客室乗務員、誘導ミサイルと化した旅客機に乗っていた乗客の恐怖、貿易センタービルで働いていた人たちの悲惨な死。彼らは国籍も、宗教も、収入もまちまちの人々、ただただ仕事をこなそうとして朝早く出勤してきた人々だった。オフィスワーカー、レストランのスタッフ、銀行の幹部、警備員、メンテナンス担当者といった人々だ。

犠牲者のなかにはグリニッチビレッジの住人も数多くいた。あの朝、露ほどの疑いも抱かずめざめ、これが人生最後の朝になるとも知らず、朝日を浴び、いれたてのコーヒーをその香りとともに味わったにちがいない。

年とともに、人々の記憶は薄れてゆく。けれどこの街は決して忘れない。あの恐怖、悲劇、そして勇気を……。

人々が逃げ出して来たビルを駆けあがっていった消防士たち。車椅子で身動きできない友人を見捨てずいっしょにとどまったビジネスマン。通りに面したビルの高層階の窓から固く手を結んで身を投げた男性と女性。彼らだけではない。オフィス家具が溶け、大量のジェット燃料が燃えて生じる有毒ガスに巻かれる状況で、生きたまま焼かれるよりは、と多くの人が飛び降りた。

あの朝、事件が起きて街じゅうがショック状態に陥っていたとき、マダム・ドレフュス・アレグロ・デュボワはここからわずか数区画のところにある例の五番街のペントハウスを出ると、店まで歩いてやって来た。そしてスタッフに命じてノンストップでコーヒーをいれ、セントビンセンツ・ホスピタルのナースステーションに二時間おきにコーヒーのポットを届けさせた。

ビレッジにあるこの病院には千四百人を超える患者が収容され、なかには深刻なトラウマを受けた患者もいた。

「こういうときには、自分にできることを各自がやるしかないのよ」マダムはわたしにいった。「わたしたちにできるのはコーヒーをいれること。だからそれに専念しましょう」

わたしたちはひたすらコーヒーをいれた。ジョイもわたしも、なにもかも放り出して。それは何週間にもわたった。あるときは、マダムといっしょにグラウンド・ゼロにコーヒーを運んだ。ウエストサイド・ハイウェーを通ってたどり着いた現場では倒壊した世界貿易センタービルの煙がまだくすぶっていた。消防士や作業員、そして何百人ものボランティアが、マンハッタン島の先端にほど近い現場で何ヵ月もただひたすら作業を続け、遺体を収容し、なおも煙をあげる大量の瓦礫を片づけていた。

あの年の秋の、そして冬の悲しみを癒すすべはなかった。一杯のコーヒーなど、なにほどの慰めにもならなかったにちがいない。けれどジョイとマダムとわたしは疲労困憊したボランティアの手に熱いカップを手わたした。そして理解した。マダムが絶やすことなくコーヒーを運ぼうとしたその意味を。

疲れ切った人々をつかの間、温め、力づけたのは、少量の豆から抽出した液体ではない。誰かが自分たちのためにコーヒーをいれてくれているという実感だ。自分のことをねぎらってくれる人がいるという思いだった。彼らが毎日むきあっていたのは誰かの憎悪をものがたるねじれた灰色の瓦礫。だからこそ、愛されていると実感することが彼らにはどうしても必要だったのだ。

「コーヒー年鑑にいい尽くされていますよ」あのころ、長い一日の終わりにマダムはわたしたちに言葉をかけ、前世紀の初めに書かれた文章を教えてくれた。

『コーヒーは寂しい人を朗らかにし、元気のない人を活動的にし、凍えた人を温め、温かな人を輝かせる。意気消沈している心を蘇らせ、病室に置けばあたりを芳香で満たし……コーヒーの香りが死を脅かす』

朝の一杯のコーヒーは単なるめざましの一杯ではない。たとえ世界がなにを投げかけてきても――最高のものでも、最低のものでも――それに毅然とむき合う力をコーヒーは与えてくれる。それがマダムの考えだった。

そこでふと、アナベルのことが浮かんできた。彼女の容態が気になった。雨が伝い落ちる病院の壁の脇でしばらくたたずんでいたわたしは、なかに入りエレベーター乗り場にむかった。

昇りのエレベーターには病棟に勤務するスタッフ、看護師、見舞客が乗り合わせ、それぞれの目的の階に止まりながら、たっぷり時間をかけてのぼっていった。小刻みに止まるエレベーターのドアがあいて廊下が見えた拍子に、よく知った顔がちらりと見えた。

マダムだった。車椅子にすわって白衣姿の医師と話をしている。こめかみのあたりに白髪が目立つ医師だった。降りようと足を踏み出す前に、ドアが閉まってしまった。

「すみません、いまの病棟は?」隣で空の車椅子を押さえている背の高いフィリピン人スタッフにたずねた。

「ガン病棟です」彼がこたえた。

お腹のあたりに重い衝撃が走った。

〝ガン病棟って、そんな〟

そういえばマダムは昔にくらべてひどく疲れているように見えた。それにあの、わたしとマテオをだますようにして署名させた契約書。〝ああ、なんてこと〟思い返してみると、いちいちつじつまが合っている。マダムは病気だったのだ。だから伝統あるビレッジブレンドをわたしたちの手に委ねようとしたのだ。あのアパートにわたしたちふたりを住まわせようなんて思い切った決断をしたのだ。わたしたちがもとの鞘におさまるのを見届けて……思い残すことなく……。

〝どうしたらいいの〟

この衝撃の事実をうまく飲みこめないうちにエレベーターのドアがひらいた。集中治療室がある階だ。マダムのことでまだ動揺していたが、アナベルの状態はそれ以上に深刻だ。究極の選択を迫られた看護師のような気分で、マダムについては一時保留にして、とにかくいまはアナベルに神経を集中させることにした。

思い切ってICUの控えのスペースに入っていった。若い女性がICUと控え室を仕切る大きな窓の前に立っている。チリチリでぼさぼさの黒い髪、だぶだぶの服という姿の彼女は、ベッドがたくさん並んだ病室をじっと見つめている。アナベルのルームメイト、エスター・ベストだ（もともとお祖父さんの苗字はベストヴァスキーだったが、それを短くしてベストにしたのだと初対面のときに彼女からきいた）。

アナベルのベッドは窓からあまり離れていないところにあった。まだ意識はないようだ。ずらりと並ぶ仰々しい医療機器が彼女につながれている。ベッドの足元側には看護師が腰掛けてモニターを見ている。ベッドのすぐ脇にはブロンドのやせた女性がこちらに背をむけて立っていた。

エスターは流行の長方形の黒いフレームのメガネをかけ、その奥からこちらを見ている。無意識のうちにわたしは母親のまなざしになっていた。かわいらしい顔立ちと、美しい肌。でも髪はチリチリで全然かまっていない。ぼさぼさヘアーとかわいげのない黒いメガネが彼女のよさを隠してしまっている。

そんなエスター・ベストを、じつはわたしは好ましく思っていた。ティーンエイジャーのころの自分に重なるから（ここまでとんがってはいなかったが）。いつしかそういう自分を卒業し、体重を落とし、外見を磨き、自分の怒りとうまくつきあい、自分の力ではどうにもならないことは、格言にある通り、受容するようになった。

エスターの最大の問題は、というのはかつてのわたし自身の問題でもあったのだが、人との関わり合い方だった。彼女は自分が抱えている大きな不満を、たいていすぐそばの人間にぶつけるのだ。とくに異性がターゲットとなる。彼女はしょっちゅう異性のことで悩んでいた。タッカーと彼女の会話を小耳に挟んだことがあるが、デートに誘われていっしょに出かけた相手が一時間か二時間もすると〝敵意〟をむき出しにするのが理解できないと〝ほとほと困惑〟していた。

エスターに挨拶すると、彼女はうなずいた。そしてまた窓のむこうに視線をむけた。なにかを観察するような冷静なまなざしだ。

「彼女ってもっと運動神経がいいと思っていた」

〝あらまあ、やさしい言葉だこと〟わたしはため息をついた。

「アナベルは運動神経がいいわよ。ダンサーだもの」

「そう、彼女はダンサー。誰でもそれは知っている。こちらが気づかなければ、彼女は自分からいいますからね。〝わたしはダンサーよ！〟って。とくに男性には。でも足を滑らせて階段から落ちてここに担ぎこまれるなんて、とても運動神経がいいとはいえないと思う。ものすごく不器用ってことでしょ」

古いことわざにある。〝うまい言葉が見つからなかったら——そばに寄って隣にすわりなさい〟エスターにはそうやってすわる場所が必要なのだ。

「彼女が足を滑らせたって、誰かがそういったの？」

「どういう意味ですか？」

「つまり、押された可能性もあるということ」エスターがどういう反応を示すだろう。

わたしはじっと見つめた。「わたしはね、彼女は誰かに突き落とされたと思っている」

エスターがいぶかしげな表情になった。「たとえば、誰に？」

そう、それが問題。じつはニューヨーク市警の鑑識班はわたしが主張する〝突き落とされた論〟を裏づける証拠を発見しなかった。彼らの唯一の収穫である〝物的証拠〟といえば、裏通りに落ちていた荷物のタグだけ。ＪＦＫと印刷されたそのタグは、クィン警部補が彼らにアナベルのジャケットとバッグといっしょに保存するようにとわたしたものだった（しかもマテオがそのタグは自分のかばんについていたものだと確認していた）。

彼らはきっかり三十分間、店を調べた。階段の上で倒れてゴミがこぼれていたゴミ入れ、その他にも手がかりのありそうなところを。その結果、十人分を超える不鮮明な指紋を見つけた。といっても、指紋からなにかが割り出せる可能性はないだろう。こんなに無防備に指紋を残す人たちを疑っても始まらない。

わたしはひとつ咳払いをして、エスターにむかって片方の眉をあげて見せた。すごみのある表情をつくったつもり。「誰がアナベルを突き落としたのかはわからないわ。でも、かならずつきとめてみせる」

エスターはあきれたような表情だ。

「話はちがうけど、ゆうべあなたはどこにいたの？」

「〈八日の言葉〉の詩の朗読会です。なぜ？」

「それから？」

「友だちとシェリダンスクエア・ダイナーに行って、その後アパートにもどりました。ひとりでね」

「アナベルと最後に会ったのは？」

「いったいどういうことですか？　ニューヨーク市警のまわし者？　そういうことはとっくに警官にきかれましたけど」

「いいからこたえて」

「詩の朗読会に出かける少し前に会ったのが最後。ブレンドの八時から深夜までのシフトだっていってました」

「そのほかには？」

「そのほか？」

「ほかにおぼえていること、ない？　彼女、誰かに会うとかいってなかった？」

「それも警官にきかれました。いいえ、ノー、ナーダ、ジッポ！」

それ以上質問が浮かばなくて、ため息が出た。容疑者を尋問する方法をクィン警部補にきいてみよう。いいアドバイスをもらえるかもしれない。

ＩＣＵとの仕切りの窓越しにもう一度アナベルを見た。ブロンドの女性は看護師のところに移動してなにか話していた。ようやく顔が見えた。

あきらかに動揺している様子だ。ほっそりとした若々しい体型とはうらはらに、しわとくすみの目立つ顔。四十代後半、といったところか。おしゃれなポニーテールにした髪が肩に触れている。ブロンドだが、根元が黒っぽい。そして秋のニューヨークにはそぐわない日焼けした肌。仕立てのいい服――黒い細身のデザイナーパンツにシルクの白いブラウス――は彼女の体型に完璧にフィットしていた。

「あの人は？」

「アナベルの義理の母親です」

「義理のお母さん？　ニューヨーク近辺にいるなんて、知らなかったわ。アナベルを採用するときの書類には、確か近親者がいるのは」

「フロリダです」

「それなら、なぜ義理のお母さんがここにいるの？」

「何日か前にアパートに来ました。アナベルはあまり歓迎してなかった。それはまちがいないですね」

「どうしてそういい切れるの？」

「お金ですよ。くわしいことは知らないけれど、アナベルは義理の母親から五千ドル借金して去年ニューヨークでの暮らしを始めたんです。そのやさしいママが仕事でニューヨークに来て、顔を出した。たぶん、お金を返してもらいに来たんでしょうね」

「で、ふたりは？」

エスターは肩をすくめた。「ずっといい争ってました。ほんとうは、ここ二ヵ月ほどはお金のことでああだこうだとケンカしてたんですよ、あの人たち」

「アナベルは昨日、電話でケンカしていたの？　店に来る前に」

「そういえば、ケンカしていましたね。すっかり忘れていたけど。わたしが出かける一時間くらい前に彼女の携帯に電話がかかってきて。さっき警察の人にきかれたときはすっかり忘れていたけど。思い出した。彼女のほうもすごい剣幕だった」

「理由は？　義理のお母さんはなんていってきたのかしら？」

「相手は義理の母親ではありません。ケンカの相手はリチャードよ」

「え、誰？」

エスターが目玉をきゅるりとまわした。「アナベルの彼氏」

「そのリチャードのこと、あなたなにか知っている？」

「リチャード・ギブソン・インストラム・ジュニアという名前。どうしようもない男。ダートマス大学の四年生で、この夏は実家にもどっていたんです」

「家はどこ？」

「アッパーイーストサイド」

「夏のあいだ、どこかで働いていたのかしら？」

「いいえ。インストラム・システムズって、きいたことないですか？　ナスダックの株の暴騰で彼の父親はボロ儲け。で、会社がつぶれる前にすべてキャッシュに換えていた。おかげでリチャードの生活は安泰そのもの」

「彼は両親公認で夏じゅうのらくら過ごしていたの？」

エスターは肩をすくめた。「わたしはアナベルからきいたことしか知りません。彼とは七月に知り合ったそうだけど、働いてはいないみたい」

「ふたりはどこで知り合ったの？」

「彼は友だちといっしょにイーストビレッジのダンスクラブに出入りして――ナイトランナーとかラーとか、アルファベット・シティのあたりの店にね。そこでアナベルがダンスフロアで踊っていたんです。いちおういっておくけど、あの子って男の目を引く存在なんですよね」

「知っているわ、エスター。あなたがそのことにすごく反感を持っていたこともね」

「は？」

「アナベルのことがおもしろくなかったってこと。とくに男性の関心を引く彼女の魅力が」

「冗談じゃないわ。わたしはお上品なバービーちゃんたちとはちがいます。あの子たちは本音は出さないくせに、陰ではすごく陰険。わたしはそうじゃないからアナベルとうまくやれたんです。少なくとも彼女ははっきりそういいました。ほんとうのことをいってくれるから好きだ、って。それはつまり、厳しいこともいうってことなんだけど。わたしとアナベルはそういう仲だったんです。彼女に反感なんて持ったことはないわ。うらやましいとは思っていたけど。そこのところ、誤解されたくないです」

「具体的には何をうらやましいと思っていたの？」

エスターは肩をすくめ、むこうをむいてＩＣＵのアナベルを見つめた。

「彼女はとてもきれいで、いつだっていかにもかんたんそうに……うまくいえないけど」エスターはまた肩をすくめた。「欲しいものを手に入れてしまう」

「エスター、ほんとうのことを教えてちょうだい。あなたは彼女のことがうらやましくて、だから昨夜ブレンドで争いになり、そのはずみで彼女は階段から落ちてしまった。ちがう？」

「ちがいます。そんなこと、あるはずがない。いくらうらやましいと思ったとしても、彼女は友だち。そりゃあ、親友ってわけではないけれど。でも絶対に彼女を傷つけたりなんかしません。こんなひどい目にあわせたりしないわ」

つらそうなエスターの目。それを見て、この子はうそをついていないと確信した。

「それに」エスターはそこでため息をついた。そしてふたたび窓のむこうに視線を移した。「わたしにそういう疑いをかけようとしても、無理です」

「どうして？」

エスターは肩をすくめた。「あの晩は店の近くには行かなかったから。それにアナベルとわたしはルームメイトですよ。もしもわたしが彼女に危害を加えるなら、アパートの居間でやるはずです。ふたりだけなんだから。たいていの家庭内暴力はそうでしょう？」

この子のいう通りだ。

「あなたはこの中に入ったの？」

「運びこまれたときに。でもICUはとても厳しくて。リチャードのお母さんも入れてもらえないんです」

「いま彼女はどこに？」

「もう帰りました。たぶん、息子に最新情報を伝えるんだと思います。わたし、リチャードに連絡しようとして学校に電話したんです。でもつかまえられなくて。だから彼の両親のところに電話をかけたの。そうしたらお母さんが代わりにやって来たんです。ICUのなかには一度にひとりしか入れてもらえないの。アナベルの義理のお母さんにも電話をして、アナベルの身に起きたことを伝えました。彼女がここに着いたら、わたしは追い出されてしまいました」

「ずっといてくれて、助かったわ」

「いいんです」

これまで気づかなかったけれど、この子には純な一面があるようだ。アナベルをじっと見つめていた彼女の視線が、ＩＣＵ内のもっと奥のベッドのほうに移っている。その先では白衣姿の中国系アメリカ人の医師が処置を終えて足早に出口にむかっていた。医師の姿を追うエスターの視線は、マンガのなかでおいしそうなチーズの塊の行方を目で追うネズミに似ていた。

「あら、ジョン・フー先生」

「知っているんですか？」

「ブレンドの常連さん」

「それにしては見かけたことがないけど」

「あの人は開店と同時に来るから。朝の六時半にはもう顔を見せるのよ。武術の稽古の後にね。あなたはいつも午前中の勤務は嫌がっていたからね」

「ええ。わたしって、どうしようもない朝寝坊だから」エスターの視線はなおも、がっちりした体格の医師の動きを追っていた。「でも、彼のためなら、ベッドとバイバイする価値はありそう。かなり、ありそう」

フー医師は両開きのドアから出て、まっすぐわたしたちのほうにやって来た。

「きみ、まだいたの？」

「はい、先生」エスターがフー医師にさっと駆け寄った。「アナベルが目をさますかもしれないと思って」

思わず目を見張ってしまった。エスターはよけいなことはいってないけれど、相手が魅力的なフー医師のせいか、日頃の歯切れよさが欠けているみたいな感じ。ふわっとした、なにやら甘えた口調。いつものとげとげしさはどこに行ってしまったのだろう。

「そうなんです」わたしはふたりに歩み寄った。「アナベルの意識はもどりましたか？」

「クレア・コージー、こんなところでお目にかかるとは」

フー医師が手を差し出したので、握手した。

「お世話になります、先生」

「今朝は閉まってましたね。いつもと同じ時間に行ったんですが」

わたしはアナベルを指さした。

「いま、先生に診てもらっている彼女が店をあけるはずだったんです」

「そうですか。お気の毒です」

「容態はどうなんでしょうか」

「よくありませんね。昏睡状態です」

「先生が主治医なんですか？」

「いいえ。確かハワード・クライン医師が担当するはずです」

「クライン先生は存じあげません。その先生、店にいらしたことは？」

フー医師が笑った。「クライン医師は熱狂的なアンチ・カフェイン党なんですよ」

「そうですか。あの……ちょっとお願いしたいことがあるんですが」

「なんですか？」

「情報が欲しいんです」

11

「ねえ、ちゃんとわかってる？　モカチーノにスキムミルクだからね」

「わたしのラテは今年じゅうにできるの？」

「ダブルだ。ダブル・エスプレッソだ！」

「どうしてこんなに渋滞してるの？」

「お金、いらないの？」

コーヒー好きはだいたいにおいて〝オン〟の状態の人たちだ――野心にあふれ、頭が切れて、きびきびとしていて、積極的で、鋭くて、頼りになる人たち。わたしは彼らが大好きだ。お客さんとしても大歓迎。けれどグルメコーヒーを飲むには、出来上がるまでにかなりの辛抱が必要だ。こらえ性のない彼らをじょうずに捌《さば》くのもひと苦労なのである。

「ただいま、タッカー」おおぜいのお客さん越しに声をかけた。「ひとりで大丈夫？」

「クレア！　やっと帰って来てくれたんですね！」

タッカー・バートンは午後の担当のバリスタだ。三十代のゲイ。俳優兼脚本家。ルイジアナ生まれで母親はエルマ・タッカー。シングルマザー。彼女は数本のハリウッド映画のクレジットに名前が出たことがある。生まれ故郷にもどり、自分のひとり息子はリチャード・バートンの隠し子なのだと説明したそうだ。そういういきさつから、タッカーは二十一歳でニューヨークの街に移ると、正式に名前を変えてエルマ・タッカーからタッカー・バートンになった。

おそらく南部の血のせいなのだろうが、タッカーはてんてこ舞いになると、かつてテントをかついで各地をめぐった伝道師みたいな抑揚のある口調になる。タッカーは背が高い。だから青い大理石のカウンター前でお客さんが二重三重に列をつくっていたけれど、そのむこうに彼のライトブラウンのもじゃもじゃの髪の毛や角張った顔がちゃんと見えた。

「クレアが帰って来た。助かったぞ！　バンザーイ！」

ちょうどランチタイム。サテイ&サテイ広告社の管理職やバーク・アンド・リー出版社の社員など、ハドソン通りを数区画歩いたところのオフィスで働く人たちで大にぎわいだ。近所の常連もいる。わたしはほっと息をついた。

ブレンドの前に救急車が停まっていたのだから、そこからどんなうわさが流れていたとしてもしかたないと覚悟していた。ボツリヌス中毒が出た、ミルク入りコーヒーに細菌が付着していた、クリームチーズ・シュトルーデルにサルモネラ菌がついていた、などと。

　警察からようやく開店の許可が出て、こうしてお得意さんが以前と変わらず来てくれているのをこの目で見て、心底うれしかった。ビレッジブレンドのコーヒーはこの街で最高のコーヒーだと証明してもらったようなものだ。

「ぼくのラテは十年以内に出来上がるのかな?」

「クレア・コージー!」タッカーが大きな声をあげた。「その麗しいお身体をこちらに移動して手伝ってくれませんか!」

「いま行くわ、タッカー! すみません、ちょっと通してください!」人と人のあいだをすり抜けるようにしてカウンターのなかに入り、真っ白なシェフエプロンのひもを結んだ。

「レジをお願い」タッカーにいった。レジの担当者は注文をきき、お金を受け取り、一定の間隔でつくるコーヒーを店のマークのついた紙コップに注ぐ作業を受け持つ。

　わたしはバリスタの仕事を引き継いだ。おたがいにこれがパーフェクトな役割分担なのだ。タッカーは各種のイタリアン・コーヒーをつくることにかけてはとても有能だが、エスプレッソを抽出することとプレッシャーに負けず落ち着いて仕事をこなすという点ではわたしのほうが上だった。それに、さすがタッカーは舞台俳優だけあって、おおぜいの人間の相手を安心して任せられる。

「はいはい、みなさん！　並んでください！　ご協力お願いしますよ！　列をつくってくださいね、よろしいですね！　お待ちかね、クレア・コージーがもどってきました。彼女のすばらしい魔法に期待しましょう！」

イタリアン・コーヒーの大部分はエスプレッソがベースになっている。優秀なバリスタは六十分で二四十ショット抽出できる、などといったのは、ここで光沢を放っている背の低いエスプレッソマシンをマダムに売った業者だが、わたしはスピードにこだわる気はない。三十秒以内に抽出したエスプレッソは〝メルド《糞》〟だから（フランス語で失礼）。どんなにお客さんにせかされても、わたしは品質を二の次にするつもりはない。

「クレア、カプチーノはまだ？」

「いまやってます！」

抽出したてのエスプレッソに、ミルクを蒸気で温めたスチームミルク、そしてスチームを吹きこみながら泡立てたフォームミルクを加える。

「ラテ！」

抽出したてのエスプレッソにスチームミルクを加え、フォームミルクをトッピングする。

「モカチーノ」

カップにチョコレートシロップを二オンス入れ、そこにエスプレッソを一オンス加え、スチームミルクを注いだら一回混ぜて底にたまったシロップを散らす。さらにホイップクリームをのせて甘いココアパウダーと削ったチョコレートをトッピング。

カウンターのむこうから見ると、いともかんたんそうに見える。けれどグルメコーヒーをつくる人のうち、どのくらいの人が知っているのだろうか。エスプレッソひとつとっても、品質を左右する要素は四十以上もある。たとえばエスプレッソマシンの汚れ、コーヒーの粉の量、粒子の大きさ、粉を押し固めたときの密度、その形、吸水量、水質、水圧、水温、抽出時間。これ以外にも完璧なエスプレッソの抽出を阻もうとする要素はおよそ三十ある。

昨年、業界がある調査結果を発表した。それによれば、アメリカのコーヒー店のうちエスプレッソマシンを正しく使いこなしているのは、全体のおよそ五パーセントに過ぎないという。つまり五パーセントの店でしか、ほんもののエスプレッソを味わえないということ。

あきれてしまったが、まあ、そんなものだろうと予想はついていた。たとえば数年前ビレッジブレンドの筋むかいにライバル店としてオープンした〈パークアップ〉は、その年のうちにつぶれてしまった。まさにつぶれるべくしてつぶれたコーヒーハウスだった。なにしろ、エスプレッソを七秒という記録的短時間で抽出するのが自慢の店だったから。

いまの飲食サービスの業界では、注文の商品をいかに速くお客に出して利益をあげられるか、という発想が主流となっている。

けれど、その考え方には落とし穴がある。高品質のエスプレッソを抽出するには、八〜十気圧の熱湯が必要だ。それをつくることがエスプレッソマシンの基本的な機能といっていい。さらにバリスタがコーヒーの粉をじゅうぶん細かく挽き、フィルターにしっかり押し固めなくてはならない。それが不十分だと、高い気圧の熱湯はコーヒーの粉をあまりにも速く通過してしまう。

コーヒー豆の挽き方が粗すぎたり、フィルターにじゅうぶんに押しこんでいなかったりした場合、コーヒーが勢いよく噴出口から出てくる。短時間で抽出しようとすると、出来上がりは湯に溶けやすい成分だけの、ふつうのコーヒーと変わらなくなる。それではエスプレッソとはいえない。

基準を下げると、こういう結果になる。マダムの言葉を借りれば、基準を下げることは自分の魂を譲りわたすのと同じなのだ。むろん、お客さんがリピーターとなって通ってくれる率はがくんと下がる。

エスプレッソを抽出するとき、わたしはコーヒー豆をうんと細かく挽いてフィルターにできるだけ固く押しこむ。こうすれば抽出のスピードを抑えることができる。噴出口からエスプレッソがジャーッと流れ出ることはなく、たとえていうと、熱いハチミツが〝たらたら〟こぼれるように出てくる。この液体には粉末状のコーヒーから抽出された油分が溶けている。これに対しふつうにいれたコーヒーには、単に成分が溶け出しているだけ。

質の高いエスプレッソというからには、エスプレッソマシンからたらりたらりと出てくるうつくしい赤褐色のクレマだけで構成されているべきだ。クレマとはコーヒーが泡立ったもの。うまく抽出されたエスプレッソになるかどうかを左右する最大の決め手となるのが、このクレマだ。粉状のコーヒーから油分が抽出されていないものは、エスプレッソとはいえないのだ。

「モカ、いいですか？」

「はい！」

「XX！」

トリプル・エスプレッソという意味。

「スキニー・ヘーゼルナッツ・キャップ、テイクアウトで！」

スキムミルクのカプチーノにヘーゼルナッツのシロップ、さらにフォームミルクをのせる。

「カフェ・カラメル！」

ラテにカラメル・シロップを加え、甘いホイップクリームでトッピングし、その上から熱いカラメルをふりかける。

「カフェ・キスキス！」

メニュー上ではラズベリー・モカ・ボッチという名前。わたしの大好物のデザート・ドリンク。「はい！」

「アメリカーノ！」

カフェ・アメリカーノとも呼ばれる。エスプレッソを湯でうすめたもの。

「グレンデ・スキニー！」

スキムミルクのラテ二十オンス。

「ダブル・トールキャップ。弾は抜いて！」

カフェイン抜きのカプチーノ十六オンス。

〝カフェイン抜き〟

顔をあげたら、やせて青白い顔をしたいかにも心配性といった感じの男がいたので、ぞっとした。カフェイン抜きをオーダーしたお客だ。

こういってはなんだけれど、カフェイン抜きをオーダーするお客はどうも好きになれない。

妊娠中の女性ならわかる。けれど死ぬまでカフェイン抜きを通そうとする人には、不気味なものを感じてしまう。彼らはたいてい、自分は六種のアレルギーを持っていると信じていて、マクロビオティックのパテを食べる。チャイニーズ・レストランで玄米を注文したつもりでうっかり白米を食べてしまうと、それを気にするあまり胃酸の逆流を起こし、ロレイズなどの制酸剤をM&Mのチョコみたいにポンポン口に放り入れる人たちだ。

断わっておくが、べつにわたしは誰も彼もがカフェインをガンガン摂取すべき、などといっているわけではない。ここは冷静に考えてみよう。研究者の調査では〝水〟の過剰摂取は身体によくないという結論が出ている。要するに、どんなものでも過剰に採るのは褒められたことではない。

でもこれだけはどうしてもいっておきたい。「健康」のことを考えるあまり、塩分の摂取量をミリグラム単位で気にしたり、ソースといえば毎度ベルネーズソース（エシャロットとタラゴンのソース）を注文したり、それよりなにより心身を満たしてくれるあの熱い飲み物――千年ちかく飲み継がれてきた飲み物――を、自然のままで一度も味わったりしないなんて、わたしにはどうしても信じられない。まるでおとぎ話だ。

さて、演説はここまでにして仕事にもどらなくては。

「モカミント・キャップ、バニラ・ラテ、エスプレッソ、エスプレッソ、エスプレッソ！」

突発事態が起こらず、カウンターのこちら側の人手が足りている、というごく平和な日であれば、お客さんと言葉をかわし、彼らが最初のひと口をすすって浮かべる表情を楽しむことができる。

けれど今日はまるまる四十分、お客さんの至福の表情を見て楽しむ時間は取れなかった。タッカーに、マテオの行方を確かめる時間すらなかった。だがようやく人の波が引いた。一階ではテーブル席で長居しているお客さんが十人あまりいたが、さきほどまでのカウンター前のにぎわいはどこへやら。お客さんたちはそれぞれの仕事場へともどっていってしまっていた。パーティションで区切られた狭苦しいスペース、受付のデスク、贅を尽くした重役室と職場はさまざまでも、そこには平等にモカチーノが置かれているはず。

ランチタイムの混雑が一段落したところでタッカーと自分のためにダブル・エスプレッソを用意した。エスプレッソ好きはブラックで、あるいは砂糖だけを入れて飲む人が多い。レモンの風味をつける（皮を擦って加える）人や、レモンをしぼったものと砂糖を入れる人もいる。

マテオはブラックのストレートで飲む。タッカーとわたしはほんの少し砂糖を入れるのが好みだ。

（砂糖を加えるときはかならずグラニュー糖を使うこと――角砂糖やブラウンシュガー

よりもすばやく溶ける）

スチームミルクの泡を少々加えるのが好きというお得意さんもいる。エスプレッソにこんなふうに少量のミルクで〝シミ〟をつけたものはカフェ・マッキアートと呼ばれている（〝マッキア〟とはイタリア語でシミ、斑点を意味する）。

エスプレッソが用意できたところで、タッカーはニューエイジ系のインストルメンタルのCDをオーディオにセットした。くつろいだ音楽を流すのは、わたしが復活させた伝統だ。

わたしがビレッジブレンドにもどる前は、前任のマネジャー、モファット・フラステのせいで客足は遠のいていた。営業時間はでたらめ、エスプレッソマシンの手入れもいい加減、客席の清掃もなおざりだった。おまけに、彼は独断と偏見でブロードウェイのミュージカルの曲ばかり流していたのだ。

マダムの言葉を借りれば、「エセル・マーマンが声を張りあげている店内で、読書したり書き物をしたり、じっくり考え事をしたり、会話したり、なんてことはできやしませんよ！」

残念ながら、これは当たっている。ブロードウェイのミュージカルに文句をつける気は毛頭ないが、ああもにぎやかにやられると気にさわってしかたない。劇場のベルベットの椅子に身を預けた状態や、冷蔵庫の掃除をしているときにきくのはいいが、一杯のカプチーノとともにくつろぎたいという状況では、いらだたしいだけ。

およそ四週間前、十年以上のブランクの後でマネジャーに復帰したその日、わたしはスタッフに命じてビレッジブレンドの習慣を復活させた。何十年ものあいだ、この店では午前と午後にはクラシック、オペラ、ニューエイジ・インストルメンタル、夜にはジャズとワールドミュージックが流されてきたのだ。

一週間もしないうちに古い常連客がもどって来た。情報は口コミであっという間にグリニッチビレッジに広まり、いまではほぼ採算がとれるラインまでお客さんの数はもどっている。

「で、マテオはいったいどこに行ったの？」ようやくタッカーにたずねることができた。

タッカーは肩をすくめた。「いっしょに開店の準備をしていたんですけど、すぐにもどるからといっていなくなっちゃったんですよ。マネジャーのオフィスにあがって十五分くらいしてもどってきたと思ったら、すごく重要な用事があるからって、出ていきました」

「すごく重要な用事、っていったの？」

「〝急を要する〟用事だといってましたよ、マテオは」

「急を要する、か」わたしは気つけ薬でも飲むようにエスプレッソをすすった。疲れ切った身体にはりめぐらされた神経に熱い刺激が到達して、疲れを飛ばした。

タッカーが知るはずはないのだが、〝急を要する〟という表現がわたしは嫌いだ。とりわけ元の夫がからんでくると、心底うんざりする。

離婚前、まだジョイがとても小さかったころ、マテオはさまざまな「ビジネスのネットワークづくり」のためのイベントを〝急を要する〟用事だと表現していた。「クラブのオープニングセレモニーへの出席は急を要するんだ」とか「リオでの滞在をあと二週間延長するのは急を要することなんだ」とか「あのコーヒー業者からのホットタブ・パーティーへの出席は急を要する」などと。

やがてわたしは悟った。わが亭主はこの呪文さえ唱えれば、かわいい奥さんは家で幼い娘のめんどうを見たり、小さなコーヒーハウスのマネジャーを務めたりと自分に都合よく動いてくれると信じているのだと。

ほぼ十年、わたしはそんな彼に我慢した。ジョイのためだと思えば、我慢できた。けれど、あれおかしいな、と思うことが積み重なり、やがて無視できない現実と直面して、ようやくわたしは自分の愚かさを悟った。そしてジョイを連れてニュージャージーに移ったのだ。かんたんな置き手紙だけを残して。『マテオへ、わたしたちの離婚は急を要します』

こうしてこの言葉に翻弄された不幸な歴史に幕をおろしたのだ。

だが、じつは今回ばかりはマテオは本来の意味でこの表現を使ったらしい。上のオフィスで彼が発見したものは、まちがいなく〝急を要する〟ものだった。けれどその日ふたたび彼に会うまで、わたしはまったく気づかなかった。

まだ夕方までには間がある時間帯だった。店の正面の入り口にちょっとした嵐が接近していた。まずは獣の群れが声をまき散らすようなざわめき。そして長い脚、脚、脚。

「野生動物の知識がなくてもわかる」タッカーがカウンターの下に頭をつっこんで備品のチェックをしながらいった。「あれはまさしくハイエナの群れだな。でなければ、〈ダンス10〉のメンバーにちがいない」

ビレッジブレンド特製ラズベリー・モカ・ボッチ

【用意するもの】
チョコレートシロップ……40cc
ラズベリーシロップ………40cc
できたてのエスプレッソ…60cc
スチームミルク…………200cc
生クリーム……………… 100cc
砂糖…………………… 10g
甘いココアの粉末
薄く削ったチョコレート ──適量
ラズベリー

【作り方】
1. 生クリームに砂糖を加え、角が立つまで泡立てる。
2. 350cc 入りのカップの底に二種類のシロップを入れる。
3. 2 にエスプレッソを加える。
4. 3 にスチームミルクを注ぐ。
5. 4 のカップの中味を混ぜ、底のシロップを全体にいきわたらせる。
6. 5 に 1 のホイップクリームを浮かべ、さらに粉末状の甘いココア、チョコレートを薄く削ったものを散らす。ラズベリーとともにソーサーに載せたら完成。

12

正面の入り口からどやどやと入って来たのは、背の高さ、細さ、鍛えあげられた身体、そのどれもが並み外れている若い女性、そして筋肉質の引き締まった身体の若い男性の集団だった。何週間もサハラ砂漠をさまよい歩き、ようやく大きなオアシスを見つけた、といった感じだ。

スポーツ用のレオタード、水の入ったボトル、騒々しいおしゃべり。彼らが登場するのは決まって午後、そして夜。ここからほんの数区画さきにある〈ダンス10〉のスタジオの生徒たちだ。アナベル・ハートもこのスタジオに通っていた。彼らはダンスクラスの合間やショーのリハーサルの休憩時間にやって来る。

「タッカー、お願いがあるんだけど」彼らがカウンターに群がるのを見ながら話しかけた。

「なんですか？　この連中の接客を任すって？　そのためにこのわたしを雇っているんでしょう」

「ちがうの。そうじゃなくて」タッカーはアナベルやスタジオの仲間たちにまじってよく談笑していた。じつはタッカーの狙いは魅力的な男性ダンサーにあったのだが、まあそれはこの際、関係ない。タッカーはアートの世界の人間で、年齢も彼らにちかい。だから女の子たちは彼を信頼の置ける友だちと考えていたようだ。ダンスの仕事を奪い合う直接のライバルではないし、なにより彼はゲイなので交際しろだのなんだのとうるさくつきまとう心配もない。打ち明け話をするには最高の友人だ。そこのところを見込んでわたしはタッカーに頼んだ。

「みんなが席にすわったところで、アナベルの友だちに紹介してくれないかしら」

「彼女の友だちに?」タッカーが眉をあげた。「クレア、ダンサーのあいだでそんな言葉、まったく当てになりませんからね」

「どうして?」

「嫉妬、に決まってるじゃないですか」

タッカーは頼みをきいてくれた。注文の品が全員に行きわたったところで呼んでくれたのだ。彼らはそれぞれ好きな席についていた。

「こっちに来て、クレア!」

すでにさきほどから、彼らをじっくり観察させてもらっていた。アフリカの草原をうろつく飢えたハイエナ、というタッカーのたとえを頭に置きながら。ゼブラ柄のレオタードを着た女の子、ヒョウ柄のヘッドバンドとジャケットの女の子の姿がますますそのイメージを強めてくれた。

彼女らは何度も店に来ている。笑い声をたて、ひそひそ話をしたり、うわさ話に花を咲かせたり、雑談をしたりしていた。けれど彼女らの会話に関心を持ったことはほとんどない（わたしが耳をそばだてるのは、もっと年長者の会話のほうだ——作家、画家、教授、耳寄りな情報を持っている株式ブローカーもたまに）。

今日、彼女らの話に耳を傾けて、タッカーが彼女らを「野生の王国」になぞらえたわけがよくわかった。なぜか？　まず、ダンサーの会話にはなんともお上品で威勢のいい発言がポンポン飛び出してくるのだ。たとえば——。

「あいつはクソよ！」

「とんでもない性悪！」

「自分じゃまともだと思ってる！」

「救いようがない——」

「タイミングは最低、スタイルは絶望的、才能もゼロ！」

「今度舞台であたしをコケにしたら、脚を折ってやる！」

最初の十分だけで、こんな感じなのだ。

「おうい、クレア」タッカーがここに来いと身ぶりで呼んでいる。五人の若い女性がテーブルを囲み、三人はダブル・トールラテ、ふたりは紅茶を飲んでいる。まず彼は紅茶を飲むふたりをわたしに紹介した。

「こちらペトラとヴィタ。ふたりともロシア生まれでモスクワでバレエを勉強していたそうです」

〝どおりで。だから紅茶なのね〟マテオからきいたことがある。モスクワとレニングラードへの出張からもどったときに。あの国ではノンアルコールの飲み物で一番人気があるのは紅茶なのだそうだ。午後の休憩や食後にはたいてい紅茶を飲むらしい。

「こんにちは」ペトラにはややなまりがある。瞳はふたつの黒真珠そのもの。まっすぐな黒髪はＳＭの女王みたいなボブスタイル。「いいお店ですね」顎をくいとあげて、部屋のむこうのほうを示している。「それに、すてきなサモワール」

暖炉の上の炉棚にはラッカー塗装されたフランス製のコーヒー沸かし器、その隣にアンティークのロシアのサモワールが飾られていた。マダムのものだ。

「ねえ、サモワールってなあに？」ラテを飲んでいた女の子が質問した。

「〝ザヴァルカ〟というとても強いお茶をつくるためのものよ」ペトラがこたえた。「夕飯の後にお茶をいれるのがロシアの伝統。食卓を片づけて、テーブルのまんなかにサモワールを置いて、家族全員があつまってお茶を飲むの」

「まあ、そうなの」初めてきくわ、というそぶりでわたしはあいづちを打った。かつてマダムと午後のひとときおしゃべりをしながらきいたことがある。〝サモワール〟という言葉が「自分で沸かす」という意味であること、この装置のルーツがウラル山脈のむこうで調理に使われていたモンゴルの火鍋であることを。でもよけいなことはいわないことにした。エキスパート気分で得意げに教えているペトラの鼻を折るのはやめておこう。

「あなたはヴィタ?」声をかけてみた。

「お話しできて光栄です、ほんとうに」ヴィタがいった。とてもそんな風には見えなかったけれど。

ペトラが〝陰〟だとしたら、この友だちは〝陽〟といった感じだ（あら、あべこべだったかしら?）とにかく、ペトラは影、ヴィタは光という感じだった。薄いブルーの瞳、黄味の強いブロンドはぎゅっとポニーテールにしていた。そのせいか、一瞬、二十三歳でもうフェイスリフトをしているのかしら、と思ってしまった。

タッカーはラテを飲んでいる女の子を手で示した。「こちら、マギー」

ラスベガスのショーガール、といったイメージの子だ。長い脚、細い細いウエスト、思い切りボリュームのある赤い髪、それよりさらに迫力のある胸。濃いまつげにふちどられた瞳は天然ものとは思えないグリーン――コンタクトレンズだろうか。ってライバル意識を抱いてどうする。

つぎはラテの二人目、つまり四人目の女の子。「こちら、シーラ」タッカーが紹介してくれた。

「ども」彫像のような肢体のアフリカ系アメリカ人の女の子だった。ノミで彫刻されたようなみごとな肩、ヒップホップの小気味いいノリ、そしてアクアマリン色の長い爪はいかにも彼女らしいシャープな感じだった。「この店、やばいっすね」

(彼女にはお礼をいった。ジョイとジョイの友だちのおかげで、MTV世代の語彙には少々通じていた。そうでもなければ、過去三十年分の推奨食事許容量の解説本に首ったきになっても、それが〝おいしい〟という意味だとはわからなかったはず)

「そしてこちらがコートニー」とタッカー。サモワールのことをたずねた女の子だ。透き通るような肌、はかなげな美しさ、優雅な鼻、長いブロンドの髪はバレリーナのようにぎゅっとまとめ、わたしを見あげて恥ずかしそうに微笑んでいる。椅子にすわったまま体勢を変えようとして、腕と肘をもてあましている。どぎまぎしているのが伝わってきた。このグループでは壁の花的存在だということは、すぐにわかった。

コートニーが思い切って挨拶しようとしたとき、ペトラがこちらをむいてうなずくように頭をふりながら、大きな声で話しかけてきた。やはりなまっている。

「ひどい目にあったわよね、アナベルは」

メンバーたちがいっせいにうなずいた。タッカーの紹介を手がかりにこのグループの序列がだいたいわかったけれど、いまのはダメ押しだった。わたしはペトラをじっと見つめた。

「事故だったと思う?」単刀直入にきいてみた。「それとも、アナベルを快く思わない人がいたのかしら?」

思った通り、ずばっと核心をついた質問は、リンゴの木の幹をブルドーザーでドンとつくような効果があった。なにが落ちてきても拾うつもりで待ち受けた——頭を直撃されないように気をつけなくちゃと自分にいいきかせながら。

ゆうに一分はあっただろう。誰もがぽかんと口をあけて、声を発しなかった。タッカーでさえ、目を丸くしていた。率直すぎるわたしの言葉にショックを受けているようだった。しかし数秒のうちに、その目が細くなった。好奇心を刺激されたらしい。

他の面々の視線はテーブルの付近をうろうろし、最後に黒い瞳とボブヘアのロシア娘に集中した。

「それはつまり、犯罪の可能性があるということ?」ペトラはゆっくりとした口調だった。

「ええ。だって、アナベルみたいに優雅に踊れる人が、いきなり階段から落ちてしまうなんて、少し変だと思うのよ」

「ああ、そういうこと」ヴィタがロシアなまり丸出しでペトラを見た。「それはちょっといいすぎ。アナベルはたいしてうまくはなかったもの」

「え？」わたしはきき返した。

「うまかったわよ、彼女」シーラがヴィタの肩を指で押した。「だって、モービーズ・ダンスであんたとペトラがもらうつもりでいた役を射止めたんだから」

驚くべき情報だった。わたしはモダンダンスにはうといのだが、そのわたしでもモービーズ・ダンスのことはきいたことがある。ソーホーに小さな劇場を構える舞踏団だった。ニューヨークで一年にいくつかの演目を上演し、《ニューヨークタイムズ》紙上で絶賛された。好意的な記事のおかげで、一夜にしてセンセーションを巻き起こし、何ヵ月もにわたってチケットは完売、公演終了後はお約束の全米ツアーがおこなわれることになった。

それにしてもアナベルからは役を射止めたことをまったくきかされていなかった。そのことがとても意外だった。

「役がついたのは、いつ？」わたしはたずねた。

「先週決まったばかり」こたえたのはシーラ。

「でも、彼女はもう踊れないわね」ペトラが意地悪そうに黒い目を細めた。

「ずいぶん薄情なのね」シーラが首をかたむけた。

「薄情なのはそっちでしょ。マスター・ジャム・Jのミュージックビデオの役をヴィタに取られたときのあんたのほうが、よっぽど薄情だった」

「それとこれとはちがうでしょ」シーラの目が怒りに燃えていた。

「どうちがうの？」ペトラがたずねた。

「そもそも、ヴィタはセントビンセンツで人工呼吸器につながれてはいない。ここでこうしてすわってお茶を飲んでいる」

それをきいてヴィタとマギーがクスクス笑った。

けれどペトラはむっとしている。

コートニーが居心地悪そうにもぞもぞした。

「あなたはどう思う、コートニー？　意見をきかせてくれる？」

「彼女の意見はきくべきね」マギーがゆっくりとした口調でいった。ラスベガスのショーガールを思わせるそのくちびるはピンクのリップライナーで完璧に輪郭が描かれていた。「だって、彼女はアナベルの後釜にすわるんだから。ね、コートニー」

コートニーは自分のダブル・ラテを見つめながら黙ってうなずいた。

「それはほんとうなの、コートニー？」うまいこと誘導して彼女の口から〝なにか〟を引き出したかった。「モービーズ・ダンスの公演に出るの？」

コートニーの白い肌と整った顔立ちはアナベルにどこなく似ていた。でも、似ているのはそこだけ。この子はわたしのアシスタント・マネジャーよりもずっと内気だし、あの強さもない。アナベルは世慣れていて、エネルギッシュで、堂々と自分を表現していた。彼女なら、このテーブルの女の子たちと互角にやっていけたはずだ。

しばらく沈黙があった後、コートニーが顔をあげた。頬が紅潮し目には涙がたまっていた。「信じてください」ささやき声だった。「わたしは、こんな形で公演に参加したくはなかったんです」

女優として上手いか下手かというより、いまの彼女は演じてなどいなかった。コートニーの瞳は真実を告げている。そこにうそはなかった。

ペトラに視線を移してみた。ふたりのちがいはあまりにも大きく、思わずはっと息を飲むほどだった。コートニーのやわらかなブルーの目には悲しみの涙があふれていたが、ペトラの黒真珠のような目は冷たかった。肉食動物の目のような迫力があった。

質問を続けようとしたとき、正面のドアがあいて高飛車な声がジョージ・ウィンストンの甘いピアノ――タッカーのお気に入りのインストルメンタルのCD――の音を切り裂いた。

「ここのオーナーは?」

〝やっかいなことになりそう〟こういう勘は外れないものだ。

わたしはため息をついた。

タッカーにありがとうの気持ちを込めてひとつうなずいて見せ、〈ダンス10〉のテーブルを離れた。収穫はあった。動機の手がかりが。明日、スタジオに行ってみよう。もっといろいろなことがわかるはずだ。

「ちょっと、誰かいないの？」またきつい声がした。「オーナーは出てらっしゃいよ！」

「どうかされましたか？」

そういいながら、心のなかで愚痴っていた。ダブル・エスプレッソだけでは夜まで持ちこたえられなさそうだ。

13

糾弾するようなきつい語調のわりに、声の主は見事なスタイルの持ち主だった。仕立てのいいデザイナーパンツに包まれた長い脚。グッチのブーツ、バターソフトの風合いの黒いレザージャケット、その下には白いシルクのブラウス。ブロンドの髪の毛は後ろにまとめて上品なポニーテールに結んでいる。コーチのバッグ、秋のニューヨークには似つかわしくないほどよく日焼けした肌。口紅、アイライナー、マスカラを使いこなした手の込んだメイク。しわ、くすみなど撃退してやる、ほっそりと若々しいスタイルを保ってみせる、という迫力が伝わってきた。

このブロンドには見おぼえがある。病院だ。アナベルの義理の母親。

「あんたがここのオーナー？」

ぞんざいな口調だった。ロウワーミドル階級の人間であると告白するような話しぶりとあか抜けたファッショナブルな姿は、いかにもちぐはぐだ。

喉にすこしひっかかるような太いガラガラ声は、年季の入った筋金入りのスモーカー特有のもの。こういう女性をわたしは知っている。ペンシルバニアで祖母がやっていた雑貨店の隣のヘアサロンにいた女。延々とうわさ話を続け、合間に咳まじりの笑い声をたてていた。

「わたしは全面的に、ではありませんが、オーナーです。そしてフルタイムのマネジャーです」

女がさえぎった。「ちゃんとした、い、い、オーナーを呼んで。いますぐ」

だんだん声が大きくなっていく。店内の会話をかき消してしまうにはじゅうぶんな音量だ。見まわすと、いくつもの目がなにごとかとわたしたちに注目していた。

やっちゃった。あーあ。

ずうっと昔、祖母にきいたことがある。敵意むき出しの人に対応するときの、一番いい方法を。なにしろ祖母にとってこの問題は、四六時中、避けては通れないものだった。祖母がやっていた雑貨店の常連客は労働者階級の人たちで、短気な人たちだったし、息子（つまりわたしの父）がひっきりなしにトラブルを持ちこんできたから。

当時はピンとこなかったが、二年でカレッジを卒業してジョイを妊娠して、ようやくわかってきた。祖母はまるでソクラテスのようだった。と同時にエイブ・リンカーンのようでもあった。

「クレア、腹を立てている人と議論して勝つには、議論しないことですよ。質問をすればいいの。わたしもあなたと同じ意見ですよ、と相手に伝わるような質問をね。そうすれば、和解するのに時間はかからないわ」

この部分はソクラテス。

祖母はこんなふうないい方もした。「おぼえておいてね。お酢よりもハチミツのほうがたくさんハエを捕まえられるのよ。相手に友だちだと思ってもらうようにしてごらんなさい」

この部分はリンカーン大統領。百五十年も前にこういっている。「古いことわざにある通り、『一ガロンの胆汁よりも一滴のハチミツの方がたくさんハエを捕まえられる』のです。これを人間の場合にいい換えると、相手を説得したいのであれば、まずは自分は相手にとって誠実な友人であるのだと信じてもらいなさい。それこそが一滴のハチミツであり、相手の心をつかむのです。誰がなんといおうと、それが相手の理性に訴えるための王道なのです」

わたしはブロンド女のほうにちかづいた。これ以上わめき散らされないように（はかない希望）、静かな落ち着いた声でたずねてみた。

「アナベルの義理のお母さんですね？」

ブルーの瞳がこちらを見つめた。充血している。ブラウンとブラックのライナーとマスカラが完璧だ。相手が一瞬、かすかにたじろぐのがわかった。攻撃的な態度に隙ができた。「どうしてそんなこと、知ってるの？」

「病院でお見かけしましたから」

「ええ、あたしはあの子の義理の母親。一番ちかい親類ってこと。だからこうしてここに来て――」

「アナベルにいわれて、いらしたんですか？」言葉に力が入った。「〝意識がもどった〟ということ？」

女がかすかに肩を落とした。「いいえ。まだ昏睡状態のまま……でもね、この店の管理がいい加減だからこんなことになってしまったときいたわよ」

「お疲れでしょうね」食いしばった歯のあいだから、精一杯やさしい言葉をかけた。

「わかります。わたしも心配でたまらないんです。アナベルのことが。場所を移してふたりだけでお話ししませんか？」ここではおおぜいが聞き耳を立てていますから、というジェスチャーをして見せた。「どうです？」

女は野次馬たちを睨み返した。「あのバカ野郎ども」

「いれたてのコーヒー、いかがですか？」

「あたしが飲むのは、お茶。コーヒーは飲まない」

「お茶もありますよ。上等なアール・グレーなど――」

「グリーン・ティーよ。カフェイン抜き。肌にいいからね」女はコーチのバッグをあさってキャメルの箱を取り出した。

煙草を吸うつもりなのか。いい度胸だ。店は禁煙だ。ここだけではない。ニューヨーク市が公の場所での喫煙を禁じる法律をつくって以来、どこもそうだ。わたしはめまぐるしく考えをめぐらせた。

「二階に行きませんか？」誘ってみた。「二階は夜までお客さんを通しませんから。居心地もいいし誰にもじゃまされずにすみます」

さらに、声には出さずにこうつけ加えた。二重窓のそばに席を用意しますからキャメルもそこでどうぞ。煙草の煙がここに流れる心配もありません。お客さまの半分に出ていかれる心配もありません。

「わかったわ。でも、あたしそんなにヒマはないのよ」

とりあえず、いい流れだ。自分にいいきかせた。少なくとも同意を四つ取りつけている。いまのところゲンコツをふりまわして脅されてはいない——昔住んでいたあたりでは日常茶飯事だったのだが。あそこでは知力よりも腕力にものをいわせて決着をつけるほうが、少なくとも二対一の差で支持された。

コーヒーとお茶を準備して、がらんとした二階のテーブルについた。彼女はダーラ・ブランチ・ハートという名前だそうだ。わたしがクレア・コージーと名乗ると、さっそくさきほどの続きが始まった。

「アナベルがなぜ病院にいるかっていえば、その理由はたったひとつ、〝義務が果たされていなかったから〟でしょ」火のついていないキャメルを宙を切り裂くようにふりまわす。「職場で事故にあったんだからね。こうなったらあんたにはアナベルの病院の費用を払ってもらうよ」

「アナベルは保険でカバーされていますよ、ミセス・ハート」彼女が煙草をくわえて火をつける（なぜかそこで、大砲の導火線がパチパチと炎をあげるところを想像してしまった）。

「保険でカバーって、どういうこと？」

「アシスタント・マネジャーに昇進すると、この店で加入している保険会社から医療費と入院費が支給されるプランに組みこまれます。ですから費用は支払われます。ただし自己負担分の十五ドルはかかります。それから多少は免責分も」

「それはあんたたちが全部払うべきものでしょ。いいから、自己負担分の十五ドルをよこしなさいよ。はやく」

思わず彼女を見つめてしまった。「十五ドルを、ですか？」

「そうよ」肺いっぱいにタールを吸いこみ、完璧に口紅を塗ったくちびるの端からそれを吐き出す。「い、い、いますぐちょうだい」

ここはやはり解決策としてゲンコツの使用に踏み切るべきか、と考えなおしている自分に気づいてはっとした。なんといってもほら、昔暮らしていた界隈では二対一で採用されていた戦略なのだから。それにジョー・パスクワレ・コージー（またの名をわたしの父親。しょうもないビジネスのパートナーやそれ以外の人からも自分の正当な取り分を取らなくてはならない状況によく陥った）もこういっている。「いいかい、鼻に一発お見舞いするところから始まる純粋なコミュニケーションってやつがある」

祖母はきっと反対意見だろうけど。

「ミセス・ハート、よろこんで十五ドルお支払いします。それで気がすむのでしたら」

オールドネイビーのジーンズをさぐって十ドル札と五ドル札を見つけた。おたがいを隔てるテーブルに置こうと身を乗り出した。緑色のドル札がサンゴ色の大理石に触れたか触れないかのうちに彼女の手がさっとつかみ、コーチのバッグにつっこんだ。

「娘の持ち物はどこ？」ダーラはつぎの要求を出してきた。「病院できいたんだけど、担ぎこまれたときにはバッグを持ってなかったそうよ。エスニック風のあのルームメイトの女の子、なんだっけ、あの子の名前。エスター？　その子が、アナベルのバッグはここにあるはずだっていってた」

「警察が持っていきました」堪忍袋の緒が切れそうなのをこらえて、こたえた（〝エスニック風〟という表現はエスターだけでなくわたしにもむけられたものにちがいない。人を侮蔑するようなニュアンスを込めたいい方にむっときた）。

「警察が？」ダーラの表情が険しくなった。それをとくとおぼえておくことにした。

「どうして警察が持っていっちゃったの？」

〝警察ときいたとたん、なぜそんなに険しい表情になったのですか？〟質問してみたかったが、それはやめて、べつの質問をした。

「警察はアナベルが落ちたのは単なる職場での事故ではないと考えている、ということですね」（はい、これはでっちあげです――警察はこれが単なる事故だと考えているのだから。だがここにいる「はした金の女王さま」はそんなことはまったく知らない）

ダーラの口がへの字になり、目がぐわっとひろがった。それから身体のむきを変え、あけはなした窓から外を眺めた。長々と煙草を一服。煙草の紙の白さと彼女のマニキュアの赤が強烈なコントラストを見せている。つやつやと光る血のような赤。

「警察はどう考えているの？」彼女はまだ午後の空の雨雲を眺めている。指がかすかに震えるのが見えた。

「警察は〝犯行現場〟といってました。指紋を採ったり証拠をあつめたり。アナベルが突き落とされた可能性があると考えているのでしょうね」

ダーラがこちらをふりむいた。そしてわたしの顔を見つめた。

「警察は誰があの子を突き落としたと考えているの？」

もちろん、そんなことわたしが知るはずもない。話題を変えろと本能はささやいたが、わたしはそれに従わなかった。彼女のまなざしを懸命に受けとめた。

「怪しいと睨んでいる人物がいるんでしょう。わたしには教えてくれません」

ダーラがまた渋面になった。と、いきなり立ちあがった。その拍子にまだ手をつけていなかったグリーン・ティーをこぼしそうになった。「行かなくちゃ」

「連絡先はどこですか?」

「ウォルドルフ・ホテルよ」

テーブルの上をさがすそぶりをして、灰皿がないとわかると、まだ火がついている吸い殻をぞんざいな手つきで自分のティーカップに落とした。わたしは顔をしかめた。緑色の液体の表面に煙草を巻いていた薄紙が浮かんだ。変わり果てた無惨な姿だった。

「いっておくけどね――ここのほかのオーナーにも全員に伝えてね――あたしは弁護士を雇っているの。アナベルの病院の費用が保険でカバーされようがされまいが、関係ないわ。あたしの義理の娘が受けた苦痛に対して、なんらかの金銭が支払われるべきなの。支払われたかどうか、あたしが見届けますからね」

それだけいうと、ダーラはファッショナブルなコーチのバッグの短い持ち手を肩にかけ、グッチのブーツをカツカツいわせて出口にむかった。

後ろ姿を見送りながら、彼女の身のこなしが義理の娘に負けず劣らずしなやかであるのに気づいた。昔はダンサーだったにちがいない。

わたしは椅子の背にもたれた。変わり果てた姿でグリーン・ティーに浮かぶ吸い殻に目がいかないようにして、自分のぶんのハウスブレンドをすすり、考えた。

ダーラは高級ホテルであるウォルドルフ・ホテルに泊まっているといった。でもくたびれた十ドル札と五ドル札をあんなふうにつかむなんて、一ドルにも事欠いているようではないか。それにエスターは確かこういっていた。ダーラがなにかの〝仕事〟で数日前にやって来ていたと。その〝仕事〟の正体をつきとめる必要がある。

テーブルを片づけながら、心のなかでコージーの家の祖母に感謝した（それはソクラテスとリンカーンへの感謝でもあるのだけれど）。彼女が教えてくれた方法はたぶんベストにちかかった——相手の敵意をやわらげ、理性と戦略で押し切る——おかげで腹を立てている相手から情報を仕入れることができた。

「クレア？　上にいるの？　急を要するんだ。話がある！」

マテオの声だった。どこでなにをしていたのか知らないが、もどって来たようだ。しょっぱなからあの忌まわしい言葉をきかされるとは。

ため息が出た。祖母が生きていてくれたら、と思った。そうしたらぜひともきいてみたい。元夫との対立を解決するときに限って、父親が使っていた単純な戦略（そして昔住んでいた界隈で二対一の割合で支持されていた方法）を使いたくなるのはなぜなのだろうかと。

14

数時間後、奥の階段をのぼって、引っ越してきたばかりの住居にむかった。店の方は順調だった。アシスタント・マネジャーとしてタッカーが入り、夜のバリスタを受け持つアルバイト・スタッフも出勤してきた。

朝からいろいろあったので、ここでどうしてもひと休みしたかった。夕飯にはジョイが来る。その前に掃除をしてテーブルをきれいに整えておきたいし、フランク・シナトラの曲もききたい。

アパートのカギをあけると、いつものようにジャガー並みの耳をつんざくような声でジャヴァが迎えてくれた。あたらしい環境にはまだ慣れていない。それはまあ、わたしも同じなのだけれど。耳の後ろを二回ほど掻いてやり〈ファンシーフィースト・チョップト・グリルプラッター〉の缶をあけてやれば、とりあえずジャヴァの問題は解決できる。

わたしが抱えているジレンマは、そうかんたんにはいかない。

ジャヴァをかまってやり、食べ物を出してやった。それを食べているさまは、コーヒー豆みたいな茶色のふわふわした小さな塊、という感じだ。食べ終わるとジャヴァは居間のマダムのペルシャ絨毯の上で満足気に四肢を伸ばして寝そべった。

わたしもさっぱりすることにした。朝一番のシャワーは、もはやかすかな記憶となっていた。確かニュージャージーの元の自宅で浴びたはず。まるでひと昔前のことみたいだ。バスルーム（広くはないけれど、趣味のいいデザインでまとめられている。床はテラコッタ、地中海ブルーのタイル、大理石の洗面台、ぜいたくな大きさのバスタブ、そして二枚のオリジナルの水彩画。これは二十世紀のアメリカ・リアリズムの画家エドワード・ホッパーの流れを汲む作品――『ブルックリン港の船』と『ロングアイランド湾の泡《あぶく》』）へと入る。

服をばさっと脱ぎ捨て、大理石のバスタブに飛びこんだ。頭上のシャワーノズルにはスパ並みの性能のマッサージ・ヘッドがついている。残念ながらいまはそれを味わう時間はないので、熱いシャワーを浴びて手早く石けんで身体を洗った。髪を乾かし、クロゼットの前に立ってなにを着ようかと思案した。これまでの数週間で服の大半はこちらに移していた。つい最近買ったばかりのものもある。はたと思案に暮れてしまった。元の夫は、わたしのスカート姿を好んだ。そんなことを思い出していた。

〝いやだ、わたしったらなに考えているの！〟

マテオの好みをたとえ一瞬でも考慮に入れた自分にげんなりした。目についた服をぱっとつかんだ――黒いパンツと赤いブラウス。

着替えをすませると、ダイニングルームのテーブル・セッティングにかかった。マダムがフィレンツェで買い求めた手編みのレースのテーブルクロスを取り出し、細いキャンドルをクリスタルのキャンドル立てにセットした。マダムの一番上等の陶磁器は五番街の住まいにある。そこのダイニングルームのアンティークのキャビネットに飾られている。そのつぎに上等のものも五番街のキッチンにある。そのつぎに上等な食器をマダムはここに置いていた。正直なところ、わたしはここにある食器が一番好き。なかでもお気に入りはスポードの「ブルーイタリアン」だ。一八一六年以来、いまもなお生産されているこのパターンは、ほっとして落ち着く気がする。それに真っ白な陶器に青色で描かれた北イタリアの風景は、ビレッジブレンドの大理石のメインカウンターの明るいブルーによく合う。

三人ぶんをセットした。

それからキッチンに入った。オークのりっぱなキャビネットと真鍮の備品でまとめられたキッチン。小ぶりの食器洗い機、大型の冷蔵庫兼冷凍庫、コンロは火口が六個にダブルオーブン――すべてピカピカのステンレス製――が装備されている。

先週のうちに天井まであるキャビネットには砂糖、小麦粉、油、缶詰類など基本的なものをストックしてある。予定しているデザートの材料はすべてそろっていた。そのデザートとは、「クレアのカプチーノ・クルミ入りチーズケーキ」。ジョイの大好物だ。

夕飯にはマダムも招待しようと思い、すでに電話を入れていた。マダムはジョイと過ごすのをいつも楽しみにしていたし、ジョイもマダムを慕っていたから。けれどマダムはなんとなく疲れた感じがするからといって招待を断わった。

「疲れた感じがする」というあいまいな表現に、思わず泣きたくなった。いかにも口実めいた表現だ。ほんとうは「疲れた」のではなく「病気だ」といいたいのに、それをこらえているのだろう。セントビンセンツ・ホスピタルのガン病棟で車椅子に乗っていたマダム。その姿を見ているだけに、それ以上は追及しないことにした。マダムのほうからほんとうのことを打ち明けてくれるまで待とう。店で起きた問題については、マダムには伏せておかなくては。

マテオには、マダムの健康状態が心配だとひとことといっておいた。胸が痛んだけれど、いっておかないとマテオがブレンドの問題をマダムに話してしまうかもしれない。よけいな心労を与えたくなかった。マダムにこれ以上問題を抱えこませるわけにはいかない。

アナベルが落ちたこと、アナベルの義理の母親が告訴すると脅しをかけてきたこと、そして数時間前にマテオがもたらしたなんとも気の滅入る情報も、マダムの耳に入れる必要はない。

またべつの機会をつくろう。自分にそういいきかせた。たとえマダムが病気で、たとえもう長くいっしょにいられないと神様が決めたとしても。そうだ、できるだけ早い機会にジョイとわたしとマダムとで夕飯を取ることにしよう。自分の胸に誓った。場所はここではなく、マダムのペントハウスがいいだろう。そうすればマダムは移動しなくてすむ。

ともかく、いまはデザートに集中しなくては。

さいわい、わたしが用意しなくてはならないのはこれだけ。マテオがジョイの好物のアペタイザーをつくると宣言して、買い出しに行った。まずは〈ドルニエズ〉に。ミートパッキング・ディストリクトの高級精肉店だ。それからカルボーンへ。これは地元のイタリアン・スーパー。自家製のモツァレラチーズとパスタを買うならここだ。

そしてジョイが「びっくりプレゼント」を持って来てくれる。おそらく料理学校で習った新しいレパートリーだろう。ジョイは新しいレシピを教わると、じゅうぶんに練習してからご馳走してくれる。みんなで美食のよろこびに浸れるのはまちがいない。それに万が一のことがあっても、マテオが手早くつけ合わせをつくることになっていた。つけ合わせといっても、じゅうぶんにメイン・ディッシュとして通用するから大丈夫。

そこまで考えたところで、グズグズしていられないと気づいた。あと一時間もしないうちにマテオは帰ってくる。彼が料理をするとなると、いつも（誇張ではない、ほんとうに、いつも）キッチンを占拠されてしまう。自分のキッチンではあるけれど、いまはスペースをめぐっていさかいをする気力はない。だからさっそくチーズケーキに取りかかった。

髪の毛を頭の後ろで結ぶと、オーブンの予熱をスタートさせ、冷蔵庫から材料を、オークの棚からはスパイス類を取り出した。わたしのお得意のカプチーノ・クルミ入りチーズケーキの最大の利点は、手早くつくれるところ。数日前にニュージャージーから送った箱が隅に積みっぱなしで、ここに使いこんだ調理器具が入っている。箱をあさって、直径九インチのケーキ型を見つけた。

クラスト用にクルミ、バター、砂糖を混ぜる。それを型に流しこみ、底をトントンと叩いて平らにした。おつぎはフードプロセッサーの出番だ——これもニュージャージーから連れて来た。ホッパーにスプーンでクリームチーズを入れながら、アナベルの義理の母親との不快な話し合いを思い返した。義理の娘の身に起きた件でブレンドを告訴して徹底的に叩くと彼女は脅した。そしてその数分後、マテオから皮肉なニュースをきいたのだ。あのとき、マテオは大きな声で呼んだ。〝クレア？　上にいるの？　急を要するんだ。話がある！……〟

マテオに対する怒りはまだおさまっていなかった。混み合う昼の時間帯をタッカーひとりに押しつけて飛び出していったのだから、反省してもらうつもりだった。「上よ」元の夫といい争う場面を店のスタッフに見られたくはなかった。なんといっても彼はブレンドのバイヤーなのだ。それにいまや店のオーナーとして名を連ねている身でもある。

階段をのぼってくる重々しい足音がして、彼の顔がのぞいた。赤い顔だった。ずっと走って来たみたいな顔。

「大変な問題が起きた」いきなり彼がいった。〝なによ、いまさら〟それがわたしの反応だった。〝マテオにはもれなくトラブルがついてくるんだから〟

「どうしたの?」とげとげしい声になっていた。「ランチタイムの混雑をタッカーだけに押しつけてどこかに消えるほうが大変な問題でしょう。わたしが帰ったとき、タッカーはあっぷあっぷしていたのよ。いったいどういうつもりなの、マテオ。あんなふうにいなくなるなんて」

「クレア、よくきくんだ!　ゴードン・カルデロンに会ったんだ。ほら、パラソルのゴードンだよ」

わたしはしらけた表情を浮かべたにちがいない。なんの興味も湧かなかったから。

「保険会社のパラソルだよ」マテオがいった。「ほら、『いざというときにあなたの傘になります』って広告の。ゴードンは二十年以上もブレンドの保険の代理人だったんだ」

「ああ、あのゴードンね。パラソル保険の」その人物なら、記憶にある。背が低くてずんぐりして、フットボールの選手みたいな体型の人だった（そして外見にふさわしい外向的な性格だった）。ゴードンは週に一度は顔を見せていた。遠い遠い昔の話だけれど——ジョイがまだ小さくて、マテオがまだわたしの夫だったころ。

「ゴードンは元気なの？　もう何年も顔を見てないわ」

マテオはダーラ・ハートがすわっていた椅子に腰掛けた。片づけておいてよかった、と思った。カップに吸い殻が突っこまれているのを見たら、マテオはわたし以上に気を悪くしただろうから。

「ここに顔を出さないわけさ」マテオはあくまでも冷静な口調でいった。「モファット・フラステがブレンドのマネジャーだった時期、三ヵ月ごとの保険料の支払いをしていなかったらしい。ゴードンは何度も通知をよこしたんだが、いっこうに支払われなかった。ゴードンは店にも立ち寄った。だがフラステは彼を追っ払った。ブレンドは保険会社を替えた、と思いこませて。まったくあきれるぜ。あんちくしょう、生かしちゃおけない。ビレッジブレンドの損害賠償保険は何ヵ月も前に切れていたんだ。事故が起きたり、誰かがケガをしたりしても、保険はおりない——賠償金の支払いはカバーされないんだ」

わたしはマテオのむかいの椅子にへたりこんだ。

「そんな……冗談じゃないわよ……」

ダーラ・ハートがやって来たこと、訴えると脅されたことを打ち明けた。わたしたちは無言ですわったまま、顔を見合わせた。

「なんてことかしら。今度ばかりは冗談ではなかったのね。これこそまさに、急を要する事態だわ」

「彼女の訴えが受理されれば、この店の所有権を握られる可能性もある」

「どうしたらいいの？」

「保険の再契約をしておいた。当座預金がほとんどからっぽになったけど、そんなこといってられないからな。彼には事情を洗いざらい話した。できるだけのことをしてくれたよ。今後起きることに関しては、すべて保険でカバーされる」

「じゃあ、アナベルに関してはカバーされていないということ？」こたえがわかっているにもかかわらず、確かめずにはいられなかった。

「ああ、彼女のことでは保険はおりない。ただ、アナベルの事故についての警察の報告書が提出されても、パラソル保険はもうここの保険の再契約の拒否も保険利率のアップもできない。ゴードンには足をむけて寝られないな！」

わたしは同意のしるしにうなずいた。これで、もうひとりバリスタが階段から転げ落ちても、お客さんが濡れたナプキンで足をすべらせても、保険でカバーされるから店は安泰ということだ。確かに、よろこぶべきことではある。

けれど、わたしにとって一番の驚きは、マテオだった。いままでわたしたちふたりのうち、分別があって地に足の着いたおとなはいつだってわたしだった。それなのにわたしは保険会社に確認してみることすら思いつかなかった。事件（いまでもあれが「事故」だったとは思っていない）の後で当然、確認すべきだったのに。マテオはそれをすぐに実行に移した。おかげでわたしたちは救われ、店も安泰、といえるだろう。少なくとも今後の損害賠償はカバーされた。彼が保険料を気前よく払った、というのも、これまた予想外の行動。

「マダムにはいえないわね」ごく自然な流れで、マテオにもちかけた。「アナベルのことも、保険のことも。いまはいえないわ」

「どうして？」

セントビンセンツ・ホスピタルのガン病棟でマダムを見かけたこと、「疲れている」からジョイとの夕飯には来られないとマダムが断わってきたことを伝えた。マテオはうなずいた。険しい表情だった。

「そうだな。いえないな」マテオも同じ意見だった。

ため息が出た。あのときの彼の表情を思い出しながら、チーズケーキをオーブンにすばやく入れて焼き時間を設定した。

きっとマダムはガンに打ち勝つ。自分にいいきかせた。

そしてアナベルは……アナベルは明日には目をさますだろう。そしてなにが起きたのか、話してくれるだろう。そうすればなにもかも解決する。きっと。

が、同時にアナベルの不安定な脈、青ざめた顔、ぬいぐるみがねじれたような体勢で階段の下に倒れていた姿が浮かんできた。気持ちが萎えてゆくのを感じた。

とつぜん、誰かが玄関の戸をリズミカルにノックする音がした。こんなふうなノックをする人物はたったひとり——自慢の娘、ジョイだ。思わず頬がゆるんだ。元気が出てきた。

15

当然、ジョイがいるものと思ってドアをあけた。けれど戸口に立っていたのはジョイではなくマテオだった。食料品の入った袋を両腕に抱えて。

「ありがとう」ぼそぼそと彼がいった。「こんなに買っちゃったから、カギが出せなくて」

「ジョイが来たのかと思った」

「どうして？」

「ノックよ。ラッタ、ラッタタ。ジョイのノックでしょ」

「あの子が誰からそれを習ったと思う？」マテオはわたしのかたわらをすいと通り過ぎてまっすぐキッチンにむかった。

おろしたばかりのペコリーノ・ロマーノ（イタリア産ヒツジのチーズ）の香りが食材を入れた袋からふわっと立ちのぼった。べつの袋からはこんがり焼けた二本のバゲットがパリっとした姿をのぞかせていた。

「夕飯は三人ぶんでいいのよ。三十人ぶんではないのよ」しまるドアにむかって肩越しに叫んだ。

「基本食材をいくつか買っただけだ」返事が返ってきた。「ここで暮らすことになったら、どうしてもそろえておきたいものはあるからね」

〝ここに暮らさなければ、そんなものいらないでしょう！　暮らすにしても、ほんのわずかなあいだだけにして〟

「そうね」じっさいに口から出てきたのは、そのひとことだった。

「きみが考えていることくらいわかっている」マテオの大きな声。「心配しなくていい。寝室はきみが使ってくれ。夕飯がすんだら上の物置を片づけるから。子どものころはあそこで寝ていたんだ。地下に折りたたみベッドがあるからそれを運べばいい。それで二週間しのぐとしよう」

そこでマテオはにやりと思わせぶりな視線を送ってきた。

「もちろん、寝室のプランについてきみにもっといい案があれば、べつだけど」

「あ、い、いいえ、ありません。あなたの考えたプランでいいわ」

マテオは袖をまくりあげ、腕時計をチェックした。

「まだそれを使っていたの？」びっくりしてたずねた。

「〝大のお気に入り〟さ」マテオはにこにこしている。

〈ブライトリング〉の自動巻のスポーティーなデュオグラフのクロノメーターだった（カタログ記載価格は、新品五千ドル、〝きれいに〟使われたものはトルノーの中古ショップでは千五百ドル）。結婚した年、わたしは節約してお金を貯め、足りないぶんをマダムから借金までして一年目の結婚記念日にマテオを驚かせようとしたのだ。ちがう時間帯に移ってもふたつの時間帯の正確な時刻を同時に表示することさえできた――世界のあちこちを飛びまわるマテオみたいな人にはぴったりの時計だった。

「おっと、こんな時間だ！　さっそく料理に取りかかるとするか」

「オーブンはあけないでね」注意しておいた。「デザートが台無しになってしまうから」

わたしはチーズケーキのトッピングの支度にかかり、背後ではマテオは作業を開始してひっきりなしにこちらにぶつかったり肘で突いたりした。ああ、キッチンのなかの彼ってどうしてこう邪魔なの！

マテオはまず鍋に水を入れてコンロにかけ、火をつけた。かと思うと、袋をガサガサさせて、買いこんできた中身をカウンターに勢いよくあけた。

「メイタッグのブルーチーズがあったんだよなぁ、今回は」そういいながら、青いマーブル模様のソフトチーズの塊を冷蔵庫に放りこんだ。

わたしは眉を思い切りあげて見せた。「確か〝基本食材〟といわなかった？　目の玉が飛び出そうに高いブルーチーズは〝基本食材〟なの？」

「そうだよ。ぼくの家では」

〝放っておくのよ〟自分にむかって唱えた。〝つっかかっていったら相手の思う壺。いいから放っておくのよ〟

「そしてこれ。ほら、見てごらん！」

マテオが誇らしそうに掲げているのは、ロードアイランド並みの大きさの厚切りのベーコンだった。

「おやまあ、ついにあなたも『ベーコンを家に持って帰って来た《生活費を稼ぐ》』というわけね」うっかり口走ってしまった。〝おっとっと〟

「言ってくれるね」

マテオはしゃきっとしたロメイン・レタスの緑色の葉を野菜入れに入れ、すりおろしたチーズを入れた容器を冷蔵庫の棚に入れた。その隣には一パイントのヘビークリーム（乳脂肪分が多いクリーム）。

「その『ベーコンを家に持って帰って来た《生活費を稼ぐ》』だけど——きみがニュージャージーからここに移ってブレンドのマネジャーに復帰したのは、そういう理由があるから？　お金に困っているの？」

「いいえ」わたしは気色ばんだ。「困ってなど、いませんでした。おあいにくさま」

「では、理由はなに？　どうしてもどって来たの？」

マテオはカウンターに片手をついた。まくりあげた袖の下からのぞく筋肉質の腕に視線がいってしまう。ペルーの日ざしに焼けた腕は、黒いうぶ毛のせいで煙って見えた。初めて出会ったときのことが蘇ってきた。あれは光輝く六月の地中海だった。当時、わたしはカレッジの学生だった。イタリアの美術史の勉強を兼ねて夏休みを利用して大叔父の家族と過ごしていたのだ。マテオはバックパッカーで、フランスからイタリアに来てギリシャをめざしていた。まるでミケランジェロの彫刻に命を吹きこまれたみたい、と思ってしまったのだ。

〝やめなさい、クレア〟自分でストップをかけた。〝やめるのよ〟

彼の深いブラウンの瞳がわたしのグリーンの瞳を見つめていた——こたえを待っている。

「わたしは、ええと……気分を変えたかったんだと思う」変えるのは視線をむける先だ、と心の中で自分に命じた。彼の腕から目を離し、カルボーンのホームメイド・フェットトチーネ二ポンド入りの袋に移した。「郊外はなかなかよかったわよ。うそじゃないわ。ニュージャージーならではの魅力が」

マテオがふんっと鼻を鳴らした。

「ほんとうよ。それに子育てにぴったりの環境だし。快適だったわ。少なくとも、最初のうちはね。でも、いまではジョイはあそこを離れて学校に通っているし。すっかり母親離れしたというわけ。だから考えたの、わたしも生活を変えてみればいいんだ、って。ちょうどマダムも誘ってくれたから、復帰を決めたのよ」

「ほんとうに？」

「どういう意味？　〝ほんとうに〟って？　ゲイル・シーヒィーはね、そのテーマで『パッセージ』の改訂版を書いたぐらいなんだから」

マテオはあっけにとられていた。

「知らない？　『ニュー・パッセージ（邦題は『ニュー・パッセージ―新たなる航路』）』」

依然としてマテオは目をぱちくりさせている。

「寿命が延びて、子どもが巣立った後に二度目の成人期が始まる、って内容。知らないの？」

マテオが左右に頭をふった。

「あなただって、もう若くはないのよ」自覚をうながすつもりだった。彼は眉をあげて、なにをいまさら、といいたげな表情だ。「なにをいいたいかというと、中年期に手が届くようになって経験する変化について考えたこと、あなただってあるでしょう？」

マテオは面倒くさそうに手をふった。「ぼくはそんなこと考えたこともない」

そりゃあそうでしょうよ。でもシーヒィーはあなたみたいなタイプについてもちゃんと書いているのよね。ある朝目をさましたら、いきなり暗黒の四十代にいることを自覚する。そして可能性に満ち満ちた明るい未来が暗く狭まってしまったことを悟る。若いというには自分は年を取りすぎてしまったことを……まあ、若さといってもいろいろあるのだけれど。

マテオは絶対にウンとはいわないだろう。でも彼が今日、早々にパラソル保険に駆けこんだという事実こそ、彼が暗黒の四十代というステージに達しようとしているなによりの証拠ではないか。以前の彼は先々のことを考えたり責任を取ったりするなんて、およそ考えたりしなかった。まして自腹を切って事後処理するなどということはあり得なかった。

昔のマテオなら、さっさと飛行機に乗って街を出ていたはずだ。後始末はお任せしたよ、とばかりにわたしとマダムに〝アロハ〟といって手をふっただろう。そして自分はルアウ（ハワイの宴会）の席で五百袋のコナ・コーヒーの商談をまとめたりする。

マダムが持ち出した所有権の契約が彼をここまで変えた、といえたらかんたんなのだが。公営住宅を舞台にした実験では（店に通ってくるニューヨーク市の職員からきいた話）、なんらかの形で所有権を与えられると、人はがぜん、時間と労力と金銭を投じて、その所有権を守り、質を高めてゆこうとするそうだ。

ただ……こうした所有権の論理は、マテオにはあてはまりそうにない。ひとつには、どのみち自分はブレンドを継ぐ身、という自覚を昔から持っていたから。彼自身はつねにブレンドのビジネスとは距離を置いて行動しているように見えた。マテオにとって重要なのは、好きな時に来たり出ていったりする自由であるらしい。

それに、所有権の論理でいえば、わたしはどうなのだろう？　いつしかそんなことを考え始めていた。わたしが彼の独占的な存在だったころ、わたしは彼がいて当然、と思っていた。この店と同じように。

ともかく、所有者のひとりという地位をあらたに与えられたせいか、あるいは暗黒の四十代に突入してものの見方が変わったせいなのか、理由はさだかではないが、マテオ・アレグロにポジティブな変化のきざしが見えたのは確かだ。

変化は（ふつうは）いいことだ。十年前のわたしであれば、それをよろこんだにちがいない。が、いまのわたしは、そうではない。ふたりのあいだに生まれた子はとっくに育ってしまって、わたしは自分ひとりの自由を求めている。男のことで悩みやつれ果てた歳月の後に、ようやくマテオ・アレグロからも、彼にふりまわされる苦痛からも自由になりたいという心境に達していた。

マダムはわたしの気持ちを理解してくれないだろうし、受け入れようともしないだろう、残念だけど。

マダムのガンはショッキングではあるけれど、なんとか落胆させずに伝える方法をさがしてみよう。手の込んだ細工（たとえそれが、マダムの善意から出ていたとしても）

をされても、あのころの苦痛、フラストレーション、憤りの記憶がきれいに消し去られるわけではない。少なくとも、わたしの場合は。

「ほら、いくぞ」マテオが新鮮なニンニクの束をこちらに投げてよこしたので、キャッチした。

「きみの後ろにかかっているバスケットのなかだ」マテオがウィンクした。

なんとこしゃくな。ここはわたしのキッチンなのに、元夫のほうがくわしいとは。そして、それを鼻にかけたこの態度。いやちょっと待て、わたしは自分にいいきかせた。彼は子どものころ、母親といっしょにここで暮らしていたのだ。ピエールがふたりを五番街に引っ越しさせるまでは。それでも腹立たしいものは腹立たしい。

腕時計で時間を確認し、もう一度自分にいいきかせた。ジョイのためだ、ジョイの父親との衝突は避けよう。

「ところで、今日のメニューは?」話題を変えてみた。〝食べ物〟という、安全で平和で中立的な話題に。

「フェットチーネを使ったカルボナーラ。うんとコクがあるやつだ。細いスパゲッティの代わりにフェットチーネを使うとまた格別なんだな、これが。昔からジョイの大好物だ。それにシェフの卵であるわが娘よりも上手につくれる料理といったら、たぶんこれだけだ。ジョイはちゃんとした教育を受けているんだから、いまじゃあプロ並みの腕前だろう」

「ジョイはまだ料理学校に通い始めたばかりよ。卒業まではまだ何年もあるわ。それに、ちょっと苦労している授業があるんだって打ち明けられたし。オランデーズソースに失敗して、クラスのみんなの前でゲスト講師にきついことをいわれたんですって」

「父親からの助言を求めているかもしれないな」

「彼女の力になれると思う？」期待を込めてたずねた。

「もちろんだとも。そしてこれがあればジョイはきっと元気になる」マテオはポケットに手を伸ばし、なかから小さな箱を取り出した。「あけてごらん」

あけてみた。

「メキシコで見つけたんだ」

箱のなかを見て、わたしは顔をしかめそうになった。〝ああ、またか〟

あれはジョイが九歳のとき。マテオは長い長い出張のお土産としてブレスレットをジョイにプレゼントした。それはとてもかわいらしく、金具の部分はほんものの十四金のピンクゴールドが使われていた。以来、ブレスレットにつける個性あふれるさまざまなチャームをお土産に持ち帰った。どれも、彼が豊かな味わいのコーヒー、究極の青さを秘めた波、もっとも高い山を追い求めて出かけていった異国の地で見つけたものばかり――追い求める対象には（わたしが睨むところでは）かなり刺激的なものもあったはずだ（コカインと女）。

　パパが遠い土地から持ち帰る安物の小さなお土産は、いかにも心がこもっているかのように思えて、かなり長い期間ジョイはよろこんでいた。しかし、ジュニアハイスクールに進んだころには、それほどよろこばなくなっていた。そしてハイスクールにあがるころには……。ジョイがチャームのついた腕輪を人前で身につけたのは、じつはジュニアハイスクールのプロムが最後だった。マテオはジョイのそばにいなかったから、それに気づくこともなかったけれど。

「チャームだよ。ジョイの腕輪につけるチャーム。今夜、つけてくるかな？」

「さあ、どうかしら……」

「それ、いいと思わない？」

「そうね……おもしろいデザインね」これはお愛想。箱のなかに収まっているのは、女性をかたどった小さな金色の塊。ぱんぱんに太った女が山高帽をかぶり、トウモロコシを抱えて巨乳に押しつけている。

「センテオトルといってアステカ神話のトウモロコシの神様らしい」わたしがとまどったような表情を浮かべているのに気づいてマテオが解説してくれた。わたしはうなずいただけ。メソアメリカの宗教についての知識なんて、ろくにないから。

「どんなふうに信仰されているの？」

「トウモロコシはアステカの人々の主要な食べ物だった。トウモロコシの女神は豊穣の神ということだ。ジョイはシェフをめざしている。だから……食べ物、つまり豊穣……」マテオの声は尻すぼみになっていった。そしてひろい肩をすくめて見せた。

箱をマテオに返し、冗談まじりにいった。「豊穣は豊穣でも〝多産〟の女神でなければいいけど」

マテオは箱の中身をじっと見つめた。そして眉をひそめた。

「いや、まさに多産の神だと思うよ」

そこに、リズミカルなノックの音がして、会話が中断した。マテオのノックとそっくりだ。

「ジョイよ！」

やっと来てくれた。わたしとマテオは短距離走の選手のように（決して誇張ではなく）先を争って娘の顔を見に走った。

勝ったのはわたし。背が低いのが幸いして、ドアをあけようとするマテオの腕の下をすり抜けることができた。

「いらっしゃい！」腕を伸ばして娘を抱きしめた。前に会ったときよりも五センチほど背が伸びたようだ。スタックヒールを履いているせいかもしれないけど。

「ママ」ジョイもわたしを抱きしめた。「下でタッカーに会って、アナベルのことをきいた。こんなひどいことが起きたなんて！」

「やあやあ」マテオがいうと、ジョイは飛びついていった。

「会いたかった」ジョイは父親をぎゅっと抱きしめた。

ドアを閉めようとして、戸口に立つもうひとりの人影に気づいた。

「ママ、パパ」ジョイが弾む声でいった。「話したでしょ、〝びっくりプレゼント〟があるって！　紹介したかったの。こちらマリオ・フォルテ」

部屋のなかに、若者が入って来た。イタリア人にしては背が高い。それが第一印象だった。マテオよりも高かった（そうか、だからジョイはスタックヒールを履いていたのね！）。長く伸ばした黒い髪を後ろでゆったりとポニーテールにしていた。くちびるは薄笑いを浮かべたような曲線を描いている。せっかくの整った顔立ちなのにもったいない、と反射的に思った。

黒いパンツ、長袖の黒いシャツ。シャツのボタンは上までとめず、はだけた胸元から鍛えられた胸筋のあいだに金のチェーンがぶらさがっているのが見えた。シャツの袖はまくりあげられ、上腕二頭筋のあたりにタトゥーとおぼしきものがちらっと見えた——有刺鉄線みたいな模様だ。

ジョイがその若者を見あげる目ときたら、ヒーローを称えるようなまなざし。〝ありゃりゃ〟これは重症ね。わが元夫も、それに気づいて表情を硬くしていた。

〝なごやかな夜もこれで吹き飛んだわけだ〟

「ミセス・アレグロ」若者がわたしの手を取った。「ようやくお目にかかることができて、光栄です。ジョイからはいろいろおうわさをきいています」

〝ほんとに？〟じゃあ、なぜジョイはわたしが「ミズ・コージー」であって「ミセス・アレグロ」ではないと知らせてないのかしら？

「ミスター・アレグロ、ですね」マリオはマテオにちかづいて手を差し出した。「まさかこんなにすぐにお会いできるとは――」

「想定外、ってか」マテオが顎の筋肉に思い切り力を入れてつぶやいた。ふたりは握手したが、どちらの側もあきらかに熱がこもっていない。

「ジョイからは、お父さんはミステリアスな人だときいています」マリオがくすっと笑いを洩らした。「家のなかではまずお目にかかれないミステリアスな人物だと」

マテオはいまにも爆発しそうな圧力鍋状態。ジョイが機転をきかせてふたりのあいだに割って入ったので助かった。

「なんだか、いい匂いがするわね」いつもよりやや声のトーンが高い。「夕飯はなあに？」

「カルボナーラだ」食いしばった歯のあいだから押し出すようにマテオがいった。

「わたしのカプチーノ・クルミ入りチーズケーキもあるわよ！」娘の声よりもさらにト

ーンの高い声が出てきた。場の空気をやわらげようとしているのに、こんなドリス・デイみたいな声を出してどうする。

ジョイがわたしを見た。「わあ、びっくり！」弱々しい声だった。

「まあ、びっくりといえばびっくりだけど」わたしはジョイに目で語った。〝どうして前もってひとことといっておいてくれなかったの〟「さて、もうひとりぶん、席をつくりましょうね。さあ、ふたりともいつまでもそんなところに立っていないで」

わたしは決して迷信深い人間ではないつもりだ。でもダイニングルームのテーブルに食器を並べながら、心のなかでセンテオトルに悪態をついていた。なにがトウモロコシと豊穣の女神だ、アステカの女神だ。

そしてわたしの家にその金の魔女を持ちこんだ元夫にも。

16

キッチンに入ると、マリオとマテオのあいだにただならない気配が漂っていた。マテオの手には肉切り包丁が——これは友好のサインではない。

「フェットチーネのカルボナーラはパンチェッタでつくるべきです」とマリオ。「アメリカのベーコンなんて、論外ですよ」

「カルボナーラっていうのはイタリア系アメリカ人が大恐慌の時代に発明したものだ」マテオの反撃。「彼らにパンチェッタがそうやすやすと手に入ったと思うか？　とにかくだ。ジョイはベーコンでつくったカルボナーラが好きなんだ」マテオは援軍を求めるようにジョイの方をふりむいた。「そうだよな？」

ジョイがわたしの方をむいた。すがるようなまなざしだ。

〝ああ、なるほどね〟娘がこの神出鬼没の父親に紹介しようと初めて連れて来た若者は、背が高くて髪が黒くて美形。そしてイタリアンの料理人。しかもおそろしく傲慢な料理人。名前も父親とよく似ている。〝これはフロイトも真っ青だわ〟

娘のことが気の毒に思えた。が、この騒動を引き起こしたのは誰でもない、ジョイ自身だ。それにジョイはもう大きい（スタックヒールがジョイをいっそう大きく見せる）。わたしは頭を左右にふり、両方の手のひらをジョイにむけた。〝この件に関しては、わたしはなんにもしてあげられないわ〟

「じゃあ、どんなベーコンですか？」マリオがたずねた。にやついた表情には誠実さというものが感じられなかった。「砂糖をすりこんで薫製にしたものですか？　ヒッコリーで燻したものですか？　もしやもしや、スーパーに並んでいるものだったりして」

「そのくらいにしておくんだな」マテオがいった。

ジョイが話に割りこもうとしている。でも、わたしは彼女を止めた。

辛辣な言葉の応酬はやみそうになかった。わたしはジョイを引き寄せてささやいた。

「男について学ぶレッスン①ってところね。こういう場面はめずらしくない——人類五万年の進化をわれこそが証明してみせようとしているところ」

オーブンのタイマーが鳴り、誰もがはっと静かになった。

「ベルのおかげで助かった」ジョイにささやきかけた。ジョイは心底ほっとしたように微笑んだ。

「マリオ、ジョイ、さあ、もうむこうに行っててちょうだい！　わたしはチーズケーキのトッピングをつくらなくてはならないし、お父さんは夕飯の支度にかからなくてはならないわ」

　ワインクーラーに手を伸ばして、最初に手に触れたボトルをつかんだ。

「ほら！」ボトルをジョイの手に押しつけた。「ダイニングルームに行ってマリオといっしょにあけてちょうだい」

「ちょっと！　ママ！」ボトルのラベルを見て、ジョイが悲鳴のような声をあげた。

「プロセッコじゃないの、しかも一九九二年。いったいなんのお祝い？」

〝うそ〜〜〜〜！〟ヴェネト州産のシャンパンをわたしてしまった。しまった。でも、もはや手遅れ。

「だって、あなたに会えてうれしいんですもの」頭のてっぺんから声が出た。またもやドリス・デイ状態だ。「それにほら――せっかくマリオを連れて来てくれたんだから、お祝いしなくちゃ」ええい、ジョイのためだ。

　背後で、腹立ちまぎれに鼻を鳴らす音がした。続いてなにかを力まかせに叩きつける音。マテオが半ダースのニンニクを肉切り包丁でひと思いにつぶしたのだ。ニンニクの強い香りが壁に跳ね返り、どっとこちらにやって来た。

　マリオがこちらに身を乗り出して、またわたしの手を取った。

「感謝します。ミセス・アレグロ」

〝だからコージーだってば。このアホタレ！〟

包丁が肉に力強く当たる音。流しのそばに置いた分厚いまな板の上でマテオがベーコンをぶった切っている。アメリカの上等のベーコンを。煮えくりかえる思いをぶつけるようにさらに勢いよく包丁をぶつけ、スモークされた豚肉は木っ端みじんにされてゆく。

「ダイニングルームに行きましょう」マリオの顔に嫌悪の表情が走るのを見て、ジョイが誘った。

ふたりが足早に立ち去ると、わたしはマテオのほうをふりむいた。

「ちょっと!」この迫力は元の女房にしか出せない。憎々しげな声(あまりにも憎々しげで、出すたびに自分でも嫌になる)。「いいからさっさとパスタの支度をしなさいよ。よけいなことをいわずに。あなたのたったひとりの娘が両親に会ってもらおうと思って彼氏を連れて来たんですからね。あの子がかわいいのなら、せっかくの夜をぶちこわしにしないでちょうだい!」

マテオはまな板にちらばるニンニクを見つめていた。なにもいわないところを見ると、どうやら従う気はないらしい。

「態度を改めるか、それができないのなら、即刻出ていってちょうだい」

マテオはニンニクをもうひとつ叩きつぶした──今度は拳で。

「パスタはあと三十分くらいで出来上がる」マテオは湯を沸かしている鍋の火を強め

た。「チーズケーキが完成したら、シーザーサラダを頼む」

「そうね、すぐにやるわ」それ以上はいわなかった。この狭いキッチンでグズグズいってはいられない！

さいわいにも、このあたりから状況はやや持ちなおした。夕食のあいだ、ジョイは学校のこと、そして最近ソースづくりのプロジェクトでトップの成績をおさめた——マリオのサポートのおかげで——ことなどを話した。

マリオはミラノ出身で、ニューヨークには三年前から暮らしているそうだ。アメリカに移住して来たのはその一年前。レストラン業界で働いていた従兄弟を頼ってやって来たそうだ。マリオはイタリアとフランスでのレストラン勤務の経験が豊富だった。皿洗いからスタートしてウェイター、副料理長として働いていた。現在二十五歳。ソーホーの名店バルサザールでフルタイムのキッチンスタッフというポジションにある。

ジョイとの出会いのきっかけについてたずねてみた。ジョイがオランデーズソースを失敗して怒られた授業のゲスト講師がマリオの友人なのだそうだ。友人のサポート役として授業を見学していた彼は、授業の後でジョイに話しかけた。

「このかわいらしい人に心から同情してしまったんです。いまにも泣き出しそうでしたから。自分の体験を思い出したんですよ。初めて四つ星レストランで得た職で大変な失敗をしましてね。そのときに自分のことを情けなく思いました。あれは雇われた初日でした。わたしはシェフじきじきに採用されたんです。シェフからマッシュルームのクリームスープのオリジナルレシピをわたされ、日曜日のブランチ用に作るように指示されました。さっそく取りかかって、完成したところでシェフが味見をしました」

「まずいっていわれたの?」わたしがたずねた。

「いいえ。スープはすばらしくおいしかった。だがそれには理由がありました。ありふれたマッシュルームといっしょに、トリュフを刻んでしまっていたんですよ。価格にして千ドルに相当するトリュフをね。自分を殴ってやりたい気分でしたよ。史上もっとも高価なスープをつくってしまった自分を! コック長にわけを話しました。自分は正式に料理学校に通ったことがないこと、いつも現場で学んできたことをね。わたしがそれまで働いた小さなレストランでは……そこではトリュフなんてものはお客に出していなかったんです。それっきりクビでした。ま、うんと昔の話ですが」

「ほほう。ではそれ以来、一度もミスをしたことはない、と?」マテオだった。

マリオの目がマテオの目を見つめた。「はい」

ジョイはマリオの言葉をひとことも洩らすまいときいていた。この青二才の傲慢さがジョイにかかると自信ある態度というものに変換されるわけだ。なぜそれがわかるかといえば、このわたしも若いころ、同じタイプに恋していたから。

ただし、マリオはずっとこんな態度だったわけではない。礼儀正しく、快活で、知的で、ジョイのことを大事に思っていることが伝わってきた。だが、すでにマリオを目の敵にしていたマテオには、マリオが如才なくカルボナーラのお代わりを頼んでも（うれしいではないか）ヴェネツィアのシャンパンを幾度となく褒め称えても、関係ないようだった。

デザートが登場するころには、さらになごんだ雰囲気となっていた。長い夜がスタートする時には果たしてどうなるかと思ったが。ただ、マテオはあいかわらずマリオへの警戒心を解かず、彼になにをきかれても、そっけなくこたえるばかりだった。

よく冷えたチーズケーキといっしょに、心を込めていれたエスプレッソを出した。使った豆はグァテマラ・アンティグアをダークローストしたもの。口当たりがよく風味豊かな味わいは、カプチーノ・チーズケーキのクルミ入りのパイ生地にぴたりと合う。うれしいことに、マリオはエスプレッソのすばらしさをさかんに称えてくれた（はいはい、わかっておりますとも。子どもっぽいご機嫌取りだってことはわかってます）。

そろそろ十一時、というところでジョイは明日の朝の授業があるから帰るといい出した。最後にハグをかわし、ジョイは新しいボーイフレンドとともに帰っていった。

「あいつの選択眼はどうなってるんだ」マテオが嘆いた。

「カエルの子はカエル、ってこと」

マテオがわたしを見つめた。めんくらった表情だ。

「わたしたちの娘は、傲慢なまでに自信過剰で、知ったかぶりで、口がうまくて、たまらなく魅力的な人をさがし当てたのよ。いたわよねえ、こういうタイプ」

「知らん」

「知らない？　あきれちゃう！　彼はあなたにそっくりよ！」

マテオが両手を突きあげた。

「上の寝室を片づけるぞ。ソファでは寝たくないからな」

「そうね。ここの後片づけはわたしがしておく。それがすんだら下に行ってタッカーといっしょに店じまいしますから」

今日起きた悲しい出来事を忘れたわけではなかった。ここで雇っているスタッフと彼らの住所と電話番号をリストにしてクィン警部補にわたさなくてはならないことも――このことについてはマテオにはいいたくなかった。彼が地元の刑事に反感を抱いていることは知っているから。

アナベルのぶんをカバーするために、スタッフ全員の勤務スケジュールのやりくりもしなければならない。

キッチンをきれいに片づけ、食器類もしまってしまうと（なぜかエスプレッソのカップがひとつだけ足りない）、ゴミを袋にまとめて階段に運んだ。玄関のドアを出てすぐの踊り場に、ぱんぱんに詰まったビニール袋があるのに気づいた。折りたたみベッドを入れるスペースをつくるために、マテオが子ども時代のものを放り出したのだ。なかをのぞいてみた。

ページの角を折った雑誌が数冊。そのほとんどは一九七〇年代のものだ。いまやお宝となった当時の《プレイボーイ》もまじっていた。古いボードゲームは『リスク』。全世界の制覇をめざすこのゲームはいかにも彼らしい。アーネスト・ヘミングウェイの『移動祝祭日』はボロボロに読み古されている。パリのボヘミアンへの讃歌がつづられたこの本は、若いマテオの心に後々まで続く影響を及ぼしたにちがいない。

人が出すゴミとは、かくも雄弁にものがたるものなのだ。驚くべし。

ひっかかるものがあった。ゴミだ——今朝、店の地下の階段の前にあったゴミ入れのゴミ。アナベルが足を滑らせ階段の下まで落ち、昏睡状態になったのは、ひょっとしたらゴミが原因なのかもしれない。

手に持っていたキッチンのゴミを踊り場にどさっと落とし、階段を駆け降りた。問題のゴミ袋を確保しなくては。タッカーが収集車にそなえて外に出してしまう前に。

袋の中身はすでに鑑識班が調べ、証拠物件としては却下されていた。けれど、この店についてはあの人たちよりもわたしのほうがよく知っている。

あのゴミのなかに、彼らが見落としたものがなにかあるかもしれない。わたしの確信を裏づけてくれるものが。アナベルの〝事故〟は断じて事故などではない、とわたしの直感は語っていた。一縷《いちる》の望みをかけてみたかった。保険の契約が切れていたという失態があったいまとなっては、もはやすがるような気持ちだった。

奥の階段からブレンドの店内に入っていくと、ちょうどタッカーが正面のドアにカギをかけているところだった。

「ゴミは?」いきり立った声が出た。「今朝のゴミはどこ?」

「ほかのゴミといっしょに地下に並べてあります。これから外に出すところです」タッカーがこたえた。

地下に続く階段を一段おきに降りた。石の壁に沿って並んでいる濃い緑色のビニール袋をひとつひとつ確認していった。やっとめざす袋をさがし当てた。灰色がかった白い粉末がビニールの表面にまだ残っていた——鑑識班が指紋を採るために粉をはたいたのだ。それを蛍光灯の下までまっすぐひきずっていった。

ゴミ袋が押収されずにまるごと残っていたのは驚きだった。汚らしいゴミなど持ち帰ったら証拠保管室に悪臭が充満するだろうから、いちいち持ち帰ったりしないのだろう。

第一、クィン警部補は、現場とアナベルの身体の状態をすべて検討した結果、これは犯罪ではなく事故であると考えるのが妥当だとはっきり判断を下している。

袋の口を留めていた柔らかいワイヤーを用心深く外し、ひらいた。内側の袋もやはり口を柔らかいワイヤーで留めてある。これがブレンドのやり方なのだ。コーヒーとエスプレッソに使った粉や茶葉は水気をふくんでいるので、カウンターの後ろではゴミ袋を二重にして使っている。こうして二段構えにしておけば、袋が破れたり、こぼれたりしても大丈夫だ。

袋をふたつともひらいてなかをのぞきこんだ。なにをさがしているのか、自分でもよくわからない。ぱっと見たところ、中身には特に変わったところはない。コーヒーの粉のシミがついたオフホワイトのフィルター、コーヒーの粉、エスプレッソマシンのバスケットの形をしたコーヒーの粉の塊——捨てられて何時間経っても、丸い形をそのまま保っているものがある。大半のペーパーフィルターは表面に黒っぽい粉がびっしりはりつき、強い光の下でてらてらと光沢を放っている。これはわたしたちの店の自慢のフレンチローストのコーヒー滓。不運な一件が起きた日の「今日のコーヒー」。

べつのコーヒー沸かし器用のパイ皿ほどもあるペーパーフィルターには、もっと明るい茶色をした泥のようなコーヒー滓がついている。コロンビアだ(この豆の状態から見て、細かく挽きすぎたようだ。おそらく苦かっただろう。豆を的確に挽く技術を、スタッフに徹底しておかなくては)。

汚れた紙ナプキン、使い捨てのプレート、つぶれた紙コップのなかの食べかけのペストリー、攪拌用のスティック、ペーパータオル、そのほかのゴミ。どれひとつ取ってみても、不自然なものはない。まして、犯罪を裏づける証拠らしきものはない。ため息が出た。

〝わたしの直感もここまでか〟

それでもやはり……このゴミの袋にはなにかがあるはずだと思えてならなかった。二十四時間と少し前になにが起きたのか、その真実を少しでもあきらかにしてくれるものが。

ビニール袋の中身をじっと見ていると、アナベルが階段から転げ落ちる前に最後に見たものはこの汚いゴミだったのではないか、という思いが湧いてきた。そんな不吉なことを考えたせいか、かすかな身ぶるいに襲われた。と、誰かにいきなり肩をぐいとつかまれた。思わず悲鳴をあげてしまった。

身の毛のよだつような声が厚い石の壁に反響し、続いて声がした。

「びっくりするじゃないか。落ち着けよ。ぼくだ」

「マテオなの！」

「階段を降りてくる音がきこえただろ？」

「考えごとをしていたのよ」こたえながらも、恐怖でまだ声がふるえていた。「こんなところでなにしているの」

「踊り場にこのキッチンのゴミが入った袋があったから。なかからなにか漏れていた」

マテオが袋をほかのゴミ袋の上に放った。「だからこうして持って来た。踊り場の寄せ木細工の床が傷んでしまうからね」

「確か、ここに降りて来るときに落としたと思う」

「ゴミを出しに降りて来るとちゅうでゴミを落としたの？　クレア、どこか悪いんじゃないのか？」

「大丈夫」彼とむき合った。見れば、マテオはエスプレッソの小さなカップを手に持っているではないか。

彼がわたしの視線のさきをたどった。「廊下のエンドテーブルにあった。夕飯の後でマリオが置き忘れたんだろう。たぶんジョイがアパートを案内していたんだな」

「食器洗い機に入れておいてね。あの男の子がさわったから汚れた、捨ててやる、なんて考えているならべつだけど」

マテオはしばらく間を置いてからこたえた。

「ふたりはキスしたんじゃないかな」

目をぱちくりさせてしまった。「好き合っているふたりなら、考えられる」感情をまじえないでいってみた。「チャンスがあれば、たいていはすかさず行動に移すわね」

「じゃあ、きみはあの子がほんとうに彼のことを好きだと思う？」

マテオの声にはかすかに苦悩がにじみ出ていた。でも正直なところ、同情する気にはなれない。ジョイの小学校時代の片思いに始まってジュニアハイスクールのときのデート、ひと夏の恋、ハイスクール時代のかなり真剣な交際まで、さんざんつきあってきた。娘がまたひとつ新しい恋をしたからといって、いまさら一喜一憂したりはしない。むろん、マットはそこに居合わせなかったのだから、今回の件はまさに青天の霹靂。かわいそうに。

「コーヒーの粉、読めるんだっけ?」マテオがたずねた。

そうきたか。しかも、もってまわったきき方。わたしはコーヒーの粉をタロットカードのように読み解くことができる。元夫はよく知っているはず。

カップに残るコーヒーの粉の読み方を教えてくれたのは祖母だ。祖母もまたその祖母に教わった。

はい。わかっておりますとも。いまは中世じゃないんだからバカなことをいうな、とおっしゃりたいんですね。でも、これはりっぱな古代芸術。コーヒーの粉とお茶の葉を使った占い——まとめてタッセオグラフィーと呼ばれる——は、どこか芸術の解釈に通じるものがある。

カップの底に残ったコーヒーの滓、あるいはお茶の葉が乾いて〝絵〟となる。この絵を解釈する。雲を眺めてそこにウサギや機関車、ヒツジなど、思い思いの形を認めるようなものだ。同じ雲を見ても、ふたりの人間が連想するものが一致するとは限らない。

あれはキノコだという人もいれば、キノコ雲だという人もいる——だからタッセオグラフィーは一種のロールシャッハ・テストのようなものだともいえる。キノコを思い浮かべる人と核爆発を想像する人とでは、若干、世界観にちがいがあるということなのだろう。

ともかく、お茶やコーヒーの占いをするときには、カップの底に乾いて残っているお茶の葉やコーヒーの滓でできた〝絵〟をじっくり見る。そして、潜在意識をはたらかせて自由な連想をうながす。

若いころは、パーティーむけのゲームにぴったりだ、くらいの感覚だった。人との出会いのきっかけとしておおいに利用した。もちろん、男の子との出会いにも。けれど、年が経つにつれて、自分は不思議なほど鋭くコーヒーの粉を読むことができるとわかってきた。われながらおそろしくなってしまうようなことが何度かあり、以来、めったにやらないことにしていた。

「どう解釈する?」マットがわたしの鼻先に突き出して見せたのは、マリオが使ったエスプレッソのカップだった。

顔をそむけてしまいたかった。が、そんな思いとは裏腹に、カップの底をのぞいてしまった。カップの底には、乾いたコーヒーの粉が鮮明な絵を描いていた。ハンマーがあり、その周囲には燃えあがる炎のような模様が描かれている。

「バカなことといわないで」カップを押しのけようとした。「単なるゲームよ。それにもう何年もやっていないし。あの男の子のことは、自分の目で確かめているでしょう。わたしにはそれ以上のことはいえないわ」

「自分があいつを嫌っているってことは確認した」

「ああそうですか」

これ以上ゴミを調べるのはあきらめて、袋の口を結んだ。いつもの習慣で、最初に内側の袋を結んだ。外側の袋の口を結ぼうとして、袋の片側が出っぱっていることに気づいた。二枚の袋のあいだにゴミの塊が押しこまれているのだ。カウンターの内側で作業していると、こういうことは時々ある。たいていは内側の袋が満杯になって口を閉じてしまってから、ゴミが出てきた場合。

外側の袋の口を大きくひらいて二枚の袋のあいだに手を差し入れた。

「で、今度はなに?」マテオはいかにも不快そうだ。

「ゴミを読んでいるの。まったくちがう種類の占い」

「くだらないタブロイド紙の記事を鵜呑みにしてるのか。確か彼らJ・F・ケネディ・ジュニアのゴミをひんぱんにあさってたんじゃなかったっけ?」

「文字通りクサいものを嗅ぎまわる人たちね」手さぐりしているうちに、指がなにかに触れた。濡れてひんやりしたもの。ほうれん草の塊みたいなぐにゃりとした感触。気持ち悪さをこらえながら、びちゃっとした物体をひっぱり出した。

肩越しにマットの視線を感じながら、握った手のひらをひらいた。お茶をいれたあとの茶葉が手にこびりついていた。グランデサイズ一杯ぶん、といった量だ。

アナベルはお茶党ではなかった。だから誰かのためにいれたにちがいない。このお茶の葉が二枚の袋のあいだに押しこまれていたということは、夜、アナベルがすでに内側の袋の口を閉じたあとで捨てた、ということ。まちがいない。つまりこのお茶をいれたのは、彼女にとってその夜、最後に取った行動に限りなくちかいのではないか。

この推理が正しいなら、そしてゆうべ店に入ってきた誰かがアナベルを襲ったのであれば、その人物は〝お茶党〟ということだ。

頭がめまぐるしく回転した。お茶党の人はブレンドでは決して多くはない。しかし今日一日だけでもお茶党の人には四人出会っている。レティシア・ヴェール――彼女には動機がない。アナベルの義理の母親ダーラ・ブランチ・ハート――動機があるかもしれないが、義理の娘の惨禍に出くわして単に便乗しただけかもしれない。ふたりのロシア人ダンサー、ヴィタとペトラ――あきらかに動機がありそうだ。

「どうした?」マテオだった。「なにを考えている?」

「どうせならコーヒーの粉の読み方ではなくて、お茶の出し殻の読み方を教わっておけばよかったと思って」

17

翌朝はいつもの時間通りに店をあけた。六時十分、ジョン・フー医師がいつもの時間ぴったりに店へやって来た。

「おはよう、クレア」

「いつもの、ですね?」

「お願いします」

ダブル・トールラテのためのエスプレッソを二ショット抽出しながら、若くハンサムな中国系アメリカ人の研修医と、いつものようにちょっとしたおしゃべりを交わした。同じ通り沿いにある「ドージョー」で毎朝の日課である武術の稽古を終えたあとなので、気軽におしゃべりできるムードなのだ。ブレンドのマネジャーに復帰してからの四週間、わたしは彼からいろいろ教わった。

初めて会った日、彼は自分がやっているという詠春カンフーの技について教えてくれた。「もともとは仏教の尼僧が編み出したものなんですよ」という説明だった。

武術や仏教について、わたしはまったくわからない。けれど尼僧が開発したという自己防衛術について知っておくのは意味があることのように思えた。だからフー医師とはもっぱらそちらの話題だ。

フー医師がかんたんな動きを数種類、実演してくれたこともあった。いっしょにドージョーでやってみませんかと誘われもした。けれどこの四週間、自分の自由になる時間など、つくろうとしてもつくれない状況だった。ただもうひたすらブレンドの建てなおしに心血を注ぎこんできた。

「ところで、病院のほうはどうです？」ラテを出しながら、ようやくきっかけをつくった。

「うまくいってますよ。今回のローテーションで配属された集中治療室はおおいに勉強になります」

フー医師はそこで最初のひと口を味わい、目を閉じてにっこりした。

「ん〜、うまい。クレア、いつも通りすばらしい。ありがとう」

「どういたしまして」

フー医師はカップにはかせる厚紙製のカバーを取りあげて、熱々のカップにはめている。

「アナベル・ハートについて、なにかわかりました？」

「ええ。あなたが知りたがっていたことがわかりました。ただし、くれぐれも内密にお願いします。約束できますか？」

「約束します」

フー医師から教えられたアナベルの容態は、予想以上に重かった。こうなったら計画を実行するまでだ。数時間後、十時をまわったころにマテオに店を任せ、思い切って外出した。

〈ダンス10〉のスタジオは、グリニッチビレッジの歴史地区の中心部を貫くにぎやかな大通りセブンスアベニューサウス沿いにある。もともとオフィス家具の倉庫だった建物を改装したものだ。

交通量の多い広い通りに面してバー、レストラン、オフブロードウェイ・シアター、キャバレーが立ち並ぶこの界隈は、夜な夜な多くの人を惹きつける。金曜日や土曜日の晩ともなれば、謝肉祭《マルディ・グラ》のお祭り騒ぎでにぎわうフレンチクォーターみたいな雰囲気となる。要するに、なんでもあり、ということ。

だが金曜日の朝の大通りは静かだった。バー、レストラン、キャバレーの窓に明かりはなく、車も比較的少ない。わたしは大通りを横切った。

大通りを挟んでむかい側から〈ダンス10〉にちかづいてみよう。タッカーによると、スタジオのはすむかいには小さなバーがあるそうだ。にやけた顔の学生たちが安いビールを手にそこに陣取って、よだれを垂らさんばかりの表情で建物の窓を眺めるらしい。彼らの視線の先には、夜にそなえてリハーサルをする女性たちの姿があるというわけだ。完璧に整った肢体の彼女たちが板張りの床で舞い踊る姿が。

「ストレート《異性愛者》の坊やたちはここからパブのハシゴをスタートさせるんです」タッカーの説明だ。「そのあと残念ながらおいしい思いができなかったとしても、宵の口に女の子を拝んでおけば、それで妄想をふくらませられますからね」

果たしてそのうわさは本当なのか、この目で確かめて見ることにした——どうやら事実にまちがいなさそうだ。

〈ダンス10〉のはすむかいに〈マニャーナ〉という店の細長い窓が並んでいる。うさんくさいバーの木のカウンターはシミだらけ。その横の壁のフックには、いかにもメキシコ風でございといった小物——ソンブレロ、馬用の毛布、ピニャータ——がかかっている。

二十一歳のカレッジの二年生になったつもりでわたしは小さなバーの前に立った。ハッピーアワーの半額割引で買った、まずそうなビールの冷たいジョッキを持ったつもりで。見あげると、〈ダンス10〉の三階の大きな窓から練習室の様子が手に取るように見えた。夕暮れどきには煌々と明かりがともされ、〈マニャーナ〉の窓ガラスは若い男の子たちの吐く息でさぞや曇ることだろうと想像できた。

そんな連想をしていたら、ふと、いままで考えもしなかった動機と容疑者が浮かんできた。ここで大学生が〈ダンス10〉のきれいな女の子たちの姿にうつつを抜かしていたとしたら、そのうちのひとりが、遠くからアナベルのとりこになったとしても不思議ではない。

いい寄られたアナベルが拒絶し、逃げようとした拍子に階段から落ちてしまった、とも考えられる。

いや、もしもブレンドの正面玄関あるいは裏口のドアにカギがかかっていなければ、この推理は成立したはず。でもカギはかかっていた。

窓から逃げた形跡もない。

誰かがカギを手に入れていたとしたら、合いカギをつくっていたとしたら――。

アナベルの同僚のなかに彼女を傷つけたい、殺したいと思っている者はいなかったのだろうか。真剣に考えてみた。そこからまた〈ダンス10〉へと思いが移った。アナベルが何時間もリハーサルをしていたスタジオ。嫉妬した仲間のダンサーがアナベルのキーホルダーを抜き取って合いカギをつくったとしたら。

スタジオの入り口の階段をのぼった。〝賄賂〟は準備して来た――厚紙製のトレーにきっちり収めた四つのダブル・トールラテだ（ラテを嫌いな人なんて、いるわけないでしょ?）。

ロビーに貼ってあるスケジュール表を見ると、ジャズダンスのクラスが終わったところらしい。アナベルはこのクラスに熱心に通っていた。彼女の平均的な日課は、午前五時三十分に店をあけ、九時三十分まで勤務し、午前十時からのジャズダンスのクラスに出る。その後、四時間から五時間ほど続けてさらにダンスのクラスを取る。それからブレンドにもどって三時間から五時間の勤務につく、というものだった。

だからこそわたしはアナベルをアシスタント・マネジャーに昇格させた。彼女は実質的にはフルタイムのスタッフだった。彼女を知ってから日は浅かったが、わたしは安心して彼女に開店を任せていたのだ。

「なにかご用ですか？」

二十代後半とおぼしき女性だった。やたらに姿勢がいい。口調は決してやさしくはなかった。暗に「あなたは何者？　なにが目的？」と詰問されているような感じ。

彼女は黒いタイツの上にワイン色の大きなセーターを着ていた。ライトブラウンの髪はきゅっと後ろにまとめておだんごにしている。狭い事務所の小さな木のデスクにむかっている。

「午前十時のジャズダンスのクラスの先生をさがしているんです」その女性に話しかけた。

「配達の品はそこに置いてくれればいいわ。代金はおいくらかしら？」

「わたし、配達の人間ではございません」少し高飛車ないい方になったのは、相手の態度にカチンときたからだ（といっても、におわせた程度だが）。「わたし、ビレッジブレンドのマネジャーです。アナベル・ハートの勤務先の者です」

若い女性が目を見張った。予想通りの反応。タッカーからきいていた。ショーの関係者のあいだにうわさが広まっている――ルイジアナの雷よりもすばやくひろまってますよ――と。

「どんなご用かしら？」こんどは好奇心丸出しだ。

「いったでしょう。十時のジャズダンスのクラスの先生とお話ししたいんです。アナベルが毎日出ていたクラスです」

「大きなリハーサル・ルームにいるはずです。三階の」

「先生の名前は？」

「カサンドラ・カネル」

きしむ木の階段をレオタードとレッグウォーマーがつぎからつぎへと降りて来た。まさに地響きのような音をたてて。そのなかを逆行するようにわたしの黒いブーツがのぼっていく。この子たち、いったんステージに立てば、それはそれは軽やかに舞い踊るんでしょうけど、この足音はまるでバッファローの群れだわね、と思いながら。

踊り場に着くころには、クスクス笑う声もおしゃべりも遠ざかっていた。下の階と同じく、ここも壁は真っ白だった。ダンサーが跳んだりポーズを取ったりしているフレーム入りのモノクロの写真が整然と並んでいる。写真に導かれるようにして歩いてゆくと、ドアのそばまで来た。ちかづいてゆくにつれて瞑想的なクラシック音楽は大きくなってきた。いまレッスン中のクラスがあるらしい。

だが意外にも、女性がひとりきりで踊っていた。

優雅でしなやかで、スタイルも動きもエレガントそのものだった。ちょうどアナベルがそうだったように。ただ、この女性の肌は真っ白ではなくモカ。年齢は二十歳というより四十歳にちかかった。ダンスについてはよく知らないけれど、このダンサーの動きはモダンでもヒップホップでもジャズでもないのはあきらか。バイオレットブルーのレオタードとスカートという姿の彼女がいまやっているのは、クラシックバレエのピルエットではないか。

邪魔するのがためらわれて、わたしはただ見つめていた。美しい旋律の曲だ。透明感に満ち、情感あふれる曲。悲しげで物憂げな弦楽器の出だしの音に合わせてダンサーの動きも重く緩慢だ。やがて、突然エネルギーが炸裂する。曲のテンポに合わせて跳躍と回転が驚くべきスピードと優雅さで繰り広げられる。それは羽ばたく青い鳥のようであり、激しく回転するランの花のようでもあった。

彼女はダンスに没頭している、と思いこんでいた。だから、最後の跳躍のさなかに彼女がまっすぐわたしを見て鋭い声を出したときには、心底びっくりした。

「なにかご用？」

戸口に立ったまま、カップをのせたトレーをあげて見せた。

「あなたの指導を受けていた生徒について、ちょっとすわってお話しできたらと思って。アナベル・ハートのことです」

彼女が動きを止めた。すると身体から力が抜けてシダレヤナギのような姿になった。

室内にはまだ音楽が流れていた。曲はますます情感たっぷりに、これ以上ないほどに盛りあがってゆく。

「シューベルト、ですね？」

「なにが知りたいの？」弾むようなジャマイカなまりがかすかに感じ取れた。

「このスタジオの人のなかに、アナベルに恨みや嫉妬を感じるあまり、階段から突き落とす人はいなかったかどうかを。わたしの店のスタッフ用の階段から」

18

カサンドラ・カネルがこちらを睨みつけた。軽やかでリズミカルな歩調で、磨きあげられた木の床をこちらに歩いて来る。両手を腰に当てて、わたしの目の前に立った。

「いったいどういうつもり？　そんな疑いを裏づける証拠でもあるの？　わたしの生徒の誰がそんなことをしたっていうの？」

「いいえ。いまはまだね。ただ、アナベルが落ちたのは事故ではないということだけはわかるんです。それにダンスは競争の激しい世界だときいたから。アナベルのことは心配ですか？」

「心配に決まっているでしょう。自慢の生徒ですからね！　彼女が病院にいることを考えたら、もうショックで。それなのに、よくもここに来てそんなこと」

それからたっぷり五分間、ダンスの教師はシューベルトの『死と乙女』のバックミュージックつきでわたしをこき下ろしてくれた。

まったく。自分が人でなしになったような気分。

単刀直入なアプローチで貴重な情報を手に入れるつもりだった。若いダンサー相手の場合はこれで成功した。が、彼女たちの先生には逆効果だったようだ。

「どうか、わかってください」ようやく口をはさむことができた。「わたしもアナベルのことが心配でたまらないんです。だから誰が彼女をこんな目にあわせたのか、それをつきとめようと決めたんです。それで、こうしてここに来ました。あなたを怒らせてしまったことは申し訳ないと思っています。真相をつかむために、力を貸してください。いったいなにがあったのか、真実をつきとめるために」

カサンドラの怒りはしだいに収まっていった。腕組みしていた手からも力が抜け、ぎゅっと眉根を寄せていた表情もやわらいできた。ため息をつき、ほっそりと長い茶色の首の後ろをごしごしこすっている。襟足の髪を短かく刈りこんでいるせいで、優美な白鳥のような首のラインが際だって見えた。

カサンドラは目をつむり、頭を左右にふり、つぶやいた。「わたしが人生で求めるのは、果てしなく続く音楽とどこまでも続く平らで滑らかな舞台」

呪文みたいな言葉。でもわたしには理解できた。

「それはわたしたち皆の願いです」と言葉をかけた。

カサンドラがこちらを見た。わたしが持っている紙製のトレーに気づいたようだ。

「そのコーヒー、いただこうかしら」

リハーサル・ルームの隅でわたしたちは折りたたみ椅子に腰かけた。つぎのクラスまであと十分。その時間で彼女はわたしの質問にこたえてくれた。

「モービーズ・ダンスの役をどうしても取りたいという生徒はたくさんいたんでしょう?」わたしはたずねた。「アナベルが射止めた役」

「そりゃあもう。ミズ・コージー――」

「クレアです」

「クレアね。モービーズ・ダンスといえば一流のモダンダンス・カンパニーですからね。全米をツアーしてまわっているわ。彼らは年に数回しかオーディションをしないの。ヤングダンサーズ・プログラムという演目のオーディションなんだけど。もしもオーディションに合格したら、それはつまり、世界の最先端をゆくエキサイティングなふりつけで踊るチャンスがある、ということなのよ」

「ライバルを排除したいという動機を持っても不思議ではないですね」

「おかしなことといわないで。ダンサーにはそういう発想はないわ」

「そうかしら? きのう、アナベルのダンサー仲間五人と話をしたけれど、かなり非情な手段に訴えそうな子もいて、驚いた」

カサンドラが笑い出した。「あててみましょうか。あなたが話した相手って、ペトラとヴィタじゃない?」

「ええ。あなたもあのふたりが怪しいと？」

「ふたりともロシアから移住して来て、とても苦労したから。つっぱった態度が身についたんでしょうね、いつの間にか。それに競争心はとても強いし。でもね、アナベルにあんなひどい真似をするような子たちでは決してないわ」

「どうしてそういいきれるのかしら？」

「ひとつには、アナベルを傷つけても彼女たちの有利になることはなにひとつないから。ふたりのどちらも、モービーズ・ダンスの役に関してはライバルでもなんでもなかった」

「どういう意味でしょう？　彼女たちの話では――」

カサンドラは肩をすくめた。「うそをついたのよ。友だちの前だから見栄を張りたかったんでしょう。スコアシートは非公開だから、なんとでもいえるの。でもわたしは実情を知っているし、彼女たち自身もわかっている。オーディションに参加した五十人のうち、上位十人に入るのもとうてい無理な成績だった」

「では、得をした人は？」

「それは、コートニーのこと？」カサンドラは驚いたせいか、ジャマイカの軽快なアクセントが強くなった。「あの子はほんとうに華奢で、いままでにここで教えた子のなかで、とびきりかわいらしいわ。あの子のこと？」

「かわいらしい女の子が暗い一面を隠し持っていることもあるわ」

「あの子がアナベルを階段から突き落としたと考えているの？　モービーズ・ダンスの役を取るために？」

カサンドラがわたしを見つめた。

わたしも見つめ返した。

カサンドラが吹き出した。「あなた、どうかしてる」

「なぜ？」

「ミズ・コージー――クレアだったわね。ここの子たちは〝ダンサー〟なんです。暴力団ではありません。フィギュアスケートのトーニャ・ハーディングはごろつきを使ってオリンピックの前にナンシー・ケリガンを襲わせたりして、とんでもないスケート・ダンサーだったけど、あんなのは例外。ライバルにケガをさせるなんて、ナンセンス。すばらしいパフォーマンスをするダンサーはおそろしいほどたくさんいるのだから、誰かひとりだけをケガさせても自分の得になるとは限らない。とにかく、あり得ない。この世界で勝ち抜いていくには、ベストを尽くして踊るしかないのよ。一流のダンサーになるためにはね。ダンスの世界は競争が激しくて足の引っ張り合いもあるけれど、ここの子たちはそこのところはちゃんとわかっているわ」

わたしはため息をついた。カサンドラの言葉には納得がいった。けれど、自分の推理を捨ててしまいたくはなかった。

「では、コートニーは絶対にやっていないと断言できるんですね？」

「彼女がやったとしたら、それはいつのこと？」

「二日前の夜。水曜日の晩です。アナベルは夜の十二時ごろには店じまいをしていたはずだから。おそらく、そのあたりの時刻でしょうね」

「あら、あの晩ならコートニーは夜中の十二時までわたしといっしょにいたわ。モービーズ・ダンスはコートニーをすごく気に入ったのだけど、彼女が選んだふりつけは評価しなかった。でもスコアはとても高かったから、ある役の代役の候補としてもう一度オーディションを受ける許可が特別に出たの。課題はモダンダンス。そこで彼女はわたしに個人レッスンを頼んできた。深夜の十二時にレッスンを終えて、タクシーをつかまえてとちゅうで彼女を降ろしたのよ」

「コートニーが住んでいるのは？」

「ブルックリン。わたしの母の家のそばなの。わたしの住まいはビレッジのアパートなんだけど、あの日は翌朝母の買い物に付き添うことにしていたから」

「なるほどね」

「あなたの推理は理屈に合わないわ。レッスンでくたくたになってブルックリンまでタクシーでもどったあの子が、わざわざ地下鉄に乗ってまたビレッジに行ってアナベルを突き落とす、なんて。アナベルはあの子よりも背も高いし、力だってある。そのアナベルを階段から落とすなんて」

ため息が出た。カサンドラのいう通りだ。わたしが彼女にききたかったことは、これですべてあきらかになった。が、それでもなお疑問は山のように残っている。その大部分はアナベルに関しての疑問だ。わたしはアナベルのことを四週間ぶんしか知らない。でもカサンドラはここで一年間彼女を指導してきた。

「アナベルについて、なにか教えてもらえます？」

「あの子には天性の才能があるわ」わが子を自慢する母親のような口ぶりだった。「ただ、その才能をじゅうぶんに引き出すような訓練をこれまで受けていなかった。十二歳のときに父親が亡くなると、義理の母親に連れられて町から町へと移り住む生活をおくるようになった。おかげでまともな教育を受けることはできなかったのね。アナベルはこんなことを話してくれたわ。全米ツアー中のモービーズ・ダンスに直談判しにいったことがあるそうよ。マイアミでの公演のときに、アナベルはステージの入り口のところで待っていて、メンバーに入れてくださいと頼んだんですって。こわいもの知らずでしょ。信じられないわよね。レッスンなんてほとんど受けていないティーンエイジャーの女の子が。いい度胸をしている。

さいわい、モービーズ・ダンスの人たちはアナベルのことを鼻で笑ったりしなかった。それどころか、親切なメンバーが教えてくれたそうよ。まだ彼女が若すぎるということ、そしてメンバーになるにはオーディションを受けなくてはならないということをね。そしてこう勧めてくれたそうよ。ニューヨークの〈ダンス10〉で勉強しなさいって。ここではモービーズ・ダンスが稽古をするし、いつの日か公開オーディションに参加できるかもしれない、とね」

「だから彼女はニューヨークまでやって来た」

「ええ。義理のお母さんに借金して、一年前にニューヨークに来て、ここに入学した。そして猛烈にレッスンした。去年はすでに二度オーディションを受けて、三度目に幸運の女神が微笑んだ。そして先週、喉から手が出そうなほど欲しかった役をつかんだ。まるでシンデレラストーリー」

「お城の階段を降りる場面を抜かせば、ね」

「ほんとに。かわいそうだわ」

「アナベルから義理のお母さんについて、なにかきいています？」

「ああ、あのしょうもない女ね」

思わず口から出てしまった、という感じだった。カサンドラは折りたたみ椅子から立ちあがり、ラテを片手に持ったまま板張りの床を滑るように移動して窓のところに行った。部屋の一辺が床から天井まですべて窓となっている。彼女はそこから外を眺めた。

「それはどういう意味？」

「アナベルの義理の母親はヌードダンサーだったのよ。アナベルはそれを誰にも知られたくなかった。義理の母親も隠したがっていた。ヌードダンサーはいい稼ぎになるからぜいたくな暮らしができるのよ。だからあの母親はひとつの町でそうやって稼いだら、つぎの町へと移っていった。そして自分は上流階級でお金持ちの男性と結婚しているようにふるまって見せていたのね。それがうまくいかないと、というか、うまくいった試しがないんだけど、またべつの町へと移る。誰も自分のことを知らない町にね。またヌードダンサーにもどり、そうやってまたお金をかきあつめる。そしてまた、よその町へと旅立つ——そのくりかえし。これでわかったでしょう？」

わたしはうなずいた。ダーラ・ブランチ・ハートの金のかかった身なりとそれにそぐわない品のないふるまい。そのギャップをこの目で見ているので、カサンドラの話から具体的なイメージが浮かんだ。そして、才能にめぐまれた十二歳の幼い少女がおとなの都合しだいで町から町へと無理矢理連れまわされたことを思うと、あまりにも悲しくて、しばらく言葉が出てこない。

ふと、あることに思いあたった。とても嫌なことだった。

「アナベルの義理の母親はもしかしたらアナベルにも……ヌードダンサーをさせていたのかしら？」

「ええ。口にするのも情けないけどね。半年ほど前だったかしら、夜のクラスでアナベルはひどく取り乱してしまってね。むかいのバーにいるカレッジの学生に気づいたのよ。ダンサーたちに見とれる彼らの姿にね。彼らはよくそうやって見物しているの。そのクラスの後でアナベルから打ち明けられたわ」

「あのバーの様子に気づいているのなら」わたしは口をはさんだ。「ここに日よけとかカーテンをつけたらよさそうなものだけど」

こちらの提案を却下するようにカサンドラが手をひらひらさせた。

「ダンサーは観客に見られながら集中することを習得しなくてはね。たとえどんな観客であっても」

「そうかしら」

「彼女は学生たちに見られて、自分がヌードダンサーとして踊っているような錯覚に陥ってしまった。それで苦しい胸のうちをわたしに明かしてくれたというわけ。ヌードダンサーなんかやめるようにいったわ。彼女はやめて、翌週、あなたのコーヒーハウスの仕事についた。それで生計を立てていくことにしたの。収入のわりにきつい仕事だといっていた。でもまっとうな仕事だし、才能を貶めるような真似をしなくてすむ」カサンドラは続けた。

「ヌードダンサーをしていたせいで、アナベルはおもてむきの自分とほんとうの自分のあいだに壁をつくらざるを得なくなった。芸術はそういうものではないわ。芸術は、ほんとうの自分にちかづいていくもの。アナベルはここで深く学んでゆくにつれて、そのことに気づいたのね」

「わかるような気がするわ」

「自分を削ってゆく経験は、人としての感性を奪ってゆく。アナベルは義理の母親がそうして頑なになっていくのを見ていた。彼女はわたしにこういったの。義理の母親のような人生だけはなにがあってもごめんだ、って。彼女は自分のダンスをもっと大切にしたかった。精神を高め、ほんとうの自分にちかづくものとして。初めてモービーズ・ダンスを見たときに感じたままに、ね。まちがってもほんとうの自分と離反させ、気持ちを低迷させるものであってはならないと考えたのよ」

わたしも立ちあがり、窓辺のカサンドラと並んだ。眼下の〈マニャーナ〉の黒っぽい窓が見える。「まるで人生みたい。そう思いません?」カサンドラに話しかけた。「卑しいまでの野蛮さと崇高なるもの、低俗さと高潔さが混在している」

「そうね。そのことをここの女の子たちにはできるだけ早く理解してもらいたい。どちらを選ぶかは、自分しだいなのだから」

「かならずしもそうとは限らないけど。時には選択するまでもなく、強いられてしまうこともあるから」これはわたしの意見。

「わたしはこう考えるの。だからこそ芸術というものが存在するのだと。ぎゅっと踏みつけられているときに、芸術こそがふたたびわたしたちを引きあげてくれる」

わたしはうなずいた。

ドアのむこうでは廊下を歩いてくるせわしない足音が響き、リハーサル・ルームの外におおぜいがあつまってきた。レオタードとレッグウォーマーがたくさん。さあ、もう行かなくては。ありがとうという思いを込めてカサンドラに手をふり、部屋を出た。

19

「ミズ・コージー」

「あら、クィン警部補」

ひょろりと縦に長いベージュの壁が、店で待ち受けていようとは思わなかった。どぎまぎしてしまう。

まさか、店でかれこれ十五分もわたしの帰りを待っていた？　それとも紳士のたしなみとして、挨拶に立ち寄っただけ？

とにかく、警部補はそこにいて、待っていた。コーヒーのシミつきのくたびれたトレンチコートが闘牛士のマントのようにあらわれ、あっと思ったときにはわたしは頭からそこに突っこんでいたのだ。

彼になんといったものだろう。頭のなかはその思いでいっぱいだった。

容疑者を洗いなおしていた、といったらどうなるだろう。〈ダンス10〉の生徒たちは完全にシロだ。それには確信がある。ということは、残るは例の母親とボーイフレンド

のリチャード・ギブソン・インストラムと……？　ほかには誰かいるだろうか？〈ダンス10〉からの帰り道は、新しい容疑者の存在について考えながら歩いていた。

それからブレンドに着いて正面ドアをあけてなかに入り、ジャケットのポケットに手をすっと入れた。すると長方形のカードが手に触れた。昨日、愛車のホンダのフロントガラスに百五ドルぶんの罰金チケットが差しこんであったのをここに入れておいたのだ。ほぼ午前中いっぱい、消火栓のすぐそばに車を置きっぱなしだった。

このチケットのことは忘れていたかった。ただ、ラッキーなことに、昨日は市のレッカー車のスケジュールが立てこんでいた。そうでもなければこのチケットとは――そして愛車のホンダとは――ブロンクスの車置き場で対面していたはず。

チケットにはどこでどのように異議申し立てをしたらいいか、ニューヨーク市の規則が小さな活字で印刷されている。それを目で追っていたら、高くそびえるベージュの壁にぶち当たってしまった。あれこれ思いめぐらせていた矢先、クィン警部補にぶつかってしまったというわけだ。

反射的に顔をあげた。まず茶色のズボン（昨日のスーツとよく似ているけれど、たぶんちがうもの）。つぎに糊のきいたシャツにストライプのネクタイ（今日は茶色と赤褐色でばしっと決めている）。

角張った顔は記憶に残っているそのまま。暗めのブロンドの髪も、あいかわらず短いまま。でも無精ヒゲは消えていた。剃り残しも。傷もつけずにヒゲを剃ることに成功したのだ。目の下のクマは昨日より目立たなくなっていた。ただし濃いブルーの瞳は、あいかわらず息が止まりそうなほど深みがある。

「調子はいかが?」体勢を立てなおしながら、そして尊厳を取りもどしながら、声をかけた。

シンプルな問いかけだったが、警部補はおおいに動揺しているようだ。自分の体調について質問されることは、このあいだの火星旅行はどうだったかときかれるくらい、まごつくものらしい。

「大丈夫です」気づまりな沈黙の後、こたえが返ってきた。声にあまり疲れは感じられない。この切り口上なこたえ方は、いつもの煮つまった苦いコーヒーのせいなのだろう。

「お元気そうね」その場の空気をやわらげようとしてみた。「眠り足りている、という感じ。前回会ったときにくらべて」

「話があります」愛想のかけらもなかった。

まったく、男という生き物は身体の〝外側〟にも〝内側〟にもベージュの壁を築くのね。まあ、いいでしょ。ここでどうこういってもしかたない。

どこかにすわろうと思って店内を見わたした。ランチタイムの混雑まであと一時間ほどある。いくつかのテーブルにお客さんがいるだけだ。カウンターのところには常連客がふたり。カウンターのむこうから元夫がわたしとクィン警部補を見ている。

正確にいえば、見ているというより、睨みつけている。

マテオの視線は無視することにした。

「あそこの隅にすわりませんか?」煉瓦の壁の横のテーブルを身ぶりで示した。あそこなら誰にも話をきかれずにすむ。

「そうしましょう」

席まで案内していきながら、たずねた。「どのくらいお待たせしたのかしら?」

「少しだけ、十分か十五分ですよ」

「マテオはコーヒーを?」

「いいえ」

それをきいて、思わず奥歯をぐいと嚙みしめた。

「どうぞ、おかけください。コーヒーをごいっしょしましょう。すぐにもどります」

「あいつ、なんの用なんだ?」

カウンターのなかに入ったとたん、マテオが不満そうな声をあげた。手元を見ると、ふたりぶんのモカチーノの仕上げをしているところだった。ホイップクリームとチョコレートを削った粉をかけている。カウンターで待っているふたりのお客さんのぶんだ。

「大きい声を出さないで」

ジャケットをするりと脱ぐと、マテオの視線がわたしのカシミア混のセーターにとまった。ダフィーズで見つけた秋のセーターの掘り出し物だ(ディスカウントショップのダフィーズ五番街店はほんと、宝の山。デザイナーブランドの服の残り物がアウトレットの価格で手に入る。はるばるニュージャージーのアウトレットまで足を延ばす必要がない)。やわらかなパイン色はわたしのグリーンの瞳をきれいに見せてくれる。小柄なわたしの身体にほどよくフィットして、胸のラインもきれいに出る。

「ぼくはきみにきいているんだ。やつの目的は?」

「コーヒー。とりあえずはね」わたしは両手を腰に当てて、マテオがこちらの要求に従うのを待った。なにしろ、いまはマテオがバリスタをつとめているのだ。

「なにバカなことといってるんだ」

「それ以外にブレンドに来る目的がある?」

「やつはいったいなにが目当てなんだ?」

「マテオ、あなたって人は。十五分もここで待っていたっていうじゃないの。その間、ハウスブレンドの一杯もサービスしないなんて、信じられない」

「そんな必要がどこにある? あいつらみたいな警官は紙コップに茶色い液体さえ入っていりゃなんだっていい。粘性が高いとか低いなんてことがわかるやつなんて、半分もいやしない。一ドル以下であれば満足なんだ」

「よくもそんなひどいことを。わたしたちの力になってくれるという人に対して」

「わたしたちの、なのか？　きみのじゃないのか」

「はいはい、そんなにカッカしないで。いいから、ラテをふたつつくってちょうだい」

「いやだね」

「ねえ、シングルサイズでいいから」

「自分の才能をすりへらしたくないからね。カフェインさえ入ってりゃいい、なんていう俗物のために。きみにもそう忠告するよ」

　愛想を尽かした、という調子でため息をついてマテオを脇に押しのけると、自分で電動グラインダーのスイッチを入れた。エスプレッソマシンのバスケットの柄を持ち、しめった粉を捨て、すすぎ、挽きたてのコーヒー豆を固く詰めた。

「職場の机の引き出しにカフェインレス・コーヒーのボトルを置いているかもしれないぞ、あいつ」まだぶつくさいっている。

「よけいなこといわなくていいの」抽出を始める。

「あ、もしかしたら」マテオがわたしの耳に口をよせてささやいた。「インスタントコーヒーかも」

「いいかげんにして！」押し殺した声でいった。

「はいはい、そんなにカッカしないで」

抽出のプロセスが終わり、ふたつの注ぎ口に当てたふたつのショットグラスに予想通りじわじわと液体が出てきた（おぼえているだろうか、温かいハチミツのようににじみ出てくるのが望ましい。そうでなければ単なるコーヒーでしかない——エスプレッソとはいえない！）。グラスの中身をそれぞれカップに注ぐ。

ダイニングルームでラテを飲むつもりだったので紙コップはやめて、クリーム色の背の高い陶器のカップを使う。カップは奥の壁ぎわの棚に行儀よく重ねて並べてある。つぎはスチームミルクだ。これを白い津波のように黒い液体に勢いよく入れた。

底にコルクを貼ったトレーにラテをのせ、働き者のバーメイドのように、高くかかげてさきほどの隅のテーブルまでさっそうとした足取りで運んだ。マテオに見せつけるように、わざとヒップをおおげさに揺らした。きっと頭から湯気を立てて怒っているだろう。いい気味だ。

トレーを高くかかげ、大理石の小さなテーブルをかわしながら、障害物競走のように店のなかを器用に歩いた。ちかづいてゆくわたしの姿を、むこうの隅からクィン警部補が見ている。その視線に気づいた。

ジーンズで覆われたヒップが揺れるのを見ている。いかつい顔は無表情、濃いブルーの瞳はただひたすらクールで深い。その瞳がわたしのヒップを見つめ、そこから上へと移動し、高くあげた腕、ぎゅっとまくりあげたパイン色のセーターの袖を順々に見つめる。

　ここまで男性に注視されれば、女性なら多少とも舞いあがってしまうはず。わたしだってきっとそうなるだろうと思った。でも、そうはならなかった。クィン警部補の無表情な視線にさらされているうちに、決まり悪くなってしまった。距離が残り半分ほどあるあたりで、歩みがのろくなった。

〝わたしったらどうしてこんな思わせぶりなことをしているんだろう。これじゃわざと気を引こうとしているみたい。ほんとうに、ほんとうにバカみたい〟

　バイエルン地方のビアガーデンのウェイトレスみたいな調子で片手で丸いトレーをかかげるのはやめて、両手で持った。そしてパイン色のセーターに覆われた胸を隠すように、わざと胸の位置でトレーを支えた。

　今朝セーターを選んだときには、クィン警部補に会えるかもしれないという期待があったのは確かだ。けれどじっさいに見つめられると（あるいはセーターのなかの、わたしを見つめていたのか）、もはや自分の手には負えない、という気分。たとえていうと、朝、飼い猫をかまってやったら、午後にはなぜかトラにエサをやる羽目に陥った、という感じ。

　欲望なんてものは、しょせん自分のコントロールが及ばないもの。それなのに、なぜまたそんなものをどうこうしようという気になったのか？（夢想にとどめておけばよかったのに）。しかも相手は既婚者だというのに！

自分に活を入れながらテーブルのところまで歩いていき、サンゴ色の大理石のテーブルにラテを置いた。クィン警部補はあいかわらずひとことも口をきかない。ただじっと見つめているだけ。

「あなたにポーカーの勝負を挑むのだけはやめておくわ」場をなごませるためのセリフ。

「どういう意味？」クィン警部補の視線はまだこちらをむいている。

「べつに」

女子高生気分を追っ払って本題に入ることにした。まずは過去二十四時間の自分の行動について話すことにした。ルームメイトのエスター、ダンス講師のカサンドラ、そして忘れてはならないあの義理の母親ダーラと交わした会話を詳細に報告した。

わたしが話しているあいだも、クィンの表情は変わらない。部屋のむこうから歩いてきたときと同じぶしつけなまなざしをこちらにむけている。

話し終えると、彼が口をひらいた。

「つまり……事件のことをずっと調べていたわけか」

わたしはうなずいた。

クィン警部補がラテをすすった。ゆっくりゆっくりと。そして後ろにもたれた。彼の表情にしだいに変化があらわれた。〝あきれた〟でもなければ〝感心した〟でもない、その中間あたり。けれど、無言。

よくやった、などという褒め言葉はいっさいなし。ラテを褒める言葉すらない。

がっかりだ。

「でね」失望の色は見せないようにして続けた。「これだけのことがわかったわけだけど。どう思います？」

「わたしがどう思うかって？　聞きこみをしたのはきみだろう。きみはどう考える？」

「わたしはこの方面の専門家ではないから」

「彼女たちと話したときの〝話しぶり〟をおぼえているだろう。ボディランゲージとか声の調子とか。どんな印象を受けた？」

「どんな印象……」わたしはラテをひと口飲み、考えてみた。「じつはね、頭にこびりついて離れないイメージがあるというか、イメージというよりも映像なんだけど」

「それは？」

「ほんとうに知りたい？」

「話したいならどうぞ」

「ずいぶんいばっているのね」

「いいから、続けて。クレア――ごめん、ミズ・コージー――」

「かまいません。クレアでいいです。そういえば、あなたのファーストネームは?」

クィン警部補は居心地悪そうに身体をもぞもぞ動かした。

「マイク。マイケル・ライアン・フランシス。堅信名まで知りたいというなら」

「ではせっかくなのでマイク。マイケル・ライアン・フランシス、頭に浮かんでくる映像について話すわね。カサンドラが艶やかな青い鳥のように窓から羽ばたくイメージ。そして、人生で求めるのは『果てしなく続く音楽とどこまでも続く平らで滑らかな舞台』と話すところ。それからダーラの手のイメージが浮かんでくる。お金をかけたとわかるマニキュアをほどこした手で、クシャクシャのお札をつかむところ。彼女はこういうの。『あたしの義理の娘……に対して、なんらかの金銭が支払われるべきなの。支払われたかどうか、あたしが見届けますからね』」

「ふたつのイメージが浮かんでくる?」

「頭のなかで両方のイメージが絡み合っているの。ふたつのイメージがいっしょになってぐるぐるまわっているわ。ダンスホールで踊っているみたいにね……」わたしは肩をすくめた。「変なことをいう、って思うでしょう?」

いますぐベルビュー・ホスピタル・センターの精神科病棟に行こう、といわれるのを覚悟したが、意外にもクィン警部補はそうはいわなかった。その代わりに、数年前に読んだ記事を思い出したといい出した。この宇宙の不思議についての記事だったという。

「は？」思わずきき返した。「この宇宙の不思議？」

治療が必要なのは、わたしのほうではないのかも。

「いいからきいて。理屈にぴったりあてはまる。その記事では天体物理学者が、真っ暗な空間でブラックホールを見る状況について語っていた。『黒いタキシードを着た少年を想像してみる。この少年がブラックホールだ。それから、この少年が白いドレスを着た少女といっしょにくるくる踊っているところを想像する。この少女はちかくの星の光を意味する。少女と少年が暗い部屋にいるところを想像してみよう。この部屋は果てしなくひろがる暗い宇宙にあたる。黒い服を着た少年が真っ暗な部屋で踊っているとしたら、どうやってその姿を見つけられるのか？』」

クィン警部補がそこで言葉を区切り、わたしの反応を待っている。

「白い服を着た少女をさがす」わたしはこたえた。「光は闇の存在をあぶり出すから」

彼がうなずいた。

「闇は隠れることができない。いつか、かならずあぶり出される。たとえ果てしない宇宙空間のなかにあっても」

20

「つまり、こういうことなのかしら？」クィン警部補にたずねた。「わたしが見たイメージのなかでカサンドラは光、つまりいい母親。彼女の存在によって悪い母親であるダーラの存在が暴き出される。つねにアナベルを押さえつけ、もしかしたら突き落としたかもしれない犯人、として」

「問題は動機だ。そして機会があったかどうか」

「動機は、たぶんお金。あの一件を事故と思わせてビレッジブレンドを訴えて、お金を取るつもりだったのかもしれない。もしかしたら、アナベルがニューヨークに来るために借金した五千ドルをめぐって衝突があったのかもしれない。ダーラは返済を迫っていたとエスターがいっていたから。アナベルにそれだけのお金がなかったとしたら、あのダーラのことだから、義理の娘にヌードダンサーにもどって金を稼げと迫ったとしてもおかしくない。ダーラは年を取りすぎて自分ではできない――だから手っ取り早く貸したお金を取り返すには、アナベルを説き伏せてもう一度あの世界に復帰させるしかな

い。アナベルはそれを拒絶した。ダーラはここに押しかけて来ていい争いを続け、アナベルを追いつめた。あげくの果て、アナベルを階段から転落させた」

「動機としてはじゅうぶんだ。機会のほうはどうだ？　アナベルが落ちた晩のダーラのアリバイはわかるか？」

「いいえ。でもつきとめるためにがんばってみるわ」

「それがいいな。だが、ほかの可能性も視野に入れておこう。どれほど魅力的であっても添い遂げる相手とは限らないからな。手痛い経験をしたわたしがいうんだからまちがいない。仕事とはちがうところでもね――」

やるせないようなため息とともにそんな告白をされたものだから、びっくりした。その言葉の意味するところ（彼の結婚生活の不調）をもっとくわしくきいてみたかったが、その後はもっぱら捜査の話になった。けっきょくのところ、クレジットカードの請求書や家事の分担について世の夫たちが洩らす愚痴みたいなものなのだろう――ため息をひとつついたくらいで結婚生活の破綻に結びつけるのは、とんでもない早とちりというものだ。

「だいじなのは事実だ」彼が話を続けた。「事実と証拠だ。この店の戸締まりは万全だった。ここを立ち去った人物はカギを持っていた、ということになる。従業員の名前と住所のリスト、用意してもらえたかな？」

わたしはジーンズのポケットから折りたたんだ紙を取り出した。

クィン警部補がリストの名前に目を走らせた。

「フルタイムで働いてもらっているのはアナベルのほかにはタッカーだけです。あとのスタッフはみんなパートタイムの勤務で本業は学生。全員と話をしました。エスターとはじかに。ほかの人とはゆうべ電話で。勤務スケジュールを調整する必要があったので。正直いって、怪しいと思える人はいません。どう考えてもアナベルを傷つける動機を持っている人がいるとは思えない」

クィン警部補はうなずいた。「ともかく、ここにある名前を照合してみよう。ダーラもだ。これといった注意事項や前科がないかどうか、調べてみる」

「そうね。ただ、ダーラについてはいますぐなにか手立てがないのかしら」

「手立て？　たとえばどんな？」

「少なくとも、アナベルにちかづけないとか。もしも傷つけたのが彼女だとしたら、もう一度やろうとしても不思議はないでしょ」

クィンはしばらく黙っていた。「アナベルはＩＣＵにいる。二十四時間、監視されている。あそこなら誰も彼女に危害をくわえることはできない」

「それってつまり、ダーラに好き放題にさせておくということ？　所轄に引っ張っていって取り調べるとか、できないの？」

「クレア」鋭い語調だった。それからひと呼吸おいて、こんどは学校にあがる前の子に算数を教えるような口調になった。「クレア、きみはなにひとつ証拠をつかんでいない。彼女が犯罪行為を犯したと立証できるものはないんだ。たとえ犯罪がおこなわれたとしてもね。だからきみの提案に対する返事は〝ノー〟だな」

なによ、子ども扱いして。失礼しちゃう！

「じゃあ、どうするつもりなの？　せめてアナベルのボーイフレンドくらいには尋問しているんでしょうね。わたしはまだ彼には連絡を取っていないけれど」

クィン警部補は渋面をつくり、身体の位置を変えた。「はっきりいっておく。この件に関してわたしは、つまり警察としての〝公式〟の立場では、ひじょうに権限が限られている。鑑識班の調査では、アナベルの転落がなんらかの犯罪行為の結果であると裏づける証拠は見つかっていない。上司にもその報告があがっている」

「ええ、そうね。それにレイプキットによる検査でも診察でも彼女が強姦されたという証拠は発見できなかった」

警部補のブルーの瞳がぐぐっと大きくなった。ここに腰掛けて以来、初めて彼の感情があからさまになった瞬間だった（驚き、続いて困惑の表情）。

「いったいどうして、きみがそんなことを？」

「わたしにはわたしの情報源がありますから」マイク・クィンの表情が険しくなった。

「それに、アナベルが妊娠していることも知っているわ。それが彼女の置かれた状況をいっそう苛酷なものにしているということもね」

「そんなことまで、どこからきき出した？」

「いったでしょう。情報源があるって——」

「誰なんだ、クレア？」

クィン警部補は頬を紅潮させている。

わたしは首を左右にふった。「いえない」

クィン警部補は大きく息を吸い、吐き出した。「わかった。いいだろう。どちらにしても、犯罪がおこなわれたという証拠はないんだ。わたしの上司はこの件については終わりにしたがっている。ただ、アナベルが意識を取りもどして暴行されたことを証言する可能性も残っているから、わたしが単独でこの件の調査を続行することが認められている。といっても、かけもちだが。もういっぽうは銃撃事件だ。疑いの余地のない殺人事件だ」

「つまりこういうこと？　あなたはこの件の調査に協力してくれるけれど、あくまで本業の片手間でしかない。なぜ？　なにが気にさわったの？　ご馳走したコーヒーのせい？」

クィン警部補がぽかんとした表情でわたしを見つめたかと思うと、視線をそらして肩をすくめた。「あなたがいれてくれたコーヒーはおいしかった」

「ほんとうに？　きのう、この店のハウスブレンドを初めて飲んでも、なにもいわなかったから」

「べらべらしゃべったりしないんだ。べつに、いつもそうというわけじゃないが。ともかくコーヒーについては、あれこれいわない。でも、この際だからいうが、あのコーヒーはこれまで飲んだなかで最高の一杯だった……こう見えても、じつはすごくコーヒーを飲むほうなんだ」

わたしは微笑んだ。「ありがとう。ラテはいかがだった？」背の高いクリーム色のカップを指さしてたずねてみた。「飲むのは初めて、でしょう？」

クィン警部補が視線を落としてカップのなかをのぞきこんだ。

「こんなちゃらちゃらした飲み物なんて、柄じゃないと思っていた。この手のものは、なんていうか、ほら、まるで」

「ゲイの飲み物？」

クィン警部補が、あははと笑った。「それじゃ、好物にするわけにはいかないな」

「大丈夫よ。ゲイの飲み物ではなくて……ええと、なんていったかしら……そう、〝コンチネンタル〟の飲み物、ね。ほら、ダシール・ハメットの『探偵コンチネンタル・オプ』という小説があるでしょう」

クィン警部補がまた笑った。と思ったら、真面目な顔になった。

「きみが情報を漏洩するのに協力しているなどとボスに疑われたら、わたしはこの件から外される。いいね」

「わかった」

「きみの情報源が誰かは知らないが、わたしはあくまでも表面下での協力しかできないから、そのつもりで」

「ええ」

警部補は手に持った紙に視線を落とし、スタッフのリストの下に駐車違反のチケットがあるのに気づいた。

「なんだ、これは」すばやく文面を読む。「駐車違反のチケット――」

さきほど、リストといっしょに駐車違反のチケットもポケットから出してわたしてしまったらしい。

「あら、ごめんなさい。あなたにわたすつもりはなかったのに。それはわたしが」

「百五ドルだと？　消火栓の使用を妨害。なにごと？」

「たいしたことじゃありません」決まりが悪かった。「だからその、消火栓にそんなにちかいとは思わなくて。車を停める場所がほかに見つからなかったの。でもちょっとのあいだのつもりだったから。すぐに移動させるつもりだったのよ。そうしたらアナベルが倒れているのを見つけて。その後のどさくさにまぎれて、何時間も駐車してしまったの」

当然、差し出した手にチケットをわたしてくれるものと思った。ついでに交通安全や防災について、警察官じきじきのお説教をきかされるのだと予想していた。ところが、そのチケットをシミのついたトレンチコートのポケットに押しこむではないか。そしてひとこと、こういったのだ。「任せて」

「え？　だめよ、そんなの！」それではわたしの立場がない。それでなくても、この人は空いた時間を使ってわたしに協力するという危険を冒そうとしているのだ。わたしのために交通課に出頭して精算してもらうわけにはいかない。「大丈夫だから。ほんとうよ。あなたを巻きこむつもりは――」

「いいから。きみは警察の捜査に協力していたんだから。わたしが説明すればこれは無効になるはずだ。任せてくれ」

じつのところ、百五ドルを送金するのも、午前中いっぱい休みを取って交通裁判所に出向くのも、考えるだけで憂鬱だった。

「ほんとうに、いいのかしら？　面倒ではないの？」

「まあ少しはね。でも大丈夫だ。たいした手間じゃない」

「助かります、警部補。キスしちゃおうかしら！」うっかり口走ってしまった。

ほんの一瞬、目が合った。すぐに彼は視線をそらした。それはまるで、自分はキスされることを望んではいけない立場なのだと、はたと気づいてしまったみたいなそぶり。いや、それどころか、ほんとうはキスを望んでいるとばれてしまった。

〝あらら。これはただごとじゃないわ。稲妻なのか花火なのか核爆弾の爆発なのか、その威力はわからないけれど、確実になにかが起きている〟

こんどは彼がぎこちなさと闘う番だった。いきなり立ちあがり、カップのラテを飲み干した。「さて、行くか」

「テイクアウトはいかが？」

彼は空っぽのカップを見て、うなずいた。「ああ、いただこう」

わたしはテーブルを片づけ、トレーを持ちあげ、コーヒーカウンターにもどっていった。なんともいえず、ほっとした心持ちで。そしてさきほどよりも自信をつけて。

彼に惹かれていると感じたのは、決して女子高生レベルの妄想ではなかった。それがはっきりした以上、毅然とした態度を取ろう。これはまさにプライドの問題。わたしたちは映画の世界に生きているわけではないのだ。おたがいに魅力を感じたからといって、どうなるものでもない。とりわけ、人生のこの段階では。

相手に気のあるそぶりは見せても、男も女もすぐに行動に移したりはしない。ベッドをともにしたり、結婚したり、子どもをつくったり、離婚したり、再婚したり、などなど。それは家族むけの二時間ドラマのなかのお話。

現実の人生では、男と女はぐずぐずしながら、おたがいに気のあるところをかいまみせたりする。相手に好感を抱き、惹かれ合うことはあっても、それ以上は進まない。つまらないといえば、つまらない。でもこうした関係が行き着く先は、たいていそんなところだ。

そう、わたしとクィン警部補のあいだには確かに通い合うものがあった、おたがいに好意を抱いている。だからといって、ふたりがどうなるわけでもない。それはよくわかっていた。ただ相手もまた、初めてデートしたハイスクールの生徒みたいに決まり悪さを感じたりクラクラしたり、といった思いと闘っていると知るだけでハッピー。

警部補のためのグランデサイズのラテがもうすぐ完成、というタイミングで正面のドアがあいて人が入って来た。シルバーグレイの髪、バラ色の頬、いつものシャネルのパンツスーツ。色は黒。まだ喪に服している。

「ボンジュール！」

「マダム！」わたしは叫んだ。「まあ、とっても——」危うく〝元気そう〟といいそうになったが、こらえた。マダムのガンのことは知らないふりで通すつもりだ。「——幸せそう」

「ええ、ええ。そうですとも！　とってもすばらしいニュースがあるのよ。今夜わたしが主催するチャリティオークションがあるのだけど、お友だちがふたりキャンセルしたの。チケットを購入した後でね。一人ぶん千ドル。寄付のつもりで出してくれているのよ。マテオが帰って来たことだし、そのふたりぶんのチケット、あなたたちに差しあげるわ……あの子はどこなのかしら、クレア？」

「お袋さんがぼくを頼ってなにか相談事かな？」マテオだった。ローストしたてのコーヒーの袋を持ってスタッフ用の階段をのぼって来た。ハウスブレンド用のコーヒーだ。

「あなたが相談にのるべき相手はクレアですよ。風来坊さん」重い袋をひきずってコーヒーカウンターのむこうに入っていく息子にマダムが声をかけた。「ここに来て、母親にちゃんと挨拶するのがあなたの役目」

マテオはカウンターの角をするりとまわって出た。母親は両方の腕を差し出し、お決まりの握手とコンチネンタル式の礼儀正しいキス——両方の頬へのキス——を期待している。ところがマテオは力強い両腕をひろげ、古き良きアメリカの習慣にならって、一分の隙もなく装った華奢な母親をぎゅぎゅぎゅっと力強く抱きしめた。

フェンディのヒールが床から浮きあがり、マダムは驚きのあまり薄いブルーの目をまんまるにした。すぐにその顔は思いがけないよろこびにほころんだ。ピエールが亡くなってから、マダムのこんな表情を見るのは初めてだ。

「いったいなにごと？　あ、わかった！　借金を申しこむつもりなんでしょう？」

うために」

「借金？　ああ、そうしよう。百万と五ドル借りようかな。念願の自家用ジェットを買

「とんでもない」マダムがこたえた。「でも、その代わりわたしが貯めたマイレージを譲りましょう。エコノミー席の半分は独り占めできると思うわよ」

「断わるね。自分専用のエアバスじゃなくっちゃ」

マテオは母親を解放し、すぐにまたぎゅっと抱きしめた。その光景を見ているだけで、わたしは熱いものが込みあげてくるのを感じた。

「エスプレッソ、いかがですか？」わたしはマダムに声をかけた。

「お願いするわ——」思いがけないよろこびに驚いていたマダムだが、しだいにその表情が困惑に変わりつつあった。「マテオ、もうじゅうぶんよ！」いつにない息子からの手放しの愛情表現に、かなりとまどっている。「いったい、どうしたの？」

マテオがマダムを放した。そしてぱっとむきを変えると、カウンターのむこうにもどっていった。「大事な母親に会ってよろこばない男がいるかい？」

「そうねえ。でも、それがあなたとなると、ねえ」マダムは眉をひそめてわたしの目をのぞきこんだ。いったい、なにごと？　とたずねるように。

わたしはさっと目をそらし、クィン警部補のラテを完成させると、紙コップにプラスチック製の蓋をして彼にわたした。

「いくら?」穏やかな口調だ。

「まさか、払うつもり?」わたしも穏やかな口調になる。「あなたのおかげでわたしは百五ドルを払わずにすむし、交通裁判所に行く煩わしさからも解放されるのよ。コーヒー代なんて、受け取れません」

ありがとう、というふうに彼はうなずき、カップを手に取った。「熱っ」

「あ、ごめんなさい。ほら、これを」セルフサービスのコーナーに積んである紙コップ用のカバーをさっと取った。ここではやけど防止用のカバーをお客さんが自分でつけるシステムになっている。カウンター内の作業時間を少しでも短縮するためだ。常連客はよく承知しているのだが。

「ありがとう」クィン警部補は足を止めて、受け取ったカバーをしげしげと見ている。幅五センチほどのたたまれた厚紙を。「は? いったいこれは?」

「どうしたの?」

「どうしたもこうしたも」警部補は手のなかでそれをひっくり返して、途方に暮れたような様子で見つめている。あやうく吹き出すところだった。〝この人には手取り足取り教えてあげなくてはいけないようね〟

「よく見ていて。まず厚紙をひらく、それからカップのお尻の部分をはめこむ。ほら、ぴったり穴に収まるでしょ。ジャストフィットのサイズだから——」

クィン警部補が決まり悪そうなそぶりを見せる。なんだか恥ずかしそう。

「なにか?」わたしはたずねてみた。

警部補は首を左右にふるばかり。

「なんでもない。だからその、ありがとう。でも、もう行かなくては」

肩越しにふり返ってみると、マテオが腕組みをしたまま薄ら笑いを浮かべている。

「なに!?」つっけんどんな態度になってしまった。

マテオは両眉を寄せ、左右の手のひらを天井にむけてぱっとひらいた。

クィン警部補はマダムとすれちがいざまに礼儀正しく会釈し、そのまま正面のドアへとむかった。

「ふたりとも、八時までに来てちょうだいね」マダムはカウンターにもたれながら、念を押した。「オークションが始まるのは九時だけど、すばらしい音楽と食事を用意していますからね」

「マテオは行きますけど、わたしは行けません」

「あら、なぜ来られないの?」

〝なぜって、いまのわたしが一番避けたいのは、元夫との「デート」を無理強いされることだからです。せっかくのご厚意ですけど!〟

「今日は金曜ですから。店は満員になります。抜けるわけにはいきません」

「なにバカなことを」マダムはしわの寄った手をひらひらさせた。「たった二時間や三時間でしょう。それに信頼の置けるアシスタント・マネジャーだっているじゃないの。確か、あなたからはそうきいてますよ。いい子がいるんでしょう。その子に任せてしまいなさい。名前は、なんといったかしらね。アナベル――」

思わず息を飲み、ぱっと入り口のドアに目を走らせた。警部補はもう出ていった？　まずい！　まだ行ってはいなかった。ドアのところで足を止めていた。マダムの声がきこえたのだ。眉をあげて、いまにもなにかをいいそう。わたしは顔をしかめて彼に合図を送った。無言のまますささっと頭を左右にふる。〝なにもいわないで！〟

「わたしはいまビレッジブレンドの責任を負っているんです」できるだけ落ち着いた声でわたしはマダムにいった。「今夜はマテオが出席しますから」

クィン警部補が身ぶりでこっちに来いと呼んでいる。「ちょっとすみません、マダム」そしてマテオのほうをふりむいた。「お母さまにエスプレッソを差しあげたらいかが？」

「やつ、今度はなんの用だ？」前を通り過ぎるわたしにマテオがささやいた。

「わからない」

「どうせまた、ぴったり穴に収めるのを手伝ってくれっていうんだろうよ」吐き出すようにつぶやいた。

できる限りのこわい顔で睨みつけてやった。

ドアのところで上から見おろすクィン警部補との身長差をカバーしようとすると、どうしてもちかづきすぎてしまう。

「いい忘れたことがある。まったくしょうがないな。これがここに来た目的だったのに」やさしい声だ。

「なにかしら?」

警部補の手がわたしの手を取った。息が止まりそうになる。心臓が早鐘のように打っている。これでは心臓発作寸前に見られてしまいそうだ。けれどクィン警部補の反応は、まったく予想外だった。

「ほら」

手のひらに小さなものが置かれるのを感じた。

「カフェインだ」

視線を下にむけた。手のなかに、マテオのガラス瓶がある。白い粉が入った例のガラス瓶。ラングレーがコカインと思いこんだ粉。クィン警部補はどちらの可能性もあると考えた、あの粉だ。

「やはりそうだった」警部補が顎でマテオのほうを差し示した。「彼はうそをついていない」

わたしはうなずいた。「ありがとう」

「いや」クィン警部補がドアのほうをむいた。「あ、それから、コーヒーをありがとう」

「どういたしまして」

彼が店を出て、車をよけながらハドソン通りをわたるのを見送った。トレンチコート姿の長身の彼を。

ガラス瓶を持ちあげてみた。不思議だった。どうして彼はこのことをいい忘れそうになったのだろう。ここにやって来た目的なのに。もしかして、いい、い、いいたくなかったから？

「ウォルドルフ・ホテルですからね！」マダムの声だった。

クィン警部補のことで頭がいっぱいだった。彼はわたしにいいたくなかったのだ。でも、けっきょく口にした。

「え、なんですか？」カウンターにもどりながらきき返した。

「あなたも来なくてはだめよ、といったのよ。クレア。今夜のオークション。会場はウォルドルフ」

マテオがこちらを見ている。口だけを動かしてなにかいっている。「アナベルの母親はウォルドルフに泊まっているんだろ」彼がにやっとしたので、わたしはうなずいて見せた。頭のなかではまだクィン警部補のことを考えていた。思わず顔がほころんだのは、マテオの笑顔にこたえたからではない。

「わかりました。じゃあ、行きます」マダムに返事をした。

ブラックルシアン

ウォッカとコーヒー・リキュール（カルーアなど）でつくるカクテル。氷を入れたグラスでいただく。生クリームを加えればホワイトルシアンに。

スクリーミング・オーガズム

またの名をバーント・トーステッド・アーモンド

カルーア（コーヒー・リキュール！）15cc、アマレット15cc)、ウォッカ15ccでつくるカクテル。よく冷やしたヘビークリームをカップ1杯加え、チップド・アイスとともにシェーカーでシェークする。背の高いフロストグラスで召し上がれ。

（＊クリームの代わりにバニラ／モカ／コーヒーアイスクリームを使えば、さらにぜいたくなデザートドリンクに。この場合、氷は加えずブレンダーを使って混ぜること）

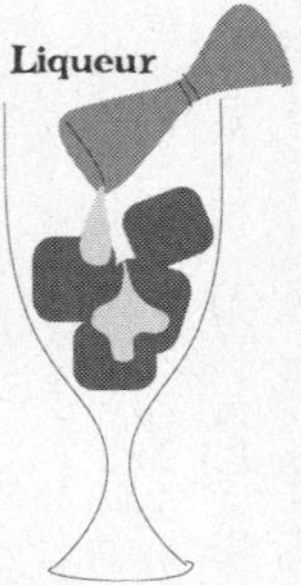

21

「むにゃむにゃ、**すばらしいじゃございませんこと**、むにゃむにゃ、**でも**……」

〝お約束通りだわ〟わたしの顔にはひきつった笑顔が張りついている。〝褒め言葉には、もれなく「**でも**」がついてくるからご用心〟

頬のこけたベラ・ワンギッドは、フォーチュン100社に入るトップ企業の高級幹部の再婚相手。彼女は「**でも**」の後、間を置いてにっこり微笑んだ。歯列矯正器の小さな宝石がピカリとわたしにむかってきらめく。周囲はにぎやかなおしゃべりの声とグラスがチリンと鳴る音に包まれている。

ここはウォルドルフ・ホテルの四階のグランドボールルーム。公式晩餐会、華々しい結婚パーティー、歴史的な記者会見が数々おこなわれてきた場所だ。

見あげれば、光り輝くシャンデリアが天井から下がり、金色の飾りのある二階席がぐるりと取り囲んでいる。下に目をむければ、明るく輝く板張りのダンスフロアを囲むように、ワインレッドの極上のカーペットが敷かれている。そして周囲を見わたせば、十人掛けのテーブルが百脚あり、白いローシルク、カラーの花、火のともった細いキャンドルでそれぞれ飾られていた。

バーテンダーにオーダーしたブラックルシアンがもうすぐ完成、というときにこの女性につかまってしまった。過剰に着飾りアルコールに目のない上流階級風の人々のなかで、マダムの友人が最近のわたしの仕事を褒めたのを耳にしたらしい。《タイムズ・マガジン》にアメリカのコーヒー消費について記事を書いたわたしは、話しかける相手として〝お眼鏡にかなった〟ようだ。

でも、こちらとしてはあまり話したくはない。かといってちょっと失礼といって場を外すつもりもない（なにせ、いまからマテオといっしょにやろうと企んでいることを思うと、なにがなんでもブラックルシアンを確保したかった！）。そんなわけで、ここはマダム直伝の「むにゃむにゃゲーム」をしてしのぐことにした。

むにゃむにゃゲームとは、新婚早々の二十ウン歳のころにマダムから教わったパーティーでの処世術。なかなか便利なテクニックだ。当時、大がかりな社交の場に初めて出ることになったわたしは、ガチガチに緊張していた。

「〝ホット〟な言葉をきくのよ」マダムがいった。

「どういう意味ですか、〝ホット〟な言葉って」思わず、ワインスプリッツァーの入ったカクテルグラスの脚が折れそうなほどふりまわしてしまったものだ（あのころ、カクテルといってもワインスプリッツァーとアスティスプマンテ系のものしか知らなかった)。

「ホットな言葉というのはね、すぐに理解できる言葉のこと。パーティー会場は意味のないおしゃべりと不協和音だらけの音楽があふれていますからね。そのなかでほんとうに意味をともなった言葉」

「わかりました!」勉強熱心なカレッジの二年生みたいな声だった。「修辞学の教授からきいたことがあります! マーシャル・マクルーハンですね? ホットワードとコールドワードですよね。メディアとはメッセージで——」

「学問的な分析について話しているわけではないのよ」マダムは打ち消すように手をひらひらさせた。「社交について話をしているの。むにゃむにゃという耳障りな声が耳に入ったら、いちいちきき返したりしないこと。むにゃむにゃというのはパセリと同じ。意味なんてありません。ドレッシングみたいに実体のないものは無視して、耳を傾けるべきは肉よ。熱々の言葉、つまり、たやすくきき取れる言葉をきいていればいいわ。それだけに反応すればいいの。それから、やたらに感じよくしないこと。ああいう人たちは生まれつき意地が悪いですからね。気骨のあるところを見せつけてやりなさい」

あれから二十年ほど経ったわけだが、わたしはいまでもあのときのマダムの教えを実践している。

「むにゃむにゃ、**ひと味ちがうものを、**むにゃ」―本日デビューの三十一歳が話している。未使用のアイビーリーグの学位とブルガリのまばゆいイヤリングで武装している彼女。そのイヤリングだけで、ジョイの料理学校の学費全部がまかなえるだろう……。

「**いわゆる、**むにゃむにゃ、**わたしの母の、**むにゃむにゃ。**それはもう見事な、**むにゃ。**印象的だったわ。いえ、これがそうではないというわけではなくて**」

「そうね、**なにしろこれはチャリティオークション**ですもの。だから大切なのは、**寛容でいるのを忘れずにいる**ということね」

「**ああ、それでね、**むにゃむにゃ。**わたしの夫の会社が、**むにゃむにゃ、**フォーチュン100社と彼の**むにゃが**寛容ときたらないのよ、**むにゃ！」

「**すてき！**」わたしは感嘆して見せた。「だってほら、ここには**《ニューヨークタイムズ》**が来ているのよ」

「まあ、ほんとう？」言葉とはうらはらに、彼女はあくまでも無関心を装っている。ジャヴァが血のしたたりそうなプライムリブの塊を前にして見せるそっけなさと同じ。

「そうだったの」

〝ええ、まちがいないわ。日曜版の《アート・アンド・レジャー》がまるごと、厚着してロビーに置かれていたはず〟

「クレア！」

マダムの呼ぶ声だ。助かった。「ちょっと失礼――」

そのまま立ち去ろうとしたら、女がフレンチネイルの指をわたしの腕に食いこませてきた。

「彼ら、カメラマンもいっしょなのかしら？　《ニューヨークタイムズ》の」

〝変だ。むにゃむにゃがない。一音一音が完璧に発音されている〟

わたしは目をまるくしてみせて、さあどうかしら、というしぐさで肩をすくめた。フレンチネイルの指先から腕を外しブラックルシアンをしっかり持って、わたしはマダムのところへと一直線にむかった。

ブラックルシアンを手に歩きながら、マダムの姿に惚れ惚れした。今夜はまた一段と堂々として見える。いつもと変わらず気力も充実しているようだ。こんな体調であるにもかかわらず、床まで裾のあるオスカー・デ・ラ・レンタのドレスに身を包んでいる。首と袖の部分になんとも美しいレース細工をあしらったドレスだ。喪に服す意味で色は黒。でも今夜は大部分の女性が黒を身につけている。このわたしも。

こういう場に出席するのは、もちろんひさしぶり。昔のカクテルドレスに無理矢理身体を押しこんでみた――ドレスそのものが、はや相当見苦しかったのだけれど。

マダムは戸口でそんなわたしの姿をひと目見て、ぱちんと指を鳴らした。

気がついたときには、マダム付きのメイドの手を借りながらヴァレンチノのドレスを身につけていた。薄いシルク製のオフショルダーのドレスだ。メイドはわたしの髪をクルクルとねじってきっちりとしたシニョンに結い、あらわになった首にはアンティークの繊細なネックレスをつけてくれた。エメラルド、ダイヤ、ルビーが並ぶさまは、まるでちいさなバラのつぼみが並んでいるようだ。

とりあえずこれで、ひとりあたりの参加費千ドルというチャリティの催しにふさわしい〝見てくれ〟にはなれた。マテオとともにこれから実行することを思えば、これは重要なことだ。

こうして五番街のペントハウスでマダムと合流して——マダムは着替えたわたしを見てヴィンテージ・バービーのコレクターみたいな感嘆の声をあげた——マダムの私用車でいっしょに会場まで来てマダムのチェックインの手続きに付き添った。

「夜遅くなりますからね」マダムがわたしたちにいった。「さあ寝ましょうというときに、ダウンタウンを車で走るよりエレベーターに乗って自室に帰るほうがいいわ。それにピーコックアレーのブランチはいつも変わらずおいしいですからね」(ウォルドルフのなかのお上品なレストランのことだ。ここの栗のスープは絶品)

マダムが今夜ここに泊まることにしたのは、マテオとわたしにとってもっけの幸いだった。ウオルドルフ・ホテルのルームキーという味方があれば、この企みは万全だ。少なくともわたしたちはそう期待した。

「クレア、わたしたちのテーブルは五番よ」ちかづいていくと、マダムがいった。百あるテーブルのなかの五番目。悪くはない。でも当然といえば当然だ。この慈善事業を運営する委員十人のうち、マダムは相当高い地位にあるのだから。

「郵便番号はないんですか」会場は千人の出席者でいっぱいだ。これでは道路地図も欲しいくらい。

とてつもなく広い会場の正面のあたりをマダムが指し示した。高くつくられたステージのそばだった。

ステージ上にはオークションに出された品が展示されている。ひとつひとつの品の脇に箱があり、入札者はオファー価格を書いて会が終了するまでに箱に入れる。出品されたものはすべて後援者から寄付されたものだ。アンティーク、骨董品、サービスの目録（たとえば有名シェフによるディナーパーティーのケータリング・サービス、会場に控えている有名歌手が今夜セントラルパークを走る馬車に同乗してセレナーデを歌ってくれる、など）。

あつまった寄付金はセントビンセンツ・ホスピタルの特別プログラムの資金として提供される。こういう慈善活動にマダムが熱心に打ちこむのも無理はない。いまならわかる。だってマダムはあの病院のガン病棟で治療を受けているのだから。

マダムとわたしが五番テーブルにちかづいていくと、なんと、マダムの担当のガン専門医が立ちあがって挨拶をするではないか。

「クレア、紹介するわね。こちらドクター・ゲイリー・マクタビッシュ」

そう、こめかみの横のあたりに白髪が目立つドクター。六十代とおぼしきこの人こそ、あの日、病院の廊下でマダムと話しているところをちらりと見かけた人物だ。あれはエレベーターでアナベルがいるICUにむかうとちゅうだった。

あのときと同じごましお頭、耳の上の白髪が際だっている。顔はすっきり整っていて、がっちりとした体格の持ち主。これも先日見かけたそのまま。ただ、今夜は白衣ではなく、ブラックタイ、赤い格子縞のベスト、黒いディナージャケットといういでたちだ。

「お会いできて光栄です」かすかなスコットランドなまりが、ショーン・コネリー似の風貌によく似合う。「いろいと、うかがっています。すばらしいかただと」

「いろいろ、か」ドクターがわたしの手を取って身をかがめた拍子に、思わず口から出てしまった。

「え……っと、あの、初めまして」

ドクターは如才なくわたしに微笑みかけ、それから温かなブラウンの瞳をマダムのほうにむけた。マダムの顔は輝いている。「魅力的な人だね、ブランシュ」

〝ブランシュ、ですか。う〜む。医師と患者という間柄にしてはかなり親しげなご様子〟

ドクターは隣の椅子をさっと引き、マダムに意味ありげなウィンクをしてみせた。

「よろしければ」

マダムは声に出してクスクス笑った。「うれしいわ、ゲイリー」

〝ゲイリーだって！　ドクター・ゲイリーじゃなくて、ゲイリーですってよ。う〜む〟

つぎにドクターはわたしのために椅子を引いてくれた。けれど視線はマダムに釘づけのまま。

わたしはそわそわと目を泳がせ、マテオの姿をさがした。まだ来ていない。彼は自分にかかわりのある女性を守ることにかけては、大変に熱い男だ。おまけに短気。自分の母親が担当のガン専門医にナンパされそうになっている、などと疑いを抱いたら、ただではすまないだろう。

「やあ、みなさん」マテオの声がしたのは十秒後くらい。わたしとマダムのあいだの椅子にどさっと腰をおろした。「用意はいいか？」マテオがわたしにささやきかけた。

気合いを入れるためにブラックルシアンをひと口飲んだ。

「さて、全員、元気でそろいましたね」マダムが声を張りあげた。「みなさん、息子のマテオです。それから息子の妻のクレア——」

〝元妻、もと・妻ですよ、モ・ト・妻ですってば！〟

いいえ、じっさいに叫んだわけではない。ピアノが奏でる音楽、ざわざわときこえる会話の声、携帯電話の耳障りな着信音がふりそそぐなかで。わたしは平静さを失わないように、なにかほかのものに関心をむけようとした。わが食道にコーヒー味のアルコールをもう一杯流しこむのはどうだろう。それもこれも、マダムのことが大好きだから。

「それからおひとりずつ紹介しましょうね」

テーブルには、わたし、マテオ、マダムをのぞいて七人がいた。例のドクター。そしてドクター・フランケル――アフリカ系アメリカ人のミドルエイジの医師。彼の妻で、企業の顧問弁護士をしているハリエット。セントビンセンツ・ホスピタルの理事長であるミセス・オブライエン。ニューヨーク市保健精神衛生局副局長を務めるマージョリー・グリーンバーグ、そして彼女の夫で精神分析医。最後に――。「エドゥアルド・ルブロー」

「エドゥアルド」マダムがわたしの左隣の男性を差し示した。

はて、きき覚えがあるのはなぜ？　自分にたずねてみた。

「エドゥアルドは亡くなった夫の事業を支えてくれていました」きくより先にマダムがこたえていた。

そうか、思い出した！　エドゥアルドというのは確か、あのいまいましいモファット・フラステを、ブレンドの歴代マネジャーのなかでまちがいなく最低最悪のマネジャーだった男を〝褒めちぎって〟いたとマダムがいっていた人物だ。

「さあこれで全員の紹介がすみました。最初のお料理が来たようだわ。ウォルドルフ・サラダね。さあ、みなさん召し上がれ！」

マヨネーズで覆われたリンゴとセロリが好物、という人にはあまりお目にかかったことがない。これはウォルドルフ・サラダのオリジナルバージョン（現在のレシピでは刻んだクルミが加えられている）。今夜はこの催しのためにわざわざこのノスタルジックなメニューが登場したのだ。なにしろこのサラダがウォルドルフ・ホテルで考案されたのは一八九〇年代。当時このホテルはここではなく、五番街三十四丁目、いまはエンパイア・ステートビルが建っている場所に建っていた。

サラダが全員にいきわたったところで、わたしは左隣の男性のほうをむいた。ミドルエイジであるのは確かだが、年齢の見当がつかない。五十歳？　それとも六十歳？　小柄で、そこはピエールと似ているが、ピエールのようにハンサムではない。髪は黒く、てっぺんのあたりは薄くなっていて、後ろはやや伸びすぎ。手入れをしたほうが良さそうな口ヒゲ。薄いグリーンの瞳は哀愁を帯びていた。しわはないけれど、肌は汚い。うんと幼いころから酒と煙草の過剰摂取を続けてきた人間に特有の肌だ。こういう人は年齢よりもはるかに老けて見える。でも服はこの夜の催しにふさわしくゴージャス。おそらくイタリア製。まちがいなく、すごく高価。

「ルブローさん、ですね」わたしは話しかけた。「ピエール・デュボワ氏とはどんなお仕事を?」

「まあ、いろいろと、やっておりました」

かすかにフランスなまり。苗字はあきらかにフランス系だ。でもファーストネームの〝エドゥアルド〟とは?

「フランスのご出身ですの?」

マテオの手がそっと腕に触れるのを感じたが、無視。この男はなにかうさんくさい。うさんくささの正体をさぐれとわたしの本能が命じていた。

「父親がフランス人なんです。母はポルトガル人です」

「ルブローさんはピエールの貿易関係の事業に力を貸してくださっていたのよ」マダムがわたしたちのほうに身を乗り出した。「フランス、ポルトガル、スペインの事情に通じていらっしゃるから」

「ええ、そうです。ものごとの仕組みっていうのがわかっていますからね。シャンパン、ポルトワイン、香水その他いろいろなものをあっちやこっちからせっかく荷出ししても、アメリカに着くまでになくなってしまったりしますから。だいじなのは、車輪にきちんと〝油を塗っておくこと〟ですよ」

「クレア」マテオがささやきかけた。彼の手がわたしの肘へと移り、揺さぶっている。

「まあ、興味深いお話ですね」ルブローにむかってあいづちを打った。「もっとききたいわ」

「そうですか。でもちっともおもしろい話ではありませんよ。わたしはただピエールの事業の手助けをしただけで」

「でもピエールが亡くなって、会社も打ち切りになってしまって」ずばりとたずねた。「いまはなにをなさっていらっしゃるんですか?」

「まあその」彼は退屈そうなそぶりで視線をそらす。「いろいろと、ちょこちょこやってます」

「クレア!」

テーブルの全員がびくっとしてこちらをむいた。相席の面々の視線が、いまやすべてわたしたちに注がれていた。

〝うまくやってよ、マテオ。事を荒立てずにね〟

「ちょっと失礼します。みなさん」マテオは柔和な笑顔をつくった。「ええと、その、携帯端末を母の部屋に置き忘れたもので、なにしろ大事なものなので、取って来ます。クレア、ぼくがどこに置いたか、おぼえているだろう? すぐにもどります」

エドゥアルドへの尋問をとちゅうで切りあげるのは気が進まなかったが、これ以上右腕をひっぱられるのも嫌だった。元夫の硬い二頭筋つきの手で力いっぱいひっぱられてはかなわない。

「じゃあ、行ってらっしゃい」マダムだ。わたしたちが中座するというのをきいて、なぜか機嫌がいい。二歩ほど歩いたところで、ようやくそのわけがわかった。

「マテオの父親もパーティー会場からいいわけをして席を外したものよ。マテオったらロマンティストね！　お父さんにそっくり！」

「マテオ」わたしは小声でいった。「きいた？　あなたのお母さんたら妙な想像を――」

「勝手に想像させておけばいいさ。ほんとうのことを知るよりは、ぼくたちが情事にふけっていると思わせたほうがいいからな」

ほんとうにそうなのだろうか。

22

エレベーターのドアがあいた。わたしは息を吸い、吐き、じっとりとしめった両手の手のひらをもみ合わせた。

「心配するな」わたしたちはマダムのスウィートルームにもどった。「ここまで、すべて順調に進んでいる。そうだろ?」

「〝順調に〟というのが、ホテル探偵にまだつかまらず、手錠もかけられていないってことなら、あなたのいう通りね」

マテオが笑っている。

「クレア、ノワール映画の見すぎだよ。でなきゃ『三バカ大将』の影響か。ニュージャージーの田舎町で地元チャンネルを見ている光景が目に浮かぶよ」

「それはどうも」

わたしたちは会場で宣言した通り、いったんマダムのスウィートに入った。客室から電話をかける必要があったからだ。電話の機能が格段に進化したおかげで、ホテルのスタッフには電話の発信元がかんたんにわかってしまう。館内電話を使うのは危険だった。そんなことをしたら疑いを招きかねない。

「ダーラ・ハートがあらわれる、という心配はいらない」マテオが念を押した。「下の会場でテーブルにつく前、きみの友人のフー医師に電話したんだ。ダーラはまだアナベルに付き添っていると教えてくれたよ。だから現場で鉢合わせする可能性はない」

そうきいても、なぜか心配は消えない。なにしろここでペテンをはたらくのは、このわたしなのだ。これぱかりはマテオは実行役にはなれない。わたしの経験から判断して、人を惑わすのは彼のほうがはるかに上手なのだけど。

「やるんだ。電話して」マテオがナイトテーブルの上の電話を差し示す。「ぼくがかけたのでは、絶対にダーラだとは思ってもらえない」

「わかってます」

咳払いをして、受話器を取りあげた。そして『ハウスキーピング』と表示のあるボタンを押した。一回目の呼び出し音で、相手が出た。

「もしもし。わたしダーラ・ハートです。いま八一八号室に宿泊しているんですけど」

(マダムがチェックインする際、フロント係に確認しておいたのだ。〝わたしたちの友人のダーラ〟はもうチェックインしているかどうか、と。そして彼女の部屋をたずねたいので部屋番号を教えてくれと頼んだ。フロント係は客室の番号を教えるのを渋った。そういう情報をあきらかにするのは、ホテルのポリシーに反しているからだ。わたしはさらに食い下がった。けっきょくマダムはなじみの客とあってフロント係は降参した」

「いま二六号室のミセス・デュボワの部屋に来ていますが、これから部屋にもどってゆっくりお風呂に入りたいの。タオルを余分に届けてくださいな」

「かしこまりました。ミズ・ハート。ただいまお持ちいたします！」電話のむこうで男性の声がした。

「ありがとう」ほんの一瞬脳裏を横切ったのは、電話のむこうの男性が、わたしが電話を切った瞬間に警察にダイヤルする光景だった。

「こんなの、うまくいきっこないわ」

「絶対に大丈夫だって」それがマテオの返事だった。いいながらわたしをドアの外に押し出した。「さあ行って。ルーム係がダーラの部屋に入るのを見張るんだ。なかに入ったら電話してくれ。ぼくはここで待っている。電話がありしだいそちらに行く。あ、これを忘れるなよ」

マテオはマダムのカードキーをわたしの手にぎゅっと押しつけた。「手に持って、いま部屋のカギをあけようとしたところ、という風に見せるんだ」マテオが念を押す。

「でもそのキーでほんとうにあくかどうか、相手に確かめさせちゃダメだ。ライカー島の刑務所に送られて一泊、なんてごめんだろ」

「ごめんだろ、って、送られるなら〝ふたりいっしょに〟でしょう？」

マテオが黒い眉をあげ、腕組みをした。こうすると、憎らしいけれど彼の広い肩からほっそりしたヒップまでの美しいラインが強調されてしまう。見事な仕立てのアルマーニのディナージャケットがそのラインを滑らかに描き出していた。

「どうかな。今夜のきみはすごくステキだ。ヴァレンチノのしゃれたドレス姿で手錠をはめられるところを見てみたい気もする」

「わかったわよ」この腹立たしさは彼の下品なジョークへの怒りというより、彼の男性的な魅力に一瞬でもぐらっと来た自分へのいらだちだった。「でももしもわたしがつかまったら、警察でいうからね。この計画の黒幕はあなただって。検事に呼ばれるのはわたしではなくて、きっとあなたよ」

「ほんと、ノワール映画の見すぎだな」

「もういい。行く」

「クレア」

「なに？」

彼の目からからかうような笑いが消えた。「心配ないよ」

「なによ、いまさら」

ダーラが宿泊している階に行くと、人気はまったくなかった。しめしめ。

廊下を進んでゆく。内装はきちんとしているが、決して豪華ではない。ここはビジネスクラスの階なのだから、それもしかたない。予算的に制約のある宿泊客のためのフロアなのだ。

ダーラは相当お金に困っていたようなので、このフロアに泊まっているのは納得できた。納得がいかないのは、そもそもなぜ彼女がウォルドルフ・ホテルを選んだかだ。いくら安い部屋といっても、このホテルであれば一泊三百ドルから五百ドルはするにちがいない。なぜもっと経済的な宿をさがさないのだろうか。

〝そうよ、クレア。その理由をさぐりにここまで来たんじゃないの……〟

角を曲がると、ルーム係の制服を着たヒスパニック系の女性がちょうどダーラの部屋から出て来たところだった。

「ご苦労さま！」マダムの部屋のカードキーをこれ見よがしにふりかざしながら、早足で近づいた。「タオルの追加を持って来てくれたのね。ありがとう」

身を乗り出し、ルーム係と接触しそうになりながら片足を部屋につっこんだ。

「これ、取っておいてね」十ドル札を取り出し、彼女の手に押しつけた。

「おやすみなさい」と声もかける。

彼女とすれちがうようにして部屋に入り、後ろ手でドアを閉めた。そしてカギもかけた。ドアののぞき穴に目をあてて、ルーム係がチップをポケットに入れ角を曲がっていってしまうのを確かめた。

いまのところ、うまく行っている。

〝今宵、栄えあるアカデミー賞を受賞して……ってスピーチする女優の気分〟

電話に飛びついてマテオを呼び出した。

「入ったわよ」それだけいって切った。

内装はいわゆる「商業主義的コロニアルモダン調」――巨大ホテルにありがちなインテリアをわたしが勝手に命名したもの――だ。ダーラが宿泊している八階は「ビジネスクラス」レベル。二十六階のマダムのスウィートにくらべると、格段に狭い。マダムのスウィートにはホワイエがあり、寝室は独立している。リビングのスペースがあり、本式のバーもある。フレンチドアをあけるとパークアベニューのすばらしい景色を眺望できる。エグゼクティブ・ラウンジの利用も自由。夜にはオードブルが無料でふるまわれる。

ニューヨークを訪れる人たちは、ウォルドルフのような名のあるホテルでも部屋がかなり狭いことに驚く。でもマンハッタン島の地価はいまや信じられないほど高騰しているため、ホテルといえどもゆったりとしたリビングスペースを確保するのは、たいへんにむずかしい。

それでもトウキョウよりはまだまし、とわたしは思った。マテオの話では、トウキョウのエコノミー・レベルの部屋ときたら、電話ボックスを倒したような狭さだという。ウォルドルフのビジネスクラスはそこまでひどくない。

設備もそれなりに整っている。もちろん、贅を尽くしたロビーのすばらしさとは比較にならないが。

漆黒の木のヘッドボードがついたクイーンサイズのベッド。クリーム色のベッドカバーは折り返され、アルミホイルで包んだチョコレートがふわふわの白い枕の上に置かれている。ナイトスタンド、色合いのそろったドレッサー、布張りのアームチェアには花柄のカバーがかけられ、それが分厚いカーペットに届くほど垂れている。木枠つきの大きな鏡、ランプが数個、隅にはデスク。

ダーラは部屋をとてもきれいに使っていた。アームチェアに衣類が数枚かけられ（サテンのきれいなネグリジェと太ももまでの丈のシルクのストッキング）ベッドの脇に靴が数足（マノロ・ブラニクのワニ皮のパンプス。小売価格八百五十ドル）あったが、それをのぞけば部屋はきちんと片づいていた。

デスクの上には濃いオレンジ色のマックのラップトップ。電話のジャックに接続されている。これは意外だった。ダーラがインターネットのユーザーだとは、なぜかまったく想像していなかったから。でも、なんといっても今はハイテクと暴力が仲よく幅をきかせる二十一世紀。誰もがいやでもネットワークにつながれている時代なのだ。

なじみのあるリズミカルなノックの音に、わたしはいったん探索をやめた。〝ラッタ、ラッタタ〟ドアをあけるとマテオがさっとなかに入って来た。ドアにカギをかける。

「いっただろ、かんたんだって」

「安心するのはまだ早いわよ。この部屋を出るまでは」釘をさしておいた。

そこでふと思った。マテオは自分の悪だくみの成功を信じて疑わない。ひょっとして、以前に試したことがあるのかも。女性の部屋にこっそり忍びこんだことがあるのかも。それなら納得だ。

「あまり時間はないわよ」そう宣言してから、引き出しをあけて中味をめくっていった。どの引き出しもきちんとたたまれた衣類でいっぱいだ。「ダナ・キャラン、プラダ、ドルチェ&ガッバーナ……なるほどね、彼女のお金の使い道ったらわかりやすいこと」

「ラップトップだ！」マテオがデスクにちかづいた。「けっ、マックか」

「わたし、マックが好きよ。手伝ってあげましょうか？」

「いや、自分でできる。ただ嫌いなだけだ。これに関してはさんざん議論したはずだろ」

「そうね。蒸し返すのはよしましょう。ダーラはパスワードかなにか使っているんじゃない？」なおも引き出しを揺らしながらいった。

「たぶんな。でも、案外みんなあきれるほど無頓着で――」

ふりむくと、マテオがコンピューターをひらいてスペースキーを押している。コンピューターが立ちあがる音がした。

「つけっぱなしだ！」やんちゃ坊主みたいにはしゃいでいる。

わたしが引き出しをさぐり続けるあいだ、マテオはダーラのコンピューターのファイルの中味を調べている。

「銀行取引のプログラムはセキュリティがかかっている。パスワードが必要だ。これじゃ、入れないな」

「それなら大丈夫。彼女の行動を見ればわかるわ。彼女の銀行口座に秘密なんてない。空っぽよ」

背後で、マテオはなおもキーボードを叩いている。

さらにさぐっていくと、クロゼットの奥にダーラのかばんが見つかった。どれもルイ・ヴィトンのレザーのモノグラム、光沢のある真鍮の飾りがついている。それをひっぱり出してひとつずつあけてみる。ひとつめは空っぽ。ふたつめの小さくてきれいなケースには化粧品が入っていた。リップスティックはどれもピンク、中間色、きれいなパステル調。かなり若い女性むきの色ばかりだ。あるいは若く見せたがる女性むき。マスカラも同様だった。わたしが会ったダーラは、確かこのたぐいのメイクをしていなかったはず。では、これは誰かほかの人のもの？　ひょっとしたらアナベルのもの？

化粧品入れを閉じて、三番目のケースをあけた。なかにお宝が埋もれていた。黒いダブルクリップで留められた紙の束。引き出してみた。

「彼女のインターネットのファイルにアクセスしてみよう。専用回線がある。パスワードを省略してAOLのサイトに自動的にアクセスできそうだ」マテオがいった。

椅子の端に腰をかけて、わたしは書類をめくった。そのうちの一枚は、ほんの数ヵ月前の日付のついた裁判所の公式文書だった。タイトルは『ダーラ・ハート対ペンライフ保険会社』。法律用語の海をかきわけるようにしてページをめくっていった。

精一杯謎解きした限りでは、どうやら一年半ほど前にダーラは職務中に負傷した、あるいは職務中に負傷したと彼女が主張した。フロリダ、ジャクソンビルのウィグル・ルームと呼ばれる〝勤務地〟で〝アーティスティック・ダンサー〟として雇用されているときの出来事だ。

ダーラはケガを負ったために働くことが妨げられたと主張し、高度傷害保険請求をした。事業所のマネジャーはその訴えを受け入れず、ことは裁判所で決着がつけられた。

結果的にダーラには不利益な判決だった。保険会社と争った裁判に負けたばかりか、フロリダ州はダーラの高度障害保険請求を退けた。最後の数通の手紙は弁護士からのもの。未払い分の弁護士費用の支払いを要求するものだった。

ここからかろうじてわかったのは、これは愛すべきわが父親が「滑って転んでこれ幸い」と呼んだ策略を彼女が実行したということ。彼女がいまブレンドを脅すために利用しているものは、その策略の変形なのだ。

まちがいなくダーラは「たかり屋」だ。問題は、彼女が果たしてどこまで人を食い物にするのか。夢をかなえてダンスカンパニーの役についたばかりの、しかも妊娠している義理の娘を階段から突き落としたりするだろうか？

確かに彼女は人に不快感を与える人物だけど、だからといってそこまで人でなしだろうか。そういい切れるのか？

「大当たり！」マテオがこちらをふりむいてわたしと顔を合わせた。ハンサムな顔に会心の笑みが広がっている。「どうしてダーラがニューヨークにいるのか、わけを知りたい？」

マテオのところに駆け寄った。「どうして？」

「アーサー・ジェイ・エドルマンという男宛のメールが三十通ほどある。どうやらエドルマン・アルター・ベリー会計事務所の共同経営者らしい」

「わたしも見つけた。ほらこれ」

マテオに公式文書を見せた。コンピューターの画面上に表示されたメールのリストを指してたずねてみた。「このメールも訴訟かなにかにかかわるもの？」

「どちらかというと〝なにか〟のほうだな」野卑な感じの口調だった。

「なあに？　どういうこと？」

「ダーラのダウンロード・ファイルから最近のメールを何通かひらいてみた。お互いをダーラ、アーサーと呼び合っている。でもふたりのやりとりが始まった当座は相手を『マフィー』『絶倫366号』と呼び合っていた。チャットルームでのハンドルネームだよ」

「ネット恋愛ということ？」

「それもホットでヘビーなやつ。最初のメールの日付は三ヵ月前だ。一番新しいのは昨日と今日の日付」

すわってメールの文面を読んだ。ダーラは『絶倫366号』がじつは裕福な男性であることをつきとめると、この獲物を逃してなるものかと思い、釣りあげて自分のものにする作戦に出たにちがいない。

ダーラはメールで、働かなくてもいいだけの資産がある上品な女性を演じていた。無一文で失業中で元ストリッパーだったという彼女の正体とは別人だ。

だがそのメールといえば、スペルミスといいまちがいだらけの、およそ教養の感じられないものだった。アーサー・ジェイ・エドルマン氏がダーラのことをハイスクール卒とでも思っているとしたら、相当とろいお方だ。教養あるお金持ちの女性だなんて、とうてい信じられない。

彼女のメールのなかには、どぎつくて下品としかいいようのないものがある。それで男性の関心を引こうとしているのだ。そんなダーラの企みは見事に成功してアーサー・エドルマン氏はとりこになっている。その氏のメールもお下品で、ふたりであんなことをしよう、こんなこともしようと書きつづられている（決してセントラルパークを馬車で走ろうとか、自由の女神に行ってみよう、なんて内容ではない）。彼は、「彼女が仕事でニューヨークに来たとき」に会おうと約束している。

だから、ダーラはウォルドルフ・ホテルに宿を取ったのだ！　悠々自適な婦人という仮面に似つかわしい宿ではないか。これならエドルマン氏のクレジットカード、有価証券、アッパーイーストサイドのフォーベッドルームのアパートメント目当てではないと思わせることができる。

最後にマテオが見せたメールは、木曜日の午前八時にダーラが送信したもの。アナベルがビレッジブレンドの階段の下で傷ついて倒れていた当日だ。メールの中身は、いっしょに食事を楽しんだこと、そしてまさにこの部屋でともに過ごしたすばらしい夜のことが幸せいっぱいに書きつづられていた。

ということは、アナベルが階段を転げ落ちたとき、彼女の母親はエドルマン・アルター・ベリー会計事務所のアーサー・ジェイ・エドルマン氏といっしょにシーツの間に潜りこんでいたというわけだ。少なくとも、そのように思われる。でも、アリバイ工作のためにそういうメールを送ることなど、わけないはず。

「そうよ。この名前よ、エドルマン。確かリストに載っていたはず！」

「リストって？　なんのリスト？　誰がリストに載っているって？」

オークションのプログラムをイブニングバッグからひっぱり出した。バッグはリザードの型押し、ダブルストラップのフェラガモの偽物。八番街の露店で二十ドルで手に入れた（eベイでの価格六百五十ドルとはおおちがい）。ツルツルとした手触りの小冊子にはオークションに出品されるアイテムの情報とともに、今回の慈善活動の寄付金を提供するセントビンセンツのプログラムに関する情報も載っていた。

「見て、プログラムの後ろに、下の階でひらかれているディナーの招待客リストがずらっと載っているの……」アルファベットの順で千名の名前が並んでいるのを指さした。名前の脇にはテーブルのナンバーも印刷されている。「ね、……ミスター・アンド・ミセス・アーサー・ジェイ・エドルマン。どうやら『絶倫366号』は、あなたのお母さま主催の慈善パーティーに招待されているようね。しかも既婚者。ダーラは絶対に知らなかったはず」

「これはいよいよ奇妙だな」マテオがぐいと眉をあげた。「それにしても、どうしてこの男の名前があるってわかったの？　まさか、千人全員の名前を記憶していたとか？」

「もしかしたらと思って、リストで〝インストラム〟を調べていたから。エドルマンはふたつしか離れていない。見て、エドルマン、エッガーズ、インストラム」

「なるほど。でもインストラムって誰だ？」

「アナベルのボーイフレンドの苗字。リチャード・インストラム・ジュニアというの」

「ほほう」

「インストラム家はお金持ちだし人脈もあるわ。だから家族の誰かが今夜出席しているんじゃないかと思って。アナベルは妊娠していた。それについてボーイフレンドはどう感じていたのかしら。それが全然わからないのよね」

「そうだな」マテオは小冊子の名前に目をちかづけてまじまじと見た。「インストラムはこれか」

「ええ。しかも、それだけじゃないの。見て……ミスター・アンド・ミセス・リチャード・インストラム・シニア、とあるでしょ。彼らは五十八番テーブル。息子のリチャード・ジュニアもいっしょにね」

「これ、見まちがえじゃないよな。妊娠しているガールフレンドがＩＣＵで寝かされているっていうのに、こいつはここでパーティーに出席してるってか？」

「そうよ」

「クソガキめ」マテオの顎に力が入り、ぎゅっと拳を握った。「ぜひともこいつに話をきこうじゃないか」

「賛成。ここでの仕事を終えてからね。ほかに調べることはある？」狭い部屋を見わたした。

マテオは首の後ろをごしごしこすっている。「ダーラが『お気に入り』に登録しているウェブサイトをいくつかメモしておこう。それがすんだら出るとしよう」

持ってきたペンと小さなメモ帳をマテオに貸した。彼がウェブサイトを手早くメモしているあいだに、わたしは書類をスーツケースにしまい、すべてをクロゼットにできるだけ元通りにもどしておいた。もう一度部屋全体に視線を走らせてみる。

「妙だな」とマテオ。

「今度はなに？」

「リチャード・インストラムのことについて話しただろう？　アナベルのボーイフレンドだって」

「そうね」

「ところが、ダーラがくわしく調べあげているんだな。なにを調べていると思う？」

急いでラップトップの画面を見にいった。

「インストラム・システムズ」

「そうなんだ。それに関連会社についても。インストラム・インベストメントとか。それから、これを見てごらん、新聞の記事だ。最高経営責任者《CEO》のリチャード・インストラム・シニアについての」

「驚いた。たいしたやり手だわ。アナベルはリチャード・ジュニアの子を妊娠した。どうやらダーラは彼を脅迫してパパからお金を取ろうと着々と準備していたみたいね」

「着々と脅迫の〝準備〟か。それより、彼女はすでにアナベルのボーイフレンドへの脅迫を開始していた、とは考えられない？」

「それはない。ダーラのあのお金への執着から判断してね。もし脅迫を〝開始〟していたとしても、支払いはまだね」

「どちらにしても、ダーラにはアリバイがありそうだ」マテオがダーラのコンピューターを閉じた。「義理の娘が襲われた晩に彼女はロマンティックな逢い引きをしていたようだからな。あれがしょうもない事故じゃなくて、殺人未遂だとしたら、の話だけど」

「事故じゃないわ。そういういい方はしないで」

「でも、まだ証拠はなにもないだろ」マテオが首を左右にふった。「それにぼくたちは窮地に立たされている。職場で負傷したというダーラの訴えはフロリダでは却下された。彼女のつぎなる金儲けの計画、つまりアナベルのボーイフレンドへの恐喝は、アナベルの事故のせいでおじゃんだ。なにしろアナベルの妊娠そのものがいまや危ない状態なんだからな。となれば、あの女に残された金を手に入れるための可能性といえば、ぼくたちを訴えて徹底的に搾り取ることだけだ」

「まだもうひとつあるわ」わたしは指摘した。「アーサー・ジェイ・エドルマンのことを忘れているでしょ」

突然、ドアをそっとノックする音がした。

「マテオ！」ひきつった声が出た。「いったい誰？」

「ぼくが知るわけないだろ！」

「またルーム係が来たのかしら？」

「もしそうだとしたら、出たほうがいい」

「ルーム係ではなかったら？」

ニューヨーク市警の制服とニッケルメッキのバッジをふたたび思い描いた。青い壁のような警官たちに引きずられて、イブニングドレス姿でウォルドルフのエレガントなロビーを通り抜けてゆくところを。

またまたノックの音。

「クレア」マテオがささやいた。「出るんだ！」

必死に頭を左右にふった。「銀色のごつい腕輪はヴィンテージもののヴァレンチノには似合わない。あなたが出て！」

突如として、男の声がした。

「マフィー！」甘ったるく呼びかける声だった。「あけておくれ。わたしだよ。『絶倫366号』でしゅよ」

23

わたしはマテオを見つめた。マテオもわたしを見つめている。アーサー・ジェイ・エドルマンがまたノックした。今度は執拗に。

「いい子だから、ね、マフィー」甘えるような、おだてるような口調だ。「きみのかわいい絶倫ちゃんから隠れちゃダメですよ。この階のルーム係から、ちゃあんときいているんだからね。きみがさっき部屋にもどったところだって。きみのそのベッドでもう一戦どう?」

「マテオ、どうしよう」

マテオがわたしのくちびるに指を当てた。

「ぼくに合わせて」そういうと、彼はウィンクした。わたしは元夫のウィンクが大嫌い。その後にかならずトラブルが起きるから。

止めようとしたときには、すでに彼は廊下に通じるドアを勢いよくあけていた。ドアのむこう側には、年配の男がびっくり仰天した様子で立っている。夜用の正装姿で。

繊細な目鼻立ち、青白いほどの肌。髪の生え際は後退していた。背が低くやせてはいたが、エドルマン氏は見栄えのする風貌の人物だった。ただ、瓶の底のようなレンズの入った黒縁のメガネは大きすぎて頭のサイズとバランスが取れていない。

「すみません」口ごもりながら、白い顔が真っ赤に染まった。「部屋をまちがえました」

「エドルマンさん」とってつけたような威厳を込めてマテオが呼びかけた。「アーサー・ジェイ・エドルマンさんですね？」

男はその場で凍りついた。

「なかにどうぞ、エドルマンさん」

マテオが脇に寄った。驚いたことにアーサー・ジェイ・エドルマンは進んで部屋に入って来るではないか。

するとマテオは流れるような動作で、ジャケットの内ポケットからパスポートをすっと取り出し、ぱっとひらいた。そしてつぎの瞬間、ぱちんと閉じてふたたびポケットに戻した。

「国際麻薬取締捜査班の特別捜査官マット・サベージです。アシスタントのティファニー・ヴァンデルウィーブ捜査官です」

〝ヴァンデルウィーブ？〟とっさに出てしまったのだとはわかっていたが、もっとましな名前は思いつかなかったの？〝だいたい、ティファニーってなによ！このわたしがティファニーって柄ですか?〟

「おお、そうですか!」エドルマンはあきらかに動揺している。「そうなんですか!」

「エドルマン・アルター・ベリー会計事務所にはうかがうつもりだったので、かえって助かりましたよ」とマテオ。

「あの、あの、す、すわっても、いいですか?」エドルマン氏はサテンのネグリジェがかかっている花柄プリントの椅子を指さした。マテオはうなずき、エドルマン氏とむき合うようにベッドの端に腰をおろした。

「ダーラはなにをしたんですか?」

「といいますと?」マテオがずばりときく。

「彼女の部屋にあなたがたがいるということは、彼女になにか疑いがかけられていることでは」

「あなたはなにか疑いを抱いていらっしゃるんですか、エドルマンさん」

「いえいえ」腕をぶるぶるふってエドルマンがこたえた。指にダーラの太もも丈のストッキングがひっかかっている。いよいよあせった彼はクモの巣を払うようにふり払った。「わたしたちは単なる友人です。彼女はわたしをだましたりしてませんよ。そういうことをおききになりたいのでしたら」

「あなたをだます、ですか?」マテオはわざとらしく眉をあげた。「ミズ・ハートがどのようにあなたを〝だます〟と？」

地球のどこにいても、筋金入りのお上《かみ》アレルギーのマテオだが、いざ物真似するとなると、驚くほどうまい。じっさい、刑事ドラマ風の話し方があまりにも板についていたので、わたしは舌を嚙んでいないと吹き出してしまいそうだった。

「彼女は名乗っていた人物とはちがっていました。わたしが知っているのはそれだけです。まさか彼女が犯罪者だなどとは思わなかった。よもや麻薬の密輸をやっているとは……いや、どんな嫌疑であなたたちが彼女を追っているのかは知りませんが」

「エドルマンさん」わたしが呼びかけた。全力をあげて少しでもミズ・ヴァンデルウィーブらしく演じてみる。「いいから、あなたとミズ・ハートとのご関係を」

ほうら、なんだかそれっぽくきこえるじゃないの。内心そう思った。

マテオがちらっとこちらを見た。その気になって演じているのをおもしろがっているのだろう。彼のことなど無視して、真面目くさった顔を懸命に保った。

ダーラは義理の娘を階段の上から突き落とした可能性がある。そしてかつて、ヌードダンサーをするように強要した。脅迫の計画らしきものに彼女を巻きこもうとしたおそれもある。

マテオとわたしはあの女についての疑問を解決する必要があった。彼女のアリバイが成立するかどうかも。

「あの」エドルマンが口をひらいた。視線は床をむいていた。「ですから、いわゆる……」声がしだいに小さくなる。

「あなたが結婚されていることは〝承知〟していますよ」

「ああ、どうか……女房にはこのことはいわないでください」パニック状態になっているらしい。「三十一年間連れ添ってきたんです。女房のことを大事に思っています。彼女と別れるなんて、考えられません」

「それなら、なぜダーラ・ハートと逢い引きを?」わたしはつっこんだ。

エドルマンはため息をつき、がっくり肩を落とした。

「わたしたちはインターネットの出会い系サイトのチャットルームで知り合ったんです。彼女はわたしにいい寄ってきました。わたしも応じました。メールのやりとりを何回かして、それからしばらくして……」

また尻切れとんぼになった。そして彼は、おわかりでしょう、とばかりに肩をすくめて見せた。

「ダーラと関係を持つようになったのは、いつからですか?」マテオがたずねた。

「ほんの数日前です。彼女がニューヨークに来てから。デートで盛りあがったんですよ」

「奥さまを愛しているとおっしゃいましたよね、エドルマンさん。ゆすられるとは思わなかったんですか?」マテオだった。

エドルマンはまたため息をついた。

「わたしには資産が相当あります。サベージ捜査官」

「それならなおさら、恐喝されるおそれはあるわけですね」今度はわたしがたずねた。

「都合はつくんです。わたしがいっている意味、おわかりですか?」

「いいえ」わたしはこたえた。

「ダーラのような……ああいう女性は……自分では利口だと思っている。切れ者でやり手だとね。わたしのような男と知り合うと、即座に金のにおいを感じ取る。ダーラは金のことなど一度も口にしなかった。でもわたしにはわかっていました。そのうちいい出すだろうと。そのころにはたぶん、おたがいに飽きてしまうか、険悪な仲になっているでしょう。そうしたらなにがしかの金をわたして別れればいい。彼女が満足してわたしから離れ、怨んだりしないだけの金額を」

「どうやらこれが初めての経験ではなさそうですな」マテオがいった。

エドルマンはうなずいた。「その通りです。その理由を知りたいですか?」

マテオは無言のまま姿勢を変えた。きゅうに落ち着かないそぶりになった。そうか、マテオも男だ。きっとその理由に見当がついているのだろう。でもわたしはエドルマンの口からこたえをききたかった。

「なぜですか？　エドルマンさん」ずばりとたずねた。

分厚いレンズのむこうにある瞳は淡いブルーだった。彼の肌と同じく、はかない色。背筋を伸ばしてすわっていてもわずかに猫背で、胸のあたりは落ちくぼんでいた。エドルマンがこれまで長いこと、室内で数字や帳簿とむき合う不健康な日々を過ごして来たことは明白だった。

その瞬間、こたえがわかった。もう理由をいってもらう必要はない。けれど、すでにたずねてしまっていた。

「わたしは若くして結婚しました。ミズ・ヴァンデルウィーブ。若くて貧しいという言葉はロマンティックに響くかもしれません。けれどじっさいはそんなものじゃない。わたしの二十代は昼間はひたすら働き、夜は学校に通って終わりました。三十代、四十代のころは週に五十時間、六十時間、七十時間も働いて妻子がいい暮らしをできるように支えたのです。五十代には独立しました」そこで彼はひと呼吸置いた。遠くを見つめるようなまなざしだった。「ほんとうの意味での仕事が始まったのはそこからです。いや、ほんとうに。そのまま十八年過ぎました」

エドルマンは首をふった。「いまのわたしは年を取り、金持ちになった。だが正直なところ、金を使うことにそうそう楽しみを見いだせなくなりました。年を取りすぎたんですな。妻には妻の友人がいるしショッピングを楽しんだりしています。それにここ数年、病気がちで。子どもたちにはそれぞれの暮らしがあります。わたしなどがうろうろしたら邪魔なだけです」

「そこで女性とつきあってみようと思い立ったんです……意気投合する時もあれば、うまくいかないこともある。なに、ささやかなロマンスを求めていただけです。ささやかな楽しみをね。命の灯火が消えてしまう前に」

わたしたちは無言でしばらくのあいだすわっていた。マテオはもう質問のネタが尽きたようだった。しまいにわたしが口をひらいた。

「ミズ・ハートから義理の娘のアナベルについてなにかきいていますか？」

「いいえ、一度も。ダーラはニューヨークに友だちがいるんだといってました。でもわたしはその友だちというのにひとりも会っていません」

「もうひとつだけ、確かめておきたいことがあります」マテオが立ちあがりながらいった。「それだけうかがえれば、もう結構です」

「わかりました。ドラッグの売買や密輸を防ぐのに……そのほかにあなたがたのお仕事に協力できるのであれば」

「あなたとミズ・ハートはこのあいだの水曜日の晩はいっしょでしたか？」

エドルマンはためらうそぶりも見せなかった。「一晩じゅう。妻は娘に会いにスカースデールに行っていました。わたしとダーラは水曜日の夜八時に会いました。このホテルで。レインボールームで夕食を取り、街を散歩しました。もどったのは深夜の十二時ごろです。そしてわたしは木曜日の朝七時か七時半ぐらいに出ました。妻が正午ごろに帰宅する予定でしたから」

マテオとわたしは視線を交わした。ダーラには強力なアリバイがあった。なるほどね。わたしはうなずいた。

「ありがとう、エドルマンさん」マテオは彼の肘をとり、ドアまで誘導していった。

「彼女との接触は断つべきでしょうか？」戸口のところでエドルマンが立ち止まった。

「ダーラと、という意味です」

「それが賢明でしょうね」マテオがこたえた。「ただ、また会ったとしても、ここでわたしたちとやりとりしたことは口にしないように。捜査の妨げとなりますから。それは犯罪行為に当たります」

〝連邦政府の職員をかたることもね〟わたしは心のなかでマテオに語りかけた。

「ご協力に感謝します」マテオはドアを閉めようとした。

「お会いできて光栄でした。ミズ・ヴァンデルウィーブ」エドルマンの顔には薄気味悪い笑顔が浮かんでいた。ああ、この人はこれからもダーラと会うつもりだわ。おえっ。奥さんはこの真下でディナーのまっさいちゅうだというのに。

マテオがドアを閉めようとしているのに、彼はまだわたしに手をふっていた。視線はわたしの胸の谷間にむいていた。

「ぼくたちもここを出よう。ダーラがいつもどって来てもおかしくない」

「そんなことより」おなかが鳴った。「メインコースを食べそびれちゃう」

24

威勢のいいビッグバンドのスウィングが四階の天井に響いた。ジョージ・ギーとメイク・ビリーブ・ボールルーム・オーケストラの演奏が始まったのだ。その音楽に背中を押されるように、カップルたちが三々五々、ダンスフロアに出て来た。マテオとわたしがチャリティ・ディナーの会場にもどったときは、そんなころあいだった。

「このバンドがたまんないね」木管楽器が粋に跳躍し、金管楽器が吠える音にマテオはごきげんだ。

「ほんとね。ジョージ・ギーのバンドよ。最近レインボールームでものすごい人気」

レインボールームはニューヨークのなかで指折りのエレガントなディナーダンス・クラブだ。ロックフェラーセンターの最上階にある。エレガントなイブニングドレスで頬と頬を寄せてダンスすることがいまでもかろうじて許される、唯一の場所ではないかと思う。

「一曲、どう?」

〝バカなことといってる場合じゃないでしょ！〟という表情をお返しした。

「わたしはインストラム一家をさがすから」サイレントオークションのプログラムに印刷されている座席表をもう一度確認した。

「どうするつもり」

「カマをかけてみる。さて、なにが飛び出すやら」

「いいね。ぼくとしてはジュニアに一発お見舞いしてやりたいけどね」

マテオが拳をぎゅっと握るのに気づいた。瞬間的に決断した。

「だめ。これはわたしにやらせて。考えがあるから。ひとりでやったほうが効果があると思う。バーで飲み物でも頼んで待っていて」

「本気？　ひとりでうまくやれると思ってるの？」

「もちろん」そうはいったものの、自信はなかった。ただ、ヴァンデルウィーブという人物になりすました余韻がまだ残っている。ひとりでやり遂げるほうが、怒りをむき出しにしたマテオをいっしょに連れていくよりもずっとましだ。

「わかったよ、ハニー。きみがそういうならね。ぼくの代わりにあいつらを叩きのめしてやってくれ。とくに、あの若いバカ野郎をな」

〝ハニー〟のひとことでぐらっと来そうになったが、あえて気にとめないことにした。マテオとわたしは今夜、絶妙のチームプレイを展開している。広大なボールルームのなかでトレーを運ぶウェイター、人で満杯のテーブルを縫うように進みながら、そんなことを考えていた。いっしょにいるのがちょっぴり楽しいとさえ思っている。が、わたしたちが以前通りカップルなのかといえば、それはちがう。彼もそれはわかっているはず。自分にそういいきかせた。だからいちいち彼の発言を正したりしなくてもいい。

インストラム家の人たちは五十八番テーブルについていた。部屋のまんなかあたり、ダンスフロアにほど近い場所だ。リチャード・シニアの顔はわかった。ダーラのラップトップに登録されていたウェブサイトの記事に、写真が出ていたから。典型的なスウェーデン人のブロンドで、限りなく色素が薄い。白ウサギという表現がぴったりだ。

彼の妻の名は、くだんの記事によれば「フィオナ」。社交界の名士の妻たちはなぜこうも見た目とふるまいがそっくりなのだろうか。謎だ。極度に衛生状態が良好な状態にあり、スパやヘルスクラブで過ごすのでやや脱水症状気味、それが原因でいつもしなびている、おもしろくなさそうな表情、長くぴんと伸びた首、きゅっと閉じたくちびる、張りの足りない肌。

リチャード・ジュニアの顔や体つきは母親譲りのようだ。しなやかな身体、整った顔立ち、黒っぽい髪の毛も。この手のタイプにはこれまでもよく遭遇してきた。〝生まれながらに金持ちで好奇心が欠如している〟という特徴を持つ。共通するのは、無造作な髪、無頓着な態度、時として〝感性豊かで教養のある男の子〟という表情を浮かべていること。最後の要素があらわになるのは、小切手を切ってくれるパパとママの前、という場合が多い。でもカレッジの男友だちの前では、そんなものはさっと捨て去るはず。仲間も彼と同類だ。自分の快楽の追求――たいていは飲酒、ドラッグ、女――には興味を示すが、それ以外にはなにごとにも誰に対してもそっけない態度しか取らない。

彼の傍らには若い女性がすわっている。ブルネットの髪で、やたらに細く、頬がこけている。その彼女はしらけたような超然とした表情を浮かべている。身につけているのはノースリーブのドレス。色は黒。ニューヨークの街の高級ブティックに行けば、どこでもこういうドレスが「定番」として売られている。社交界の花には欠かせないアイテムなのだ。彼の母親も、ほぼそっくりのドレス姿。パールのネックレスをしているところもそっくり。

アナベルとリチャード・ジュニアが夏のあいだつきあっていたことはまちがいなさそうだ。今アナベルのおなかに彼の子どもがいることも、おそらくまちがいない。それならば、退屈しきった様子でジュニアの隣にすわっている若い女性は、彼の妹か従姉妹だろう。そんな想像をめぐらせながらテーブルにちかづいた。

この際、はっきりさせておこう。

勇気をかきあつめ、理性の一部を抑えこみ、可能な限り傲慢そうな表情をつくってみる。「ごめんあそばせ」できるだけ人を見下した態度で言葉をかけた。ただし度を過ぎて逆効果にならない程度で。「インストラムご夫妻でいらっしゃいますか?」

「ええ」インストラム夫人がこたえた。「で、あなた、どなた?」

お世辞にも丁寧な口調とはいえない。もともと、丁寧に受け答えをする気もない。人を威嚇し威圧するためにこういう口のきき方をするのだ。あなたがわたしの足元にも及ばない人間ならば距離をわきまえなさい、という警告だ。こういう物言いには慣れている。だから眉ひとつ動かさずにいられる。

「今夜は《タウン・アンド・カントリー》の仕事で来ている者です」とってつけたような笑顔を見せる。「選ばれたゲストに少々お話をうかがって、さらに写真を撮らせていただいています。少しお話をうかがってよろしいですか?」

とちゅうからリチャード・シニアの視線を感じた。おおげさにしゃべるわたしをじっと見ている。

「飲み物を取ってくる」彼は妻にいい、「失礼」ともいわずにわたしの前を横切った。

こういう不作法なふるまいにいちいち驚いたりはしない。リチャード・シニアは自分にとって〝重要な〟人物に対してだけ礼を尽くし、気を使うタイプの人間なのだ。そしてわたしは《ウォールストリート・ジャーナル》や《フィナンシャルタイムズ》の記者をかたっているわけではない。わたしがかたっている雑誌は、現代のアメリカ社交界のバイブルみたいなものだ。

要するに、狙うべき相手はインストラム夫人ということ。最初からそのつもりだ。ではどんな手を使えばいいのか、それは重々承知している。母親から芋づる式にたぐっていく。だから、まずはインストラム夫人の注意を引きつける。

「《タウン・アンド・カントリー》とおっしゃった?」彼女はそういってから、しばらく間を置き、わたしのヴァレンチノのドレスを鋭い視線で値踏みしている。どうやらひじょうに微妙なところで彼女の審査に通ったらしい。彼女がこういったから。「ええ、ほんの少しならね。おすわりになったらいかが?」

ありがたいと思いなさいよ、とでもいいたげな対応だ。夫の会社がナスダックに上場しているというのは、イギリスの王位継承者に匹敵するくらいすごいこと、と自慢されているみたい。

そんなに舞いあがらないでよ、といいたくてたまらなかった。あなたの夫の新規株式公開《IPO》一ドル九十五セントの株は、つい最近チェックしたらせいぜい二ドルの値しかついていませんでしたよ。このボールルームにつどう携帯端末の名刺整理ソフトにインプットする情報としては、取り立てて魅力ある名刺とはいえないんですよ。

けれどそんなことは、おくびにも出さなかった。じっさいにわたしが口にした言葉は、「まあ、ありがとうございます!」だった。

腰をおろすことにした。

同じテーブルのちょうどむかい側にすわっていた東インド諸島出身とおぼしきカップルが、わたしがすわると同時にテーブルを離れた。これで十人掛けのテーブルの六つの席が空になった。インストラム家の人々がさぞかしウィットを炸裂させダイナミックな会話をしたのだろう。これはたまらないとばかりに、六つの席の客は折を見てバーやダンスフロアにとっとと逃げ出したにちがいない。

小さなメモ帳とペンをバッグから取り出した。

「さて、ミセス・インストラム。よろしいでしょうか。確かファーストネームはフィオナ、でいらっしゃいますね。スペルを確認させていただいてよろしいですか?」

名前の確認は写真につける「説明文」のためだとにおわせ、ジュニアの隣の若い女性のほうをむいた。

「あなたは、ええと?」

「シドニー・ウォールデン・サージェント」

「年齢の方は、ミス――」

「十九歳です」

「ヴァッサー大学の二年生よ」といったのはインストラム夫人だ。「あの著名なサージエント一族なので、文面もそのようになさるといいわ」

「ええ、もちろんそうさせていただきます」ささっとメモした。

サージェント家そのものは、どの分野においてもなにひとつ業績を残していない。けれど、有名な一家にはちがいなかった。というのは、彼らには伝説として語られるほど有名な従兄弟がおり、その人物が行政官庁で長年幅をきかせ、政府の政策に長らく影響を与えている。有名な従兄弟たちのおかげで、サージェント家はあらゆる権利を手にしていた。大企業の幹部の職、大使の職、ニューヨークの一流美術館の要職を。

「ふたりは婚約しています」とインストラム夫人。「これも書いてくださってかまいませんよ」

「婚約、とおっしゃいましたか？　まあ、すてき。おめでとうございます」わたしはアナベルの恋人のほうをむいた。「お若いほうのミスター・インストラムですね。さぞやお幸せでしょう。ミス・ウォールデン・サージェントにはいつごろ結婚のお申し込みを？」

リチャード・ジュニアのどんよりした目がようやく焦点を結ぼうとしている。この会話にくわわる意思はほとんどなさそう（親とそっくり）。

「え？」彼がきき返す。

「婚約されたのはいつごろかと」

「ああ、いつごろね」ちらりとシドニーを見ながらおうむ返しにいう。「ちょっと前かな。二月だから」

「バレンダインデーよ！　バレンタインデーだったでしょう」シドニー・ウォールデン・サージェントはこちらに身を乗り出してきた。記事のなかではっきり書いておいてくれと暗に迫っている。「とってもロマンティックだったのよ」

ジュニアは力なく微笑み、肩をすくめた。「ああ、そうそう、そうだった」

〝いいの、そんなこといって⁉〟叫んでしまいたかった。〝そんなはずないでしょ、このドアホ〟ミス・ヴァッサーちゃんと婚約していたのなら、いったいどうしてアナベルと夏の半分のあいだ、深い仲になっていたの？　持っているサインペンをへし折ってしまいそうになった。

「あと二、三うかがいますね」きっぱりいったところで、ウォルドルフ・ホテルの黒い制服姿のウェイターに遮られた。

「コーヒー、カフェインレス・コーヒー、紅茶、いかがなさいますか？」

いつの間にかデザートの時間だ。マテオとわたしはけっきょくディナーを食べそびれてしまった。マダムとゲストをすっぽかしてしまった。マダムが気を悪くしていないといいのだけれど。でもこれにはちゃんとわけがあるのだ。マダムのためでもある。わたしたちはブレンドを救おうとしているのだから。

「けっこうよ」わたしはウェイターに断わった。せめてコーヒーくらい五番テーブルにもどって味わいたいものだ、と思いながら。

「紅茶を」インストラム夫人がいった。「全員にね。ポットごと持ってきてちょうだい」

「紅茶、ですか?」わたしはたずねた。「お茶がお好き、ということですね?」

「リチャードの仕事でロンドンに滞在していたとき以来の習慣です。かれこれ十年ほど、お茶一辺倒なんですの」

「興味深いですわ。つまり、これだけスペシャリティコーヒーが充実している時代に、という意味です。あなたもですか、ミスター・インストラム?」ジュニアにたずねた。「あなたもお茶党でいらっしゃる? エスプレッソもカプチーノも召しあがらない?」

「ええ、まったくね」多感な少年が憤慨しているみたいな表情。「あんなヨーロッパのクソみたいな飲み物。さわるのもごめんだな」

まじで首をひねってやろうかと思った。わたしの仕事を冒瀆したからだけではない。あの濡れたお茶の葉のことが頭にあったからだ。あの晩、二重になったゴミ袋の内側の口を閉じた後につっこまれたあのお茶の葉。アナベルは階段から落ちる前、お茶を一杯いれてお茶の葉を捨てている。それが、彼女が最後にしたことだ。アナベルはお茶党ではない。つまり、彼女を襲った人物のためにいれた、ということ。

〝さて、本格的な追及にとりかかることにしよう〟わたしは心を決めた。

「ミス・ウォールデン・サージェント」と彼女のほうをむいて呼びかけた。「ひょっとして、この夏はニューヨークに滞在なさっていました？」

「いいえ。グルノーブルで勉強していました。それから両親といっしょに旅行を」

「まあ、それはそれは。ではあなたはダンサーではないんですね？」

「ダンサー？　どういう意味かしら？」

ジュニアの無関心な表情がさっと消えた。椅子にすわったまま背筋をぴんと伸ばし、目をぐっと見ひらいている。

「要するに、ですね。ここにいらっしゃるミスター・インストラムはこの夏のあいだ、ロウワーイーストサイドのクラブでひんぱんに目撃されていたんですよ。若いダンサーといっしょのところをね。だから、おふたりの婚約の時期について、食いちがいがあるのではないかと思いまして」

「あなた」ミセス・インストラムだ。「そんなつくり話を誰に吹きこまれたのかは知りませんけど、それは大変な誤解ですよ。わたし、《タウン・アンド・カントリー》の上層部に〝お友だち〟がいますのよ。まさかスーパーのレジ脇に並んでいるようなタブロイド紙並みの記者を雇っているとは思わなかったわ。これ以上の取材はお断わりします。わたしが電話を一本か二本かければ、あなたをクビにすることくらいわけないんですよ」

「それでは、これで打ち切ることにします」わたしは立ちあがった。

ミセス・インストラムはわたしを睨みつけている。国家安全保障にかかわる機密を不倶戴天の敵に洩らされたみたいな勢いだ。

「そうしてちょうだい。それから、あなたがそんなでたらめをひとことでも記事にしたら、訴訟を覚悟しておきなさい」

「でたらめだと決めつけるんですね。おもしろいわ」わたしは視線をリチャード・ジュニアへと移した。「息子さんはそういうふうにはおっしゃらなかったけど」

彼女がさらに脅しをかけてこないうちに、そして彼女がもみ消し工作に息子を参戦させる前に、わたしはテーブルを離れた。そしてまっすぐ出口へとむかった。

ボールルームの壁に並んだ両開きのドアを押していると、予想通り、ミセス・インストラムに腕をつかまれた。

「だめよ、行かせないわ」かみつくような口ぶりだった。傷ができるのではないかと思うほど強い力でひっぱる。

「ちょっと！　フィオナ、そんなにひっぱらないで、やめて」

「よくもそんなうそでわたしたちを脅そうとしてくれたわね」ヒステリックな声。そのまま廊下の人気のない隅までわたしをひきずっていく。「よくも、よくも」

「わたしが、どうしたですって！」ここで反撃に出た。「それをいうなら、あなたの息子のほうこそ、アナベル・ハートを妊娠させて、そのあげく水曜日の晩に彼女を殺そうとしたじゃないの。しかも事故に見せかけて」

ミセス・インストラムの顔がたちまち真っ青になった。

〝ビンゴ！　大当たりだ。図星ね〟

あれはジュニアの犯行だった。そしてこの母親もそれを知っていた。ずばり命中したってわけだ。

「あなた、何者？」いまや消え入りそうな声だった。

「クレア・コージー。ビレッジブレンドのオーナーのひとりで、フルタイムのマネジャーです。店はあなたの息子が卑劣にもアナベルを襲った現場です」

「リチャードはアナベルを傷つけたりしていないわ。あなた、勘ちがいしている。確かにあの娘と関係をもったのは過ちといえるわ。それはほんとうに、バカな過ちだけれど、彼女を傷つけるようなことはしていないわ。誓ってもいい」

あまりにも打ちひしがれた様子に、思わずひるんでしまった。彼女のひとことひとことが真実を伝えているように感じられる。彼女の言葉を信じてもいいの？　それとも息子の無実を頭から信じて疑わない愚かな母親なの？　ジュニアの巧みなうそに母親はまんまとだまされているのか？　さっぱりわからない。でも、ここでやめるわけにはいかない。真相をつきとめるためにも、続けるしかない。

「リチャードがアナベルを傷つけたのは確かなんですよ、ミセス・インストラム。鑑識班が立ち去った後でわたし、証拠を見つけたんですから。警察にはまだ届けていませんが、これから届けるつもりです」

むろん、うそだ。ゴミ袋に入っていた少量のお茶の葉がなんの証拠になるはずもない。でもミセス・インストラムに気づかれるおそれはない。リチャードにも。

「わたしはただ、できればあなたに息子さんの力になってもらいたいだけなんです」これまたはったりだ。「わたしにも子どもがいます。ひとりの母親として同じ母親であるあなたに強く求めているんです。わたしがいまいったことを息子さんに話してください。道理というものを教えてやってください。明日の正午までに息子さんを説得して自首させたら、わたしは証拠を処分します。息子さんが自首したとなれば、警察での扱いもちがってくるはずです。おわかりでしょう」

フィオナ・インストラムはショックのあまり茫然として、顔面蒼白だった。目には涙がたまっている。

「あの子はやってないわ」きしるような声だった。「あなたはまちがっている。わたし、木曜日の朝にリチャードに電話しているのよ。ダートマスの男子寮にね。あの子は前の晩からずっとそこにいた。それを証言してくれる人だって見つかるはず……息子は証人を見つけられるに決まっている……」

そこではっとした。わが子をこんなふうにいわれて平気でいられる母親がいるだろうか。もしもわたしがまちがっていたら？　リチャードがこんなひどいことをしていなかったとしたら？

もしもわたしの子どもだったらどうだろう。こんなひどいことをやったと誰かに責め立てられたら？　想像することさえつらくてできない。いや、ジョイはどんなことがってもリチャード・インストラム・ジュニアみたいな真似はしないはずだ。

もしかしたら、アナベルが落ちた件に彼はかかわっていないのかもしれない。が、彼女を棄てたのはあきらかだ。たとえ犯人ではなくても、ひと晩くらい悶々として眠れない夜を過ごしても、文句はいえまい。いまのアナベルにはそんなことすら、ぜいたくなのだから。いまもセントビンセンツ・ホスピタルのＩＣＵで意識のないまま横たわっている彼女には。

そこで意志を固めた。

「いいわね、明日の正午よ」冷たくそういい放つと、わたしは立ち去った。

ヴァレンチノを着た背中に彼女の強いまなざしを感じた。穴があきそうなくらい。けれど鉄の意志で一度もちらりともふり返らないまま、ボールルームに続くドアへと大股で歩いて行った。そこでバーへむかったのはなかなかいい判断だった。バーではマテオが待っている。わたしは一度もふり返らなかった。

25

「なにか飲ませて」元夫にむかって、ほとんど命令口調になった。急に膝がガクガクしてきた。「カルーアがいいわ」

甘くて飲みやすくて濃厚なメキシコのリキュールだ。強くないけれど、ほっと癒される香り――コーヒーの香りなのだ。

「ほら、これ飲んでみろよ」マテオがいった。「カルーアが入っているから」

キンキンに冷えた背の高いグラスにはナッツの色を思わせる茶色いクリーミーな液体が入っていた。それを受け取り、ごくっと飲んでみる。喉ごしがよくておいしいカクテルだ。あぶったアーモンド、コーヒー、クリームの味がしたかと思うと、つぎにアルコールが一気にまわって、くらくらしてきた。

「うわっ」わたしはあえいだ。「なに、これ」

「『スクリーミング・オーガズム』だよ」

わたしはマテオにむかって眉をひそめて見せた。「いまは絶叫《スクリーム》する気分じゃないわ」

「いや、そうじゃなくって。それはカクテルの名前だよ。中身はカルーア、アマレット、ウォッカ、氷、クリームだ」

彼が中身をつぎつぎと挙げているうちにウォッカがまわってきて、このドリンクの名前なんてどうでもよくなった。それより、お代わりが欲しかった。

「また壁にぶちあたったわよ」暗い声が出てしまった。手に持ったグラスを揺らしながら、バーのカウンターにもたれた。

「母親としての感情に訴えようとしたんだけど、気がついたらケンカ腰になっていた」わたしはため息をつき、腕をさすった。ミセス・インストラムにつかまれたところだ。

〝きっと痕がつくだろう〟

「追いつめられたヒョウがわが子を守ろうとするみたいに、わたしにむかってきたの。それにものすごく感情的なの。アナベルがケガをさせられた晩、自分の息子はダートマスの寮にいて、証人もちゃんといるっていい出した」

マテオは両方の眉をあげた。「両者のいがみ合いを見逃したのは返すがえすも残念だ」

「ということはね、アナベルはやっぱり事故だったのかもしれない。あの優雅な足を階段から踏み外して、自分の不注意で転落したのかもしれない」敗北感に襲われた。

『オーガズム』をもう一口がぶっとあおった。するとあら不思議、絶叫したくなった。

「もう破滅かも。だって保険には入っていないし、ダーラ・ハートは最強の悪徳弁護士を雇ってわたしたちにけしかけるつもりだし」

わたしの声はやたらに大きかったらしい。そばのいくつかのテーブルについている人たちの頭がこちらをふり返ったから。マテオは如才ないふるまいでわたしの手から『スクリーミング・オーガズム』を取りあげた。

「きみの本能はなんていってる？」マテオの声はやさしい。「直感はどうした？」

「わたしの直感はこれまでも当てにならなかった。だって、あなたと結婚してしまったのよ、わたし。ね？」

マテオはまばたきもしない。わたしは彼に八つ当たりしている。

少なくとも、今夜の場合は八つ当たり。

「ごめんなさい。よけいなことをいっちゃった。わたしたちがいっしょになっていなければジョイは生まれなかったわけだし……とにかく……ごめんなさい。なんだかすごく気が高ぶってしまった。マダムはご自分が受け継いできた伝統をわたしに伝えようとしている。ビレッジブレンドをね。それなのにわたしときたら、それをあっという間に台無しにしている」

「きみは台無しになんかしてないよ。やったのはフラステだ。それにお袋も。ぼくだってそうだ。きみはニュージャージーにいた。そこでぼくたちの娘を育てていた。ぼくはコーヒーを買いつけるために世界じゅうをめぐっていた。自分の妻と娘が暮らしているこの国を留守にして」

わたしは拳をカウンターに打ちつけた。強く打ったわけではなかったけれど、数人があれっという目で見た。

「アナベルはまちがいなく誰かにやられたのよ。事故なんかであるはずがない」

マテオがにこっとした。「そうじゃなくっちゃ」

わたしは肘をカウンターについて手に顎をのせた。「でも、わたしたちまたふり出しにもどってしまった」ため息が出た。「ミセス・インストラムは息子の無実を確信している。この疑惑を誰かに洩らしたら訴えると脅されたわ。それにリチャード、つまりジュニアは品性のかけらもない下劣な男だけど、まったくの無実、という可能性は大いにあるのよね」

「あきらめるのはまだ早い」マテオはわたしのむき出しの肩に手をのせた。「たったの二日間でプロの探偵並みにはいかないさ。ミス・マープルだって、これほど短期間であれだけのテクニックは身につけられなかったさ」

「そうよね」またため息が出た。「ふたりの人間から訴えるぞと脅されたけど、それを理由にやめます、なんていえないわね」

「いいか、クレア。ダートマスはニューヨークからそれほど離れているわけではない」

「どういうこと？　ニューイングランドでしょう？」

「ニューハンプシャーだ。車で六時間もかからない」

「それなら夜のあいだに移動して、朝、寮の人間に目撃されることは可能、ということね」

「そうだ」

「じゃあ、やっぱり彼の犯行？」

「完全にシロ、というわけではないということだ」

「それに、アナベルが明日にでも意識を取りもどして、すべてを思い出すという、可能性だってあるわ」

マテオはおまじないにコツコツとカウンターを叩いた。「幸運を祈ろう」

「テーブルにもどりましょう」カウンターを押して反動をつけて身を離した。「あなたのお母さま、わたしたちの身になにか起きたんじゃないかって、きっと心配しているわ」

広大な部屋のなかをよたつかずに歩くことができたので、ほっとした。でも、楽に進めたわけではない。おおぜいの客がすでにテーブルを離れてフロアに出ている。わたしはキャプテン・マテオに手を引かれるまま、大量のフォーマルドレスがうごめく海のなかを進んでいかなくてはならなかった。

ダンスフロアにはスパンコールが光り輝くオートクチュールのドレスとヴィンテージ

のブラックタイがあふれ、指揮者のジョージ・ギー（おそらく北米で唯一の中国系アメリカ人のビッグバンドのリーダー）は十七人編成のスウィングオーケストラを指揮してグレン・ミラーのナンバーを演奏している。トロンボーン、トランペット、クラリネットが楽器ごとに上下左右にさかんにウェーブしながら「ペンシルバニア、シックス、ファイブ、サウザンド！」と叫ぶ。

「やったね、お袋さん」五番テーブルにもどったマテオがマダムに話しかけた。「すごく盛りあがっているじゃないか」

「おかげさまでね！」頬にマテオのキスを受けながらマダムが大きな声でいった。「おやおや、席を外していたふたりがやっと降りて来たわ。みなさん、マテオとクレアがもどって来ましたよ。ずいぶんとお早いお帰りで」

「すっかり食べそびれちゃったかな」マテオがたずねた。

「そうね、ほんの四皿ほど」マダムが手をひらひらさせた。「でもコーヒーとデザートはこれからよ」

「遅くなって申し訳ない」マテオが携帯端末をふって見せた。「その、この小さな機械をさがすのに手まどってしまって」

「まあまあ、そうでしょうよ！」マダムがはしゃいでいる。「でも、そういうことに関してクレアは強力な助っ人だったでしょ！」マダムの露骨なウィンクに、テーブルを囲んでいた一同からクスクス笑いが洩れた。

「彼はほんとうに一生懸命さがしていました！」

ほかに言葉が思いつかない。だって、いまここで叫ぶわけにはいかない。〝ちょっとみなさん！　あなたたちの想像、全然ちがっていますから！　マテオとわたしはシーツのあいだに潜りこんでいたわけじゃありません、怪しい人物の部屋に忍びこんでいたんですから〟

「そのパームパイロットのいったいなにが、そんなに大事なの？」マダムだった。

「そ、それは、生産業者に注文の内容を確認するために」マテオがこたえた。

「おお、そうなんですか」といったのはエドゥアルド・ルブローだった。突如として関心を示した。「どちらの生産業者ですか？」

「ペルーです」

「農場の名前は？」

マテオがにこっとした。「すみませんが、企業秘密なもので」

「マテオはブレンドのコーヒーのバイヤーを二十年もやっているんですよ」テーブルを囲む人々にむかってマダムが誇らしげに説明する。「そして未来に事業をつなぐ仲介者でもあります。父親から事業のことを学んで——父親もまたその父親から学んできたのです。むろん、そこにはつねに献身的な女性の支えがあり、彼女の熱心な働きがあってこそ店は順調にまわっていくのですけどね」マダムは鋭い視線を息子にむけた。「興味深いお話ね。ところでどうやってコーヒーの事業を未来に〝仲介〟するのかしら？」とたずねたのは副局長のマージョリー・グリーンバーグだ。

「安く買って高く売るんです」マテオがチャーミングな微笑みを浮かべた。「じっさい、コーヒーというのは石油についで世界じゅうであまねく取引されている商品ですからね」

「そして世界で一番人気のある飲み物です」わたしがごく自然につけ加えた。「年間に千億杯も飲まれています」

「その通り。わたしたちはそのすべてをビレッジブレンド経由で売るつもりですので」マテオだった。

テーブルの全員が笑った。

「わたしにとってビレッジブレンドとは、単にコーヒーを飲むためだけの場所ではありません」ドクター・マクタビッシュがテーブルについた全員に話しかけた。「公共施設と同じなんですよ」

「あの場所を愛しています、わたしたちは」ドクター・マクタビッシュの同僚のアフリカ系アメリカ人ドクター・フランケルだ。彼の妻で企業の顧問弁護士をしているハリエットは自分も同じ意見だとばかりにしきりにうなずいている。

「わたしたちも同じ考えですよ」マージョリー・グリーンバーグだった。精神分析医の夫も賛成している。「伝統、ということですね」

「べつの街に住んでいる友人もやはりお店の大ファンなんです」ハリエット・フランケルだ。「それからわたしのクライアントもね。みんな、ずっと昔からうわさをきいているんです。二階に飾ってあるこまごまとしたアンティークも、ミスマッチの家具も、どれもみなすてきなのよね。すごく……そうね、すごく〝ボヘミアン〟ていうのかしら、自由な感じ。すばらしいわ！」

「あの店がグリニッチビレッジのほかの店と同じような運命を辿らないことを祈っています」副局長のマージョリー・グリーンバーグだ。「ページェント・ブックショップやセントマークスシアターみたいにね」

「あの劇場はいまでは確かギャップの店になっていますね」弁護士のハリエットがたずねた。

「ビレッジブレンドはわたしが死んだ後も末永く続きます」マダムがきっぱりいった。「そうなるように手はずを整えているんです」そこでわたしとマテオを見た。

「それにこの国では評判というものはなににも代え難い。そうじゃありませんか？」エドゥアルドだった。

「といいますと？」わたしがたずねた。

「アメリカの消費者についていっているんです。ここでは名前を見てものを買ったり売ったりします――つまりブランドです。そうでしょう？　なかでも一番価値があるのは、古くから続いているブランドなのですよ」

「ああ、そうか」精神分析医だった。「キャンベルのスープやアイボリー石けんですね？」

「そうそう、そうです。たとえば最近のあのスチュワートという女性の一件――」

「マーサ・スチュワートね」ハリエットだ。「あれはちょっと残念だったわね。ああいうふうにインサイダー取引のスキャンダルで逮捕されてしまうなんて」

「彼女には……なんというか……汚れたイメージがついてしまった」エドゥアルドがいう。「だから彼女の会社の株価は下落したんです」

「なにをおっしゃりたいんですか？」わたしがたずねた。

「つまりですね、彼女は〝新興〟ブランドであり、この国の伝統ある信頼のおけるブランドではなかった、ということです。いまのところはね。アイボリー石けんとかキャンベルスープとか、あるいはビレッジブレンドのように。わかりますか？」

「いいえ」とわたし。

「あら、わたしにはわかりますよ」マダムがホホホと小さく笑いながらいった。「エドゥアルドはわたしからブレンドを買い取ろうとしたんですもの。ブレンドをフランチャイズの組織にするつもりで」

「なんですって？」わたしはきき返した。「マクドナルドみたいに？」

「スターバックスみたいに、ですよ」きつい口調だった。エドゥアルドは自分でもはっとしたらしく、声をやわらげて、わざとらしくふふっと笑った。

「ビレッジブレンドは永遠に〝ひとつ〟しか存在しません」マダムだった。「わたしがオーナーである限り。そのわたしの意志は将来のオーナーにも尊重されます。そして、将来のオーナーはマテオとクレアが務めることをわたしは決めたのです」

「わあ、すばらしい！」「なんてステキなのかしら！」「伝統が受け継がれることにバンザイ！」テーブルのあちこちから声があがった。

マテオとわたしはたがいに顔を見交わした。マダムの宣言を誰もが心からよろこんでいる。ただひとり、エドゥアルドをのぞいては。彼の顔にはつくり笑いが浮かんでいた。ブレンドへの望みが永遠に断たれたわけだからしかたない。わたしたちのためによろこぶ気になどなれないだろう。

デザートとコーヒーが運ばれてきた。マダムは中座していたマテオとわたしのためにもコーヒーを注文していた。

ディナーを食べ損なったわたしは小躍りした。湯気の立つコーヒーとともに出された皿にはチョコレートケーキがミントの葉とラズベリーで飾られている。小麦粉を使わないタイプのケーキ。文字通り、あっという間にたいらげた。いっぽうマテオはしかめっつらをして文句をいっている。

「どうかしたの？」

「身体がカフェインを欲しがっている。でもこんなコーヒーにはがまんならない。色つきの汚水にクリームを加えたものなんて」

「今夜はちがうわよ。ビレッジブレンドが数日前にコーヒー豆を納品したの。そうですよね、マダム？」

「ええそうよ。クレアが週末に豆を焙煎して月曜日に袋を届けてくれたんですよ」

「それはご苦労さんだったな、クレア」マテオはカップの匂いを嗅ぎ、用心深そうに少し口にふくんだ。「悪くない。ウォルドルフにはそれなりの金額を請求したんだろうね」

「チャリティのためなのよ。価格は〝値引き〟しておいたわ」

マテオはてんでおもしろくなさそうにため息をついた。

対照的にエドゥアルドはじつに愉快そうな笑い声をあげた。

「そんなにおかしいですか？」わたしはたずねてみた。

「ええ。小規模の事業経営者というのは利益が見込めるところからは、洩らさず利益を得るのが鉄則ですからね。大手は不良債権として処理すれば済むのですから。ご主人に相談すべきでしたね」

「マテオは――」〝わたしの夫ではない〟といいそうになってやめた。(マダムには断言しておくつもりだった。二度と彼とは夫婦にならないと。でも、それを公衆の面前で口にしようとは思わない。この場でマダムに気まずい思いをさせたくはないから)

その代わりにこういった。「マテオは――〝正しくない〟わ」さらにつけ加えた。「寄付金集めの機会を利用して儲けるべきではありません」

「たとえそうであっても」エドゥアルドだ。「ここはアメリカですよ。コーヒーの味がいいとかまずいとかなんて、問題ではないんです」

「ちょっといいかな」マテオだった。「でも、ぼくはそこに、こだわりをもっている」

「あなたにとってはそうかもしれない。でもそれは例外だ。ここにいる大多数の人は、テーブルに運ばれて来たものを、なんの考えもなしに飲むだけですよ。あなたがいったように、たとえそれが汚水みたいな味であってもね。平気で飲んでおいしいと思う。それはウォルドルフ・ホテルで出されたものだからです。わかりますね」

「ちがうわ」わたしはしだいにいらだってきた。「わたしたちアメリカ人は、確かに広告やキャンペーンにつられて、あるいは名の通ったブランドだからという理由で一度や二度、商品を買うこともあるかもしれません。でも、その品質に満足できなかったら、二度と買わないわ。愛想を尽かして見むきもしなくなります。ハンバーガーの誇大広告を皮肉ったコピーがあったでしょう。『ビーフはどこだ』って」

「知りませんな」

「認識を改めていただきたいわ。アメリカという国はそういう国です。アメリカ人ほど払った金額に見合うものを手に入れようとするシビアな国民はいないはずです。おそらくあなたは〝ヨーロッパの人たち〟とアメリカ人を混同しているのね。あちらは貴族や王族といったものに無条件に価値を与えてしまう旧世界ですから」

「おたがいの合意が得られないことに合意しましょう」エドゥアルドの顔には冷笑が張りついている。

「そうね、そうしましょう」わたしは湯気の立つカップから思うさまぐーっと飲んだ。

金曜の晩だった。ビレッジブレンドがいつも以上に混み合う夜だ。あと一時間もすればタッカー一人でバリスタをするのはきつくなるだろう。わたしが助っ人として入るのを心待ちにしているはずだ。

つかの間、ハウスブレンドの豊かで香ばしいアロマを無心に味わった。素朴な温かさが体内の細胞一つひとつにすばやく染みこみ、疲れ切った骨組織に新しいエネルギーがたっぷりと満たされた。ふたたびパワーがみなぎってきた。

ああ助かった。今夜はまだひとやまもふたやまもある。この一杯のおかげでなんとか乗り切れそうだ。

26

「フランチャイズなんてクソ食らえ」

ビレッジブレンドの奥の階段をのぼりながら、マテオにむかっていった。これから部屋にもどって着替えるのだ。ディナーの席でのエドゥアルド・ルブローの無礼な発言に、まだはらわたが煮えくり返っている。

「うむ、やっぱり無理があるな」

「え？」

「クソだよ。いくらなんでもクソを食わせるフランチャイズ店は法的に許されないだろう」

「マテオったら！　わたし、真剣なのよ！」

「ぼくだってそうさ」

タクシーで帰って来て、ブレンドの前で停めると店はにぎわっていた。タッカーとふたりのアルバイトは整然と仕事をこなしていた。そればかりか、閉店の時間まで店に降りて来なくても大丈夫だからとタッカーはいってくれた。これはうれしい。一時間かそこら休めるのはありがたかった。

マテオがカギを出してアパートの玄関をあけた。ジャヴァが「ミャアアアアアアオウ」という甲高い声とともに迎えてくれた。

「なんだ、ありゃ。ジャガーか？」

「腹ぺこだっていってるのよ」通訳してあげた。

「ちっこいネコのわりに大きな声だ」

「はっきりと主張するたちなの」

「飼い主とそっくりだ」

「それはどうも、ありがとう」ジャヴァの耳を掻いてやり、エサを少し出してやった。

直火式のエスプレッソ用ポットの下の部分に水を入れた。これは三杯用。ダークローストしたアラビカブレンドを手早く挽き、粉をバスケットに詰め、水の入ったポットの下の部分、バスケット、ポットの上の部分の順ではめこんでいく。最後に、銀色のそのポットをコンロの上に置いた。

「ルブローがあんなことを考えていたなんて、信じられない」腹立ちはまだ収まらない。

「ビレッジブレンドをフランチャイズ化するってこと？　悪くはないんじゃないか？」

マテオはブラックタイを解き、白いドレスシャツの一番上のボタンを外している。「あんがい、いいアイデアかも」

「あなたがそんなことというなんて!」大きな声を出しながら、カップボードからクリーム色のデミタスカップを二人ぶん取り出す。「彼がやろうとしたのは、ビレッジブレンドの名を地に落とすことでしょう。安物にブレンドの名前をつけて高級品として売り出すってことよ。彼はああいう信念の持ち主ですもの、それくらいのことはやってのけるわ。むかしのコナ・コーヒーのスキャンダルと変わらないわよ。くわしくおさらいしましょうか、あの事件について」

「いや、結構だ。といってもきみはやめないだろうけど」

マテオは母親から何度となくきかされていたので、この件については細かいところまでよく知っている。悪徳コーヒー・ブローカーがハワイを中継地にして質の悪いコーヒー豆を詰め替え、ハワイ産のコナ・コーヒーと称して転売した事件だ。

「エドゥアルドの考えに従えば、コナの詐欺事件はアメリカ人にはお似合い、ざまみろってことになるのよ。コナの詐欺事件では犯人たちはけっきょく連邦刑務所につながれたのだから、そこのところを彼にとくと思い知らせてやらなくては」

「落ち着けよ、クレア。ぼくはルブローではないよ。もしもぼくがこの店をフランチャイズ化するなら、まっとうなやり方でやるなあ」

「〝ブランチャイズ〟なんて言葉、二度とあなたの口からききたくない。わかった？」

「それなら取引しよう」マテオはジャケットを脱ぎ、カフスリングを外し、袖をまくりあげた。「きみはぼくが知りたいことを話す、そうしたらぼくはこの言葉をボキャブラリーから消す」

「なにが知りたいの？」

「笑うなよ」

「なあに？」

「カップだよ。あのカップからなにを読み取ったのか」

「カップ、って？」

「マリオ・フォルテって若僧のエスプレッソ・カップだ。夕食の後できみが地下に行ったときにぼくが持っていっただろう。きみはなにかを読み取ったはずだ。きみの顔を見てわかった」

「まあ、あきれた」

マテオがまだあのことを考えていたとは驚きだ。あれから二十四時間も経つというのに！

「いいからほら、話してごらん」

「あれは不完全なものだったから、正確に読むことはできなかったの！　粉がじゅうぶんに残っていなかったから」うそだった。「それにあなたから見せられたとき、ほかのことに気を取られていたから、ろくに見なかった」

そうなのだ。彼には真実を告げたくなかった。カップをのぞきこんだ瞬間、マリオの人となり、性格、これまでの人生がわたしの頭のなかに鮮明に浮かんだ。

カップのコーヒー滓にわたしが見たイメージは「ハンマー」と呼ばれるものだった。強引で意志が強靭で独立心の強い人物のサイン。夢を実現させるリーダータイプだ。たいへんよろしい。ただ残念なのは、マリオの「ハンマー」はめらめらと燃える炎に囲まれていた。これは彼の人生が危険に満ちているということを意味している。その危険の多くは、彼自身が招き寄せる。

こういう「ハンマー」のサインをもつ人物は、楽な人生を歩むことはめったにない。このハンマーはたくさんの釘を打った末に、ようやく真の幸福を手に入れることができる。

これだけのことを読み取り、わたしは悲しくなった。もしもジョイが本気でマリオとのことを考えているとしたら、長く困難な道が待っているにちがいない。

なぜそんなことがわかるのか？　それは、元夫のマテオのコーヒー滓を初めて読んだとき、そっくり同じ形を見たから。

だから元夫に対する返事は、これしかない。

「カップにはなにもなかったわ。なにも見えなかった」

マテオはじっとわたしを見つめている。わたしの言葉を鵜呑みにはしたくないのだ。

でも、ここで流されてはいけない。

「じゃあ、〝フランチャイズ〟って言葉はまだぼくのボキャブラリーから外さなくていいってことだな」マテオは腕組みをして眉をあげてみせた。

「共存してみせるわ」

「ぼくとは？」彼がきいた。「ぼくともここで共存できる？」

「まあ、様子を見てみましょう」

「今夜のきみはすばらしかった、ほんとうに」マテオがこちらにちかづいてきた。

「やめてちょうだい」

「ほんとうさ。じつに勇敢だった。そして魅力的だった。きみもそのことにはとっくに気づいているだろうけど」

エスプレッソメーカーのお湯が沸き、これからいよいよコーヒーの粉を通過してポットの上部へとのぼっていく。わたしの大好きな瞬間。キッチン全体にかぐわしいアロマが満ちる瞬間だ。

マテオがさらにちかづいて来た。ブラウンの澄んだ瞳に吸いこまれそう。バラのつぼみを宝石でかたどった高価なネックレスはマダムのスウィートで返してきた。でもオフショルダーのヴァレンチノのドレスはまだ身につけている。むき出しになった首と肩がひどく無防備だ。彼の両手がゆっくりとあがって無防備な部分に触れようとしていた。力強く武骨な彼の指。その指が驚くほどやさしく、そしてゆっくりとわたしの硬く張った筋肉をマッサージする。わずかにざらつく指の感触がくすぐったい……彼にこんなふうに触れられるのはひさしぶりだ。ブラウンの瞳がなおもこちらを見つめている。

「ずっと会いたかった」そうささやいて、彼は頭を下げた。彼のくちびるがわたしのくちびるにそっと触れる。

わたしは目を閉じた。彼を求めているのか、求めていないのか……彼の腕のなかに引き寄せられた。エスプレッソから立ちのぼる蒸気と男性用コロンの甘くて心地よい香りがいっしょくたになっている。頭がクラクラする。手でわたしの頭を支え、彼が口をあけてよりディープなキスへと誘う。

そうだった……この人はほんとうのキスができる人。これについては異議をさしはさむ余地なし。やさしくてしかも激しいキス。ふっと力が抜けてしまうような、それでいて同時に身体が熱くなるようなキス。

わたしは拒まなかった。彼のひろい肩に腕をまきつけて力をこめ、今度は自分からキスをした。彼は昔と変わらなかった。チョコレートとカルーアの余韻がまだ舌に残っていた。

コーヒーの香りがすっぽりとわたしたちを包む。沸騰したお湯がコーヒーの粉を突き抜けてポットの上部にのぼり、エスプレッソが出来上がったのだ。

「出来た」わたしはもごもごといって身を離した。

「沸騰させておけばいい」マテオのくちびるがふたたびわたしのくちびるをとらえた。マテオの腕のなかは心地よく、ほとんど忘れていた高ぶりが蘇っていた。抗う理由はなかった。もちろん、わたしのなかの論理的で現実的な自分に相談すれば、バカな真似だと一喝されるはず。でもこの瞬間、そんな声に耳を傾ける気はなかった。

「上に行こう」マテオがささやいた。

わたしはうなずいた。

マテオが手を伸ばしてコンロの火を止めた。わたしの手を取り、階段にむかってリビングを歩き出した。もしもそこで電話が鳴らなければ、その後の展開はさぞやちがっていたことだろう。

けれど電話は鳴ってしまった。

「放っておこう」

「ジョイかもしれない」マテオがうなずき、受話器を取りあげた。

「もしもし」受話器に耳を当てていたマテオの顔にあきらかに失望の色が浮かんだ。目が合った。

「ドクター・フーだ。アナベルは助からなかったよ、クレア。たったいま息を引き取った」

27

「おやすみなさい、タッカー」あれから一時間が経っていた。「家でちゃんと寝るのよ。日曜の朝の勤務は忙しいから」

「そんな殺生な。ダンスパーティーからご帰還したのをお迎えしたんですから、今度はこちらのシンデレラがパーティーに出かける番ですよ」

大きく手をふると、タッカーは夜の街に消えていった。

正面の入り口にカギをかけ、自分のためにエスプレッソを一杯つくった。あまりにもくたびれ果てていたので、コーヒーの粉はポーターフィルターに入れっぱなしにした。朝、きれいにすればいい。その後で、最後にゴミ袋に入れよう。これはわたしとしてはたいへんな手抜き。でも、かまうことはない。わたしはここのボス。それに今夜はハードな一夜だったのだから。

デミタスカップに砂糖を少し加えてかきまぜ、それを一気に飲んでしまうと、階段をのぼって二階の狭いオフィスにむかった。脇に今日一日ぶんのレシートをはさんで。

デスクを照らすハロゲンランプのスイッチをつけてから石の壁にはめこまれた小さな黒い金庫に寄った。金庫には真鍮のダイヤル、取っ手、飾りがついている。これまで百年以上ものあいだ、ブレンドの貴重なものの保管を一手に引き受けてきた金庫だ。

金庫の右側にはセピア色の写真がかかっている。男性の写真だ。黒い瞳で鋭くこちらを見据え、粋な口ヒゲをたくわえた男性は、世紀末ころのアレグロ・ファミリーの家長、アントニオ・ヴェスパシアン・アレグロ。

金庫の左側にはガラスのディスプレーケースがある。ケースのなかには百年の時代を経たノートが収められている。すり切れてシミの跡が残るこのノートにはアレグロ一家秘伝のコーヒーのレシピが書かれているそうだ。アントニオ・アレグロ自らが事細かに記録し、歴代のアレグロ家の人間に代々委ねられてきた。

わたしは足を止め、マテオの曾祖父の写真をじっくり眺めた。精悍な顎のライン、どことなくただよう傲慢さ、その瞳には打ち消しようのない知性が見てとれた。マテオはそのすべてを受け継いでいる。

アレグロ家の人間と結婚するということは、なんというか、秘密結社の一員となることに似ている。フリーメイソンとかイルミナティとか——あるいはマフィアとか。とにかく幾重もの秘密のベールに包まれている世界なのだ……家業、豆の種類、ローストのプロセス、独自のブレンドなど。

マフィアの〈オメルタ〉つまり沈黙の掟みたいに血の誓いを立てるところまではいかないが、これは死ぬまで抜けられないのでは、と思ったほどだ。マダムはまちがいなく、その覚悟でいた。そして今夜のマテオの言動から判断すると、彼も同じらしい。

そんな思いをふり切るように金庫をあけて、今日のぶんのレシートを押しこんだ。扉を閉めてダイヤルをまわす。くたびれ果てて、すぐにベッドに入りたかった――〝ひとりだけで〟アナベルのことでひとしきり泣いてから、わたしはマテオにはっきり通告した……。

彼女の死の知らせを受けて、わたしはがぜん正気を取りもどしたのだ。マテオもわたし同様にショックを受けたが、ふたりで清潔なシーツに入り抱き合う、という気持ちにはいささかも変わりはなかったようだ。

わたしたちは離婚した間柄なのだから、とわたしは穏やかにいった。離婚の理由についてもいい添えた。

もう一度やりなおすチャンスを与えるのがこわいのか、と反論されたが、わたしは無視した。

それでよけいに刺激されたのか、あきらめるつもりはないらしい。旅立つまで、まだしばらくある。南米か、アフリカか、アジアか、ともかくつぎの訪問先のプランテーションにむけて飛び立つまでは、働きかけてくるにちがいない。

わたしは涙ながらにいってきかせた。いま大切なのはコーヒーの買いつけなのだから、それに専念してほしい、わたしたちはいつブレンドを失ってしまうのかわからないのだから、と。

アナベルは死んでしまった。それだけでもじゅうぶんにつらいというのに、彼女の死はいやおうなくあらたな波紋を呼ぶにちがいない。

これでアナベルの口から、階段から突き落とした犯人について――犯人がいるとして――きくことはできない。検視解剖をしても、証拠となるものは見つからないだろうとフー医師からきかされている。病院ではすでに精密な検査、血液検査などあらゆることがおこなわれている。階段から落ちたときにできたと思われる傷以外に、新しい事実が見つかるだろうか？

こたえはノー。とすれば、アナベルの義理の母親が抜け目のない弁護士とともにいつ乗りこんで来てもおかしくはない。いよいよ彼女は収穫の時期を迎えるというわけだ。

ため息が出た。この伝統あるビレッジブレンドがさきざきどんな運命をたどるとしても、とりあえず今夜のところはまだわたしが責任者だ。ベッドに潜りこんでもっと泣きたいのはやまやまだったが、その前にひとつだけチェックすることが残っていた。

さっきタッカーに、時間があればロースターのあたりを片づけておいてほしいと頼んでおいた。マテオがペルーで買いつけたコーヒーの第一便が明日の早朝届くことになっていた（ディナーの席でパームパイロットを手に船積みを報告したのは、あくまでも見せかけ。ほんとうは何週間も前に手配済みだった）。地下の貯蔵室にはこれから生豆の詰まった袋がどんどん運びこまれ、焙煎されるのを待つ。

あいにく、タッカーに片づけは終わったのかどうかを確認しそびれた。しかたないので、この目で確かめてこよう。暗くて気味の悪いあの地下室に行ってチェックしてこなくては。

オフィスの戸を閉めて、照明を落とした二階のフロアを横切る。ミスマッチのソファ、椅子、ランプが配置されたボヘミアン調のフロアを、つまずかないように気をつけながら歩いて、階段で一階まで降りた。

地下室への階段を降りるときに照明のスイッチをつけた。パッと光が炸裂したかと思うと大きくポンという音。しまった、階段の電球が破裂してしまった。

地下の焙煎する場所には蛍光灯がずらっと並んでいるのだが、そのスイッチは下の暗闇のなかだ。

その時点であきらめようかと思った。でも、電気がショートでもしていたらたいへんだ。ただでさえ盛りだくさんなこの一週間を店の全焼、なんてことで締めくくりたくはない。だから踊り場の脇の貯蔵庫にあった懐中電灯と、新しい電球を握りしめた。

片手を木の手すりに置き、おそるおそる降りていく。まさにここでアナベルは死にむかって転落した。そのことをひしひしと感じる。足を進めるたびに階段の吹き抜け部分に足音が響いた。地下室のコンクリートの床に足が着いたところで、ようやくほっとひと心地つくことができた。

あたりは真っ暗。スイッチは階段を降りたところにある。懐中電灯を照らして懸命にさがしていると、音がした。頭上で床がきしむ音がしたのだ。そしてもう一度。〝足音だ〟

誰かが店のなかを歩いている。

〝マテオなの?〟でも、その可能性は限りなく低い。彼は店じまいの手伝いを申し出てくれたのだが、少し距離を置いて考えたいからとはっきり断わった。彼は不機嫌をあらわにしたけれど。

身体が凍りついた。また足音がきこえたのだ。とてもためらいがちに歩いている音。マテオではないと、ほぼ確信が持てた。猪突猛進タイプの元夫はまちがってもためらいがちに歩いたりしない。

では、誰なのか?

わたしは息を止めた。店の正面の戸と裏口を戸締まりしたかどうか、思い出そうとした。まちがいなく戸締まりはした。でも防犯ブザーはセットしていない。

パニックになるまい、と自分にいいきかせた。このままでは袋のネズミだ。この地下室には電話がない。警察に通報する手段がない、ということ。唯一、外に通じているのは歩道に面した跳ね上げ戸。けれどその戸には外からも内からもカギがかけられている。上に侵入者がいるとしたら、その人物が立ち去るまでここでじっとしていなくては。そして相手に見つからないことを祈るしかない。

心臓がドックンドックン音をたてた。賊は部屋を横切ったようだ。少しして階段を歩く足音がした。

〝どうしよう、どうしたらいいの！　こっちに来る！〟

ロースターの後ろに隠れることができそうだ。懐中電灯を消して、身体をまるめ、耳を澄ませた。

足音はなおも階段からきこえてくる。けれど、その音は大きくなるのではなく、弱くなっていった。侵入者は上にのぼっていたのだ。降りて来たのではない。オフィスにむかっている。

金庫だ！　強盗が入ったのだ！

耳を澄ませてみたが、なにもきこえない。

ここでこうして隠れてはいられない。腹を決めた。ともかく一階の電話のところまで行こう。

階段をのぼっていく。のぼりきる手前で、オフィスからガラスが割れる音がした。反射的に思い切り悲鳴をあげていた。

窓を揺らすほどの声。ジャヴァ顔負けのジャガーの遠吠えみたいな声だ。オフィスに侵入した賊にもその声はきこえたにちがいない。なぜなら、つぎの瞬間ハロゲンランプが砕け散る音がしたから。

すぐに、黒いレザー姿の人物が降りてくるのが見えた。腕にノートを抱えている。

〝あのレシピブックだ！〟

ガラスが割れる音がしたのを思い出した。それでわかった。〝ああ、なんてこと〟金庫の脇のガラスケース！　侵入者は金目当てではなかった。アレグロの伝統の詰まったノートを盗むのが目的だったのだ。〝なんて卑劣な！　許せない！〟

相手が猛然とこちらにむかって来た。若い男だ。ブロンドの短いクルーカット。顔は確かめられなかったが、目だけは一瞬、見ることができた。明るいブルーの瞳。男はフットボールの選手のように片手でわたしを押しのけた。

地下へと続く階段をあわや転げ落ちようとしたとき、やっとの思いで木の手すりをつかんだ。奇跡としかいいようがない。

〝ああ、アナベルも同じ目にあったんだ！　二日前の晩、彼はノートを盗み損ねた。アナベルがいたのに驚いて逃げたのね！〟

自力で身体をひっぱりあげた。見知らぬ男が正面の入り口にむかって走っていく姿を

ぎりぎりで目に収めることができた。男はノートを腕で押さえながら正面にむかってい
た。ドアをガチャガチャさせる音。いったいなにをしているの？
「マテオ！　マテオ！」精一杯声をはりあげた。
さいわい、ガラスが割れる音をききつけたらしく、わたしが叫び出したのとほぼ同時
にマテオがやって来た。
「クレア！」マテオが階段を駆け降りて一階の照明のスイッチを入れた。「いったいど
うした」
「強盗よ！」正面のドアを指さした。
いきなり明るくなったので、強盗は動揺していた。ドアをガチャガチャさせるのはあ
きらめて、ドアをあけて駆け出した。
わたしは正面の入り口めがけて突進した。
「彼はカギを持っていた！」鍵穴にカギがささっている。それを抜き取って上にかざし
た。「だからガチャガチャやっていたのね。すぐに逃げられるように鍵穴にさしたまま
にしておいたのに、抜くのに手間取った」
「警察を呼ぼう」
「そんなことしているヒマはないわ！　みすみす逃がしてしまう……コーヒーブックを
持ったまま」

「彼の顔は見たの？」

わたしはうなずいた。

「行こう。ハドソン通りを北に行ったみたいだ」

ドアにカギをかけて、わたしたちも駆け出した。

28

秋の冷たい空気はしっとり湿っていた。わたしもマテオもジャケットはないが、セーターだけは着ている。その格好のまま、ちかくの川からあがってくる薄い灰色の霧のなかを走った。

真夜中の十二時過ぎ。今日はビレッジの典型的な金曜日だ。わいわい声をあげる男女の群れが石畳の細い道でまだ気勢をあげている。映画館を出て、この界隈のクラブ、バー、キャバレー、深夜営業の飲食店のあたりでたむろしているのだ。建ち並ぶフェデラル様式の赤煉瓦のタウンハウスには商店、画廊、アパートなどが入っているが、どこもすでに照明を落としている。

「あっちにむかっている」マテオに声をかける。

侵入者にぐんぐん迫っていく。グローブ通りをわたる姿をしかと見据えた。ブロンドのクルーカットと光沢のあるレザーのジャケット。あいかわらずノートを抱えている。そのほかにもなにか持っている。コートの下にかさばるものが隠れている。

「見て、マテオ。あの人、ブレンドの銘板も盗んだのよ！」

わたしはだっと駆け出した。はやいところあの男をとっつかまえなくては。けれどマテオの大きな手がわたしの小さな肩をひきとめた。

「なにするの？」責め立てる口調になった。

「あまりちかづきすぎるな。さっきのカギを見せて」

マテオにカギをわたした。歩きながらマテオは街灯の光でカギをじっくり調べている。

「この合いカギは『ピーツ・ペイント・アンド・ハードウェア』でつくられている。ペリー通りの店だ。ほらここにロゴがある。ブレンドと取引のある店だな」

「ということは」

「そうだ。この合いカギは店で働いた経験のある人間が作ったものだ。すぐに思いあたる人物といえば？」

「フラステ。モファット・フラステね」

「おまけにやつのことだ。合いカギの費用を店に請求したに決まっている」マテオはうんざりした声を出した。

「そうよ。フラステにちがいない。あの泥棒は合いカギを持っているし、マネジャーのオフィスにあのノートがあることもちゃんと知っていた。フラステは前回、ビレッジブレンドの銘板を盗もうとして失敗した。そうよね？」

「そうだ。ほんとうをいうと、あいつが故意にブレンドの保険を失効させたときいた瞬間、あやしいと感じた」

「それに、彼はエドゥアルド・ルブローのもとで働いていたのよ。ブレンドのフランチャイズ化をたくらんでマダムに売買交渉を持ちかけて失敗した、あの男のところでね」

「その通りだ。フラステは群を抜いてひどいマネジャーだった。ピエールが亡くなった後、おそらくルブローはあいつを買収してビレッジブレンドの経営を悪化させたんだろう。そうすればお袋が売るにちがいないと読んでいたんだ。それがうまくいかず、お袋がきみをマネジャーに復帰させると、フラステは強盗を働いて、仕返しを謀ったにちがいない」

「すべて理屈に合う。ただ……あのノートにはコーヒーのレシピが詰まっているけれど、ビレッジブレンドの名前があってこそ価値があるんじゃないのかしら」

「まあ、そうだろうな。ルブローだってそれは承知の上だろう。だからこそ、あいつがこの件にからんでいるとぼくは睨んでいる。フラステはおそらく、あのノートがルブローにとって価値あるものだと知った上で、この強盗を企んだのだろう」

「そのすべてを、どう証拠立てればいいのか」

「むずかしいだろうな。いま追っている強盗がモファット・フラステと合流することに望みを託すしかないな。それがダメとなったら、あいつが逮捕されてあらいざらい白状するのに期待しよう。あの晩、店に強盗に押し入ろうとして失敗したことを認めたら、そしてその過程でアナベルを殺《あや》めたと認めたら、アナベルの身に起きた不幸な件の背後にフラステがいるということになる。そうなったら、オレはあのデブをこてんぱんにしてやる」

「落ち着いて。まずやるべきことをやりましょう。あのクルーカットの男の姿を見失わないようにしなくては」

強盗の後を追ってハドソン通りを北上した。クリストファー通りで男は右に曲がった。

油断したら男の姿を見失ってしまいそうだ。週末のクリストファー通りはいつも大混雑だ。今夜もにぎわっている。歩道は男たちでほぼ埋め尽くされている。活気に満ちたパブからあふれ出た男たち。この狭い地区のパブのほとんどは、ゲイバーなのだ。通りには音楽があふれている。テクノ系ダンスミュージック、ディスコミュージックからジュディー・ガーランドまでありとあらゆる音楽が。人混みを縫って進む彼に、腕と腕をからめ合った男同士のカップルから口笛が飛ぶ。さすがクリストファー通り。

終夜営業でTシャツ、煙草、雑誌などを商う店を通り過ぎたところで男はバーにさっと入った。正面がガラス張りになったその店の名前は〈オスカーズ・ワイルズ〉。

窓越しに店内をのぞくと、客は全員男性。ほとんどが若者だ。ぴったりしたズボン、レザーのベスト、セーターといういでたちで、そろいもそろって筋骨たくましく、よく日焼けした白人。ニューヨーク在住の独身女性の知り合いがつぎつぎに頭に浮かんだ。ついついため息が出た。

クルーカットの若い男はビールを注文し、椅子に腰をおろすと入り口を見つめている。誰かを待っているみたいだ。客がドアを大きくあけた拍子に、強烈なビートのきいた大音響のディスコミュージックがわっと洩れた。マテオとわたしはいそいで脇のほうに逃げた。

「どうする？」マテオにたずねてみた。

「きみは店に入れ」

「なんですって？　どうしてわたしなの？」叫んでしまった。

「彼が待っている相手がフラステだとしたら、ぼくがいたらまずい。フラステが店に足を踏み入れた瞬間、気づかれてしまう！」

「それならわたしのことだって、フラステはわかるわよ。第一、男だらけのゲイバーにわたしなんかが入ったら、目立ってしょうがないでしょう」

「それはそうだな」マテオはわたしの肘をつかんでべつの深夜営業の店のほうにひっぱっていく。

「待って！」公衆電話の前でわたしは足を止めた。「クィン警部補に電話してみる。彼ならどうしたらいいのか、教えてくれるわ」

マテオは天を仰ぐそぶりをしたが、反対はしなかった。「すぐにもどる」といい残して店に入っていった。

分署に電話をかけてみたが、クィン警部補はつかまらない。内勤の巡査部長に名乗り、伝言を頼んだ。クリストファー通りから通りひとつ入った〈オスカーズ・ワイルズ〉という店にいるので至急、来てもらいたい、と。巡査部長は半信半疑の様子だったが書きとめてくれた。

それからクィン警部補の携帯電話にかけた。留守番電話につながったのでメッセージを残した。間に合ってくれることを祈るばかりだ。

電話を切ったちょうどそのとき、マテオが店から出てきた。『I LOVE NY』とでかでかとプリントされた大きなビニール袋を抱えている。なかには二枚のTシャツ、ニューヨーク消防局の『FDNY』のロゴつきのベースボールキャップ、フードつきスウェットシャツはネイビーブルーで胸に『YANKEES』の文字。そして水のボトルが三本。

わたしをつれて〈オスカーズ・ワイルズ〉のむかいの暗がりに入ってゆく。

「彼のこと、見える？」マテオがビニール袋をあさっている。

「まだ店にいる。ひとりで」

マテオが水のボトルをあけてTシャツに少しふりかけた。止めようかと思った矢先、彼がその濡れたシャツでわたしの顔をごしごし拭くではないか。思わず、わおっと声が出てしまった。

「じっとして。化粧を落とすためだ」

「皮膚まではがさないでよ」冷たい水が首をしたたり落ちる感触にぶるっと身ぶるいした。

「これを着て」フードつきのスウェットシャツを押しつける。頭からかぶるのを彼がじっと見ている。

「ジーンズはそのままでいいだろう」

「それはありがたいことで」皮肉を返した。スウェットシャツのしわを伸ばしていると、マテオがこんどはわたしの髪をベースボールキャップのなかにたくしこんでいく。それからキャップを軽く叩いてつばが耳に触れるあたりまで深くかぶせた。最後に、仕上がり具合を見るような目つきで全体を点検した。

「なんとか男の子に見えるな。ひとつだけ大きな問題があるけど」そこで顎をひとつ掻いた。「いや、正確にいえばふたつか」

「は？」

「胸さ。ブラジャーを取ってもらおう」

シャツの下に手を入れて〈ビクトリア・シークレット〉のアンダーワイヤー・ブラジャーのホックを外し、スウェットシャツの袖から手を抜いてブラジャーを抜き取った。

「ダメだな。まだ大きすぎる」

こちらがなにかをいうより先に、彼の手がフードつきのスウェットシャツの下に入り、シャツをつかんだ。そのまま胸の部分の布地をぎゅっとひっぱる。でっぱりが消えて平たくなった。余った布地を背中に寄せて結んだ。

「息ができない」抗議した。

「ボワラ《ほら》」マテオがわたしの肩に手をあてて反対側をむかせた。駐車している車のウィンドーに自分の姿が映っている。驚いた。ほんとうに、若い男の子そのものだ。

「鳥肌が立っちゃう」わたしはうめいた。

「行って」マテオがわたしを押し出す。「できるだけそばに寄って、様子をうかがうんだ」

できるだけ男っぽい歩き方で通りを横切った。自分ではよくわからないが、そこそこはうまくいっていたにちがいない。〈オスカーズ・ワイルズ〉に入るとき、すれちがった男に口笛を吹かれたから。あやうく微笑み返すところだった。相手がちょっとキュートなタイプだったもので。

店内に煙草の煙が充満していなかったのはありがたかった。公共の場での喫煙が禁じられるようになったおかげだ。ただ、葉っぱが焦げる臭いの代わりに、ビール、男性用コロン、レザー——大量のレザー！——の匂いでむせ返りそうだった。

どことなくチューダー様式を感じさせる内装だ。白い化粧漆喰の壁には濃い色合いの木の縁取り。壁には大きな石の暖炉があるが、炉に火の気はない。テーブルと椅子は壁を縁取る木の色にマッチした濃い色合いの木製。額に入ったリトグラフがいくつもかかっている。リトグラフは古き良き時代のジェントルマンや従者がぴたっと身体にフィットした狩猟用の服に身を包んでいる姿を描いたもの。この場所にこれほどぴったりとはまるものはないだろう。

ものおじしない態度でバーカウンターにむかって歩いていく。

「ビールを」テストステロンたっぷりの冷めた口調でオーダーし、札をカウンターにさっと置く。「釣りはいらない」

意外にもバーテンダーはまったく怪しんでいない。わたしはジョッキを持ち、泡をふっと吹いてぐびっと飲むふりをして、琥珀色の液体を透かして獲物の様子をうかがった。

とつぜん、肩にずしっと重みを感じた。毛深くて肉厚の手が置かれている。あまりの重みに、膝からくだけてしまいそうになる。

「さびしそうだな、坊や」しゃがれた声が耳をこすった。「今夜の相手がまだ決まっていないのかな?」

〝なによ、こいつ。って、あら、ロンじゃないの〟

正確にいえばロン・ガースン。近所の肉屋。彼には正体を知られたくない。ロンの店はミートパッキング・ディストリクトと呼ばれる一帯にあり、プライムリブに定評がある。いつも見る彼は血のシミがついたエプロンをつけて頭にはネットをかぶっている。今夜の彼は素肌にレザーのベスト、汗ばんだ白い肌、いかり型のタトゥー(勘弁してくれ)という大胆スタイル。もつれた胸毛がこれみよがしだ。

〝ありゃりゃ、ロンさんよ〟タッカーの声がきこえて来そうだ。〝あんた、てっきり肉屋でおとなしく肉を包んでいるだけかと思ったら!〟

「悪いな、今夜はちょっと」つっけんどんな調子でいった。無愛想な声を出すときに喉がくすぐったい。そのままロン・ガースンの肉づきのいい腕の下をくぐってその場を離れた。

バーを横切るように進み、クルーカットの強盗のそばの椅子をつかんだ。彼はちらりともこちらを見ない。ひたすら正面の入り口を見つめている。背の高い窓のむこうにマテオの姿は影も形もない。おそらくどこか近場に隠れているのだろう。そうでなければ、生かしてはおかない。

ドアがあいて、背が低くずんぐりした体型の男が入って来た。よたよたとした足取りだ。部屋のこちらから見てもすぐにわかった――。

〝モファット・フラステだ〟

ブタの目みたいに小さくて丸い目で、彼は部屋をさっと見わたした。緊張した様子。まるまるとした頬と鼻の下に汗をかいている。バーのなかを動いていた彼の視線が強盗の姿をとらえた。おたがいの視線が合い、若いほうがこくんとうなずく。

フラステの緊張はますます高まっているようだ。すぐにはクルーカットにちかづかない。まずドリンクを注文し、バーカウンターでぐずぐずしてひと口ふた口飲んでいる。クルーカットがとうとう待ち切れなくなったのか、こちらに来てくれというしぐさをした。

フラステはわたしの前を通り過ぎ、テーブルを挟んでクルーカットとむき合ってすわった。なにか話しかけているが、肝心のその話がきこえない！

彼らとわたしの距離はほんの二メートルあまりだというのに、音楽の音量が大きすぎてひとこともきき取れない。もっとそばに寄らなくては。

わたしはグラスを持って立ちあがり、苦いビールをひと口飲みながらふたりのテーブルに接近した。フラステたちは話に没頭している。ついにクルーカットがジャケットの内側に手を差し入れ、なにかをひっぱり出した。アレグロ家のレシピブックだ。

クルーカットはそれをテーブルの上に置き、フラステのほうにすっと押す。フラステはレシピブックをつかみ、ジャケットの内側にしまいこんだ。

〝銘板はどうするの？　確か銘板も盗んだわよね。あれはどこにあるの？〟

「また会ったね」耳に声が飛びこんで来た。肩にさきほどと同じずしっとした腕の重みを感じた。それから無精ヒゲが生えた顎のくすぐったい感触。ロン・ガースンは今回は自分の胸にわたしをぎゅっとひき寄せ、人形のように揺すった。

「世間は狭いねえ」しゃれたことをいっているつもりらしい。逃れようとしたが、ロンにぎゅっと抱えこまれている。彼の手があがってきた。ソーセージみたいに太い指がわたしの顎をくすぐる。

「赤ん坊の背中みたいにつるつるだ」ロンが喉を鳴らす。今度も彼の腕の下をかいくぐろうとしたが、今回は彼も油断していない。

〝光栄だわ。この十年、尼さんみたいに干からびた暮らしをして来て、ようやく押しの一手で迫ってくる男性があらわれたわけだ。なのに、その相手とはいっさいなにをすることもできない！〟

「ほら、キスをしておくれ」ロンがくちびるをピチャピチャいわせた。無精ヒゲの生えた彼の顎が首をこする感触。

その間にも、フラステがポケットから封筒を出してテーブルにのせ、クルーカットの強盗のほうに押し出している。強盗はその封筒をポケットにしまい、にやっとした。フラステが立ちあがる。ここから出ていこうというのだ。追わなくては。

「どこに行くの？」ロンの哀れっぽい声だった。「そんなにつれなくしないでよ」長い腕を伸ばしてわたしを引きもどそうとする。その拍子に彼の手がベースボールキャップのつばに当たり、キャップが脱げてしまった。ウェーブのかかった栗色の髪の毛がはらりと肩にかかった。

「え！　なんだよこれ！」ロンはわけがわからないといった表情で後ろにさがった。「ちょっと待て。おれはあんたを知っている！　あんた、〝コーヒー屋〟の女主人だろ！」

男だらけの店で、全員の視線がこちらにむいた。フラステとクルーカットの視線も。一瞬にしてわたしの正体に気づいたらしい。

〝これでもうおしまいだ！〟

フラステが悲鳴のような声をあげて、一目散に正面のドアにむかった。だがブロンドのクルーカットのほうが速かった。フラステよりも先に出口に到達し、正面のドアを力いっぱい引く。すると目の前にベージュのトレンチコートがあらわれて行く手をふさいだ。強盗の逃げ道を奪ったのは、背が高く肩幅の広い人物。

〝クィン警部補！〟

クィン警部補のすぐ後ろにはマテオがいる。拳を握りしめ、目をランランと輝かせている。殴り合いをしたくてうずうずしている様子。

強盗が警部補を押す。が、どうせ押すのならエンパイア・ステートビルを押したほうがまだましというもの。クィン警部補はそばのテーブルにクルーカットの身体を打ちつけ、ふたつに折りたたむようにして背中で両手を合わせ、手錠をかけた。流れるような一連の動作はじつに軽々としたものだった。

いっぽう、フラステはじりじりとドアにちかづいている。クィン警部補の注意がよそにむかっているすきに逃げ出すつもりだ。

「フラステを止めて！　彼、レシピブックを持っているわ」

まるまるとしたフラステの顔が青ざめた。ふたたび悲鳴をあげて、マテオに真正面からぶつかっていった。勢いで倒してやれ、と思ったらしいが、それはとんだ誤算。肉感あふれる殴打の音が響き、店の客はみな身をすくませた。フラステが大きく息を吐いて身体をふたつに折っている。マテオの右フックがフラステのでっぷりした腹に沈む。マテオはフラステを見おろし、拳をふりあげた。もう一発お見舞いしようとしている。

クィン警部補がちかづいて、わたしの元夫の腕をつかんだ。

「もういいだろう」

しばらくはおたがいに譲らず、両者の腕相撲は勝負がつきそうになかった。が、けっきょくマテオは引き下がった。クィン警部補の言葉に納得したのだ。マテオの強烈な一撃を受けたフラステは、哀れな姿で床に転がっていた。息はまだ荒い。いつの間にかジャケットからアレグロ家のレシピブックがすべり出ていた。

「強盗および盗品を受領した容疑で逮捕する」クィン警部補がいいわたした。「あなたには黙秘する権利がある。あなたがいうことはなんであれ、法廷であなたに対して不利に用いられるおそれがある……」

29

「これで謎は解けたわね」

それから十分後、〈オスカーズ・ワイルズ〉の前の歩道でわたしは胸を張ってクィン警部補にいった。

「どうやらそうらしいな」警部補がこちらを見おろしている。

すでに制服姿のニューヨーク市警の警官が汚い煉瓦造りのビルに到着していた。サイレンを鳴らしライトを点滅させてやって来た二台のパトカーに、なにごとかとおおぜいのやじ馬があつまっている。この瞬間、この地域で最大のショーのただなかに自分がいるのだと実感した。半分酔っ払っているやじ馬から、ヒューヒューとはやしたてる声とヤジが飛ぶ。

ふたりの警官がやじ馬の整理に当たり、べつのふたりがフラステとブロンドのクルーカットをパトカーの後部座席に押しこんだ。

「おうい、ミズ・コージー！」

やじ馬担当の警官が喧噪のなかから呼びかけてきた。ラングレーだった。このあいだギリシャ・コーヒーをご馳走したひょろりとしたアイルランド系の警官だ。

「あら、こんばんは！　元気？」

「それは、こちらがあなたにききたいことですよ！」色が黒くて背の低い相棒デミトリオスがこたえた。

「わたしは元気よ。大丈夫！　ふたりにはいろいろとお世話になったわ、ありがとう！」

「なあに、こんなの朝飯前ですって」ラングレーがいった。「ですよね、警部補？」

クィン警部補はにこりともしない。そういう表情をすることに少々アレルギーがあるようだ。それでも満足気な様子はじゅうぶん伝わってきた。張った顎でわたしを指すようにしてこういったから。

「彼女のお手柄だ。わたしじゃない。きみはよくやったよ、クレ……あ、だからその……ミズ・コージー」

人前でわたしのことをファーストネームで呼びそうになった、という事実がうれしかった。それを美しい友情の始まりと呼べるかどうかは微妙だが、なにかの始まりであることは確かだ。

「ないな」マテオがバーから出てきた。

「うそでしょう。信じられない。あのクルーカットは確かにビレッジブレンドの銘板を持っていたはずよ。このバーにかならずあるはず」

クィン警部補が少し待つようにいい残してパトカーのほうに行き、後部座席の窓から頭を入れた。手錠をかけられたフラステとクルーカットとしばらく話をしてから、こちらに引き返した。

「収穫はなかった。残念ながら。彼ら、弁護士待ちだ」

「え？　弁護士を？」

警部補が説明しようとしたとき、マテオが割って入った。

「彼らがいうことはなんであれ、法廷で彼らに対して不利に用いられるおそれがある。だから弁護士が来るまでは黙秘するんだ」

「その通りです、アレグロさん。さては身に覚えが？」

「プライバシーに立ち入るのはやめましょうや、クィンさん」

「おふたかた！」わたしは声をあげた。「これではらちがあかないわ。わたしはビレッジブレンドの銘板を見つけたいの。あれはお金には替えられない歴史的な価値があるアンティークなのよ。ある女性にとってあの銘板は世界そのものであり、わたしにとってその人は世界そのものなの。このままにはしておけないわ」

「彼が盗んだという確証はない、そして彼は盗んだことを明確に否定している。となると」クィン警部補だ。「ビレッジブレンドを徹底的にさがすしかないな。なくなっているという事実をはっきりさせるために。それがはっきりしない限り、われわれも本格的にはうごけない」

「わかったわ。そんなのかんたんよ。いますぐに帰ります」

「だが、あなたから事情聴取しなくてはならない。ミズ・コージー。それからミスター・アレグロ。あなたも」

「クレア」マテオだ。「きみはブレンドに帰って銘板をさがしてくれ。ぼくはこの人といっしょに行って事情聴取ってやつを始めているから」

「マテオ、べつにわたしじゃなくてもいいのよ。あなたがブレンドにもどってちょうだい。わたしは事情聴取に」

「いやだ」マテオが即座にこたえた。「だから……ええと……正面の入り口はカギをかけて来たけれど、照明はつけっぱなしだ。だからお客さんはまだ営業中だと思うかも」

「それならわたしでなくても、あなたが明かりを消せばいいでしょう」

「それに、確かアパートのドアをあけっぱなしだった。きみのジャヴァが店まで降りて来ているかもしれない。ぼくにはなついていないから、呼んでも来ないだろうし」

「あら。そう……じゃあすぐに帰ろうかしら。あなたを見たら逃げ出して隠れてしまうわね。アパートに慣れるだけでもかなりストレスみたいだから——ほかにフロアがふたつ、おまけに地下室もあると知ったらたいへん。匂いを嗅ぎまわってマーキングもしなくてはってパニックになってしまうと困るから」

「ま、マーキング？」マテオがぎょっとしている。「それってまさか——」

「ジャヴァは女の子よ。おしっこをかけたりしないわ。でも家具という家具の脚の部分を磨かずにはいられないの」

「それなら、帰ったほうがいい」マテオはそういいながら、なぜかクィン警部補を睨みつけている。

元の夫がブレンドにもどりたがらないのは、もしかしたら、わたしとクィン警部補を二十分間いっしょにいさせたくないから？　まあいい。ケ・セラ・セラ。なるようになるでしょ。

ラングレーとデミトリオスがブレンドまでパトカーで送ってくれた。手をふって彼らを見送り、自分のカギでなかに入った（合いカギは証拠としてクィン警部補が預かった）。

用心してすぐにドアにカギをかけた。そしてようやくひと息ついてほっとした。

ただ、正面の窓をひと目見て、残念ながら自分がまちがっていなかったことが判明した。店にとって唯一の看板、ビレッジブレンドの窓辺で『焙煎したてのコーヒーを毎日お出しします』と百年以上にわたってお客さんに知らせてきたあの有名な銘板は盗まれていた。

「ねえクィン警部補。またひとつ、解かなければならない謎ができたわ」わたしはつぶやいた。

クィン警部補が分署で事情聴取をしたがっているのはわかっていたので、早足で階段にむかった。アパートから出たジャヴァがあまり遠くまで行ってしまっていませんように、と願いながら。せいぜい二階に降りて、あの居心地のいいフロアのソファや椅子の匂いを徹底的に嗅いでいる程度であってほしい。

「ジャヴァ！　ジャヴァちゃん！」

呼べばいつでもすぐに来る。だから四階建てのビル全体をさがしまわるのではなく、こちらは動かずに呼ぶことにした。ふと、カウンターに置かれた空のデミタスカップに気づいた。反射的に流しに置いた。

「ジャヴァ!!」もう一度呼び、カウンターのなかに入る。エスプレッソマシンのポーターフィルターに詰めたエスプレッソの粉を捨てていなかったのを思い出した。しめった粉をカウンターの下のゴミ入れに捨てていると、男の声がした。

「こんばんは、ミズ・コージー」

心臓が止まりそうになった。コーヒーハウスはしっかり戸締まりをしている。誰もいないはずなのに。

薄いブロンド、透き通るような肌の男が貯蔵庫のあたりから出て来た。仕立てのいいオーバーコートを着ているこの男の顔には見覚えがある。しかし、すぐには誰だかわからない。彼が奥でじっと待ち伏せしていたと思っただけでパニック状態だ。灰色の影のなかからぴょんと白いウサギが出て来たみたいだ。

「あなた、いったい――」

言葉が喉でつまった。彼の手に握られているものを見てしまったから。しかも彼はそれをこちらにむけている。〝銃だ。銃よ、銃。いやだ！　助けて！　神様！〟

わたしはまだカウンターの奥にいた。下をちらっと見たが、身を守れるようなものはなにもない。ナイフもアイス・ピックもない。グラスを投げようにもそれすらない。黒いコーヒー滓をじっと見つめた。見知らぬ男の位置からは、こちらの手元までは見えていない。手でぎゅっとコーヒー滓を握る。使い道なんてわからないけれど、とにかくなんでもいいからつかめと本能が命じていた。

「カウンターから離れろ。いう通りにするんだ」

「あなた、誰？」両手を身体の脇につけてメインルームに出ていく。見知らぬ男が立っていた。

「おお、ミズ・コージー。心外だな。今夜わたしと会ったのを忘れたのか？」

彼をじっと見つめた。思わず目をぱちくりさせてしまった。相手の正体を知って、がく然とした。男のいう通り。わたしは彼を知っている。リチャード・インストラム・シニア。ウォルドルフで開催された慈善パーティーで顔を合わせている。

彼がここにいる理由を、すばやく考えた。おそらく妻からきいたのだろう。明日、彼らの息子に不利な証拠を警察に提出するとわたしが脅していることを。

だから息子を守るためにここに来たにちがいない。それならば、ぜひとも誤解を解かなければ。

「インストラムさん。よくきいて」犯行を働いた一味を今夜、捕らえたことを知らせようとした。彼の息子を犯人あつかいして責めたてたことについては謝るつもりだった。

だが、彼にさえぎられた。

「だめだ、ミズ・コージー。わたしは銃を持っている。だから、きみがわたしの話をきく側だ。いっておくが、最初の〝アクシデント〟を起こすことを選んだのはアナベルのほうだった。だから教えてやったのさ。二番目の〝アクシデント〟もあるってことを。そしてわたしは彼女を説得した。脅迫をやめるように。だが彼女はきく耳を持たなかった。そしてわたしを追いつめた。だから彼女は自業自得だ」

とつぜん、吐き気がした。インストラムはわたしがしかけたワナにはまって、のこのこやって来たわけではない。それはまちがいない。彼はいま、自分が殺人を犯したことを白状している。

「あなただったの？」弱々しい声が出た。「彼女のおなかの赤ん坊が邪魔だったの？」

「そうだ」

「でも、彼女は命を落としたのよ」

「ああ。それはついさっき知った。だから、きみにも死んでもらう。それがいやなら、息子の不利になる証拠を出すんだ」

〝死ぬわけにはいかない、クレア〟自分にいいきかせた。〝パニックになるな。落ち着け。よく考えろ！〟

「警察にあるわ！」唐突に叫んだ。「警察はいまにもここにやって来るわよ！」

「いや、彼らは来ない。はったりをいうな。わたしはリスクを背負ったビジネスをしているのだよ、ミズ・コージー。はったりなどにはだまされない。きみの魂胆などお見通しだ。ほんの数分前、きみが手をふってパトカーを見送ったのをこの目で見た」

インストラムが銃の撃鉄を引いた。小さな銃だ。けれど人を殺すにはじゅうぶんな大きさ。彼の目には感情というものがまったく感じられない。この人はこれまでも人間にむかって引き金を引いてきたのだろう。たとえそれが銃の引き金ではなくても、人間を極限まで苦しめ、破滅させる引き金はいくらでもある。

こういうタイプに出会うのは初めてではない。人間を格付したがる人たちだ。自分のビジネスの戦略に利用できる相手かどうか、冷酷に計算して人間の価値を決める、あるいは自己の欲求を満たすのに使えるかどうかで相手の価値を決める、そんな人間だ。彼らにとって人間はもはや人間ではない。単なる駒、単なる数字でしかない。マダムつまりブランシュ・ドレフュス・アレグロ・デュボワもこの手の人間を知っている。第二次世界大戦当時、彼らはナチスの鉤十字章をつけていた。

「いいのかね、ミズ・コージー。こんな形での死を望んでいるのかな?」

「やめて! お願い!」

「証拠はどこだ?」

さっと頭をめぐらせた。彼を階段のほうにおびき寄せることができたら……そしてどうにかして彼の注意をそらすことができれば……。

「カギのかかった入れ物にしまってあるわ」うそをつくしかない。「袋小路になった裏通りにある。ちょうどこの奥よ」

「取りにいこう。いっしょにな」

彼が銃で行けという動作をする。わたしを先に歩かせる。口のなかはカラカラ、足はガクガクだ。コーヒー百杯ぶんくらいのアドレナリンが全身をかけめぐっている。

「良心の痛みを感じないの?」心に訴えかけてみる。「アナベルのことはどうでもいいのかもしれないけれど、自分の孫を殺して平気なの?」

「子どもだ。孫ではない」

「なんですって？」

「良心の呵責など感じないね。ミズ・コージー、すべてアナベルが自分から誘いこんだのだ。彼女は自ら招き寄せたのだ」

「どういうこと？」

「いったんラベルを貼って売り出した後で、じつは中身はラベルとはちがうなどといわれてもね。ああそうですかと応じるわけにはいかない」

「さっぱりわからないわ」

「初めて会ったとき、彼女はヌードダンサーだった。宝石を少しばかり買ってやったりプラザホテルにいっしょに泊まったりして、いい思いをさせてやったのは事実だ。だがあくまでもわたしにとって彼女は娼婦でしかなかった。ヌードダンサーをやめても、それは変わらない。ところが彼女はパトロンを見つけた気でいた。アートの世界で成功したいなどという妄想を実現させるための金づるだよ。妊娠は彼女の浅はかな計算の結果だ。わたしは娼婦にリードされて踊るような真似はしない。娼婦なんて、こちらの都合に合わせていればいいんだ」

「でも息子さんは？　彼女、息子さんと交際していたわ。いったいどういうことなのか、わたしには」

「わたしから別れを告げられると、彼女はいやがらせのつもりで息子にいい寄った。そしてのっぴきならない関係に持ちこんだ。それもこれもわたしの金目当てだ。彼女の唯一の武器は妊娠だった。だからそれを排除したというわけだ」

「そして、彼女のこともね。彼女はケガが原因で、死んだのよ！」

「気の毒としかいいようがない。だが、いまいったように彼女は自分から誘いこんだのだ。彼女は自ら招き寄せたのだ！」

頭がクラクラする。思いが錯綜した。そして頭に浮かんだのは、エスター・ベストからきいたこと。アナベルは義理の母親と数ヵ月前からお金のことでもめていた……そして襲われた晩、彼女は出勤前に「リチャード」と話していた。

これまでずっと、リチャードはリチャード・ジュニアのことだと思いこんでいた。けれど、じつは父親のほうだった。アナベルが脅迫していた相手は、リチャード・シニアだったのだ。義理の母親が一枚かんでいたのはまちがいない。彼女のラップトップにはインストラム・システムズのウェブサイトが軒並みブックマークされていた。

「彼女はいくら要求したの？」

「百万ドル」

「まあ……」

インストラムにはその五十倍要求してもいいくらいだ。ふとアーサー・ジェイ・エドルマンのことを思い出した。

「どうして彼女にまとまった金を支払って縁を切らなかったの？　だって彼女のおなかにはあなたの子どもが」

「ビジネスの基本ルールをご存じないのかな、ミズ・コージー。サービスに見合う対価以上は、決して払ってはならない。わたしは一セントたりとも払うつもりはなかった。さて、例の証拠を取りにいこう。無断で動くな。動いたら撃つ」

「わかった。わかったから、お願い、撃たないで」

奥のドアまで来た。カギがかかっている。チェーンも。

「チェーンを外せ。ゆっくりとだ」

いわれた通りにした。

「カギをあけろ」

やはりその通りにした。

「ゆっくりドアをあけろ」

ドアをあけようとしたそのとき、ついに願いが通じた。彼の注意がそれた。

「ミヤアアアアウウウウウウ！」

ジャガーが吠えているみたいな声はジャヴァの声。「おなかすいた！」という訴えだ。

張りつめた空気を引き裂くように、甲高い声が階段の吹き抜けに響いた。

インストラムが気を取られて横をむいた瞬間、わたしはくるりと後ろをむいて握りしめていた拳をぱっとふった。コーヒーの粉が彼の顔に命中した。これでいっそう動転させることができた。

フー医師からきいたカンフーを思い出した。小柄な身体を有利に働かせるコツを彼から伝授してもらっていた。そこで、すばやくインストラムの腕の下に潜りこみ、彼の膝を思い切り蹴りあげた。

「うぉおおお！　なにをする！」

インストラムが発砲した。が、当たらなかった。

奥のドアはちょうど階段の踊り場にある。そこから地下へと続く細い階段が始まっている。蹴られたはずみで彼はバランスを崩した。膝にもう一撃くらわせると、まっさかさまに階段を落ちていった。地下室の冷たい床まで。

彼が果たしてケガを負ったのか、それがどれほどひどいのかはわからない。ともかくすぐに正面の入り口めがけて走った。裏通りよりもハドソン通りに出て助けを求めるほうが早いと判断したから。ポケットに入れたカギをさがしていると、ドアのガラス越しになじみのある顔があらわれた。

ラングレーとデミトリオスだ！

ふたりが手をふっている。後できいたところでは、分署で事情聴取をするためにクィン警部補に指示されて迎えに来たそうだ。ふたりがそこにいる理由など、その時点では考える余裕がなかった。ふたりの笑顔がそこにあることがうれしくてたまらなかった。

カギを外して大急ぎでドアをあけ、殺人のむごい真相を悲鳴まじりで話したとたん、彼らの笑顔は消えた。驚きとともに険しい表情に変わった。

ふたりは銃を抜き、すぐに奥の踊り場にむかった。

けれど、発砲の必要はなかった。手錠を取り出す必要も。

リチャード・インストラム・シニアはブレンドの階段の下でのびていた。意識はなかった。しめったコーヒーの粉と二度の絶妙な蹴りが効いた。eビジネスへの投資家として押しも押されもしない地位にいた彼は、もはや肉と骨だけの人形同然だ。

ぼろぼろでずたずたの姿だった……。

アナベルがそうだったように。

30

「クレアはあのことわざを知っているかしら」

「なんでしょう？」わたしはマダムにたずねた。

「拳を握れなくなったとき、人は自分の死期を悟る」

マダムはひらいた手のひらをわたしに見せた。そしてゆっくりと、だが確実に指を一本ずつ折ってゆき、固いげんこつにした。

「ほら見てちょうだい。なにも心配することないわ。この通り、わたしはとても元気ですよ」

一週間が経っていた。警察とメディアが押し寄せ、去っていった。ブレンドは徐々にではあるが、以前通りの日常を取りもどそうとしている。

店に顔を出してくれたマダムは、もはや喪をあらわす黒ずくめのスタイルではない。チェリーピンクのパンツスーツという装いだ。

大々的に報道されたため、マテオとわたしはついにマダムに事件の全容を打ち明けた。なぜ伏せていたのか、マダムは納得しなかった。しかたがない、マダムの病気のことを知っていると話すことにした。

フレンチプレスでいれたコナ・コーヒーのポットを持って、マダムを二階に案内した。マテオもいっしょだ。

マダムはあくまでもガンのことを隠し通すつもりらしい。なおさら不安になる。マダムはなにがどうあっても口を割らないつもりなのか。

「マダム、マテオとわたしはマダムを愛しています。それでも教えてくれないんですか？」

「教えるって、なにを知りたいの？」

「しらばっくれないでください」こうなったらいうしかない。「マダムがセントビンセンツでドクター・マクタビッシュといっしょにいるところを、わたし見たんですよ」

マダムの顔が青ざめた。

「ほうら、わかっただろ？　ぼくたちにはばれている。だからもう、隠す必要はないよ」

「ごめんなさいね。いわなくて。でも、さきゆきがわからなかったから。いまははっきりしているけれど」

「それで？」最悪の事態をきくのはこわかった。

「それで……わたしたち、おつきあいしてますよ。それは認めます」

「マダムのガン専門医と？」

「わたしの、ガン専門医ですって？　そうね、たぶん彼はわたしのものね。バレンタインデーにはそんなふうに表現するわね。といっても、まだ何ヵ月もさきだけど」

「ちょっと待った」マテオだった。「お袋はガンなのか？　ガンじゃないのか？」

「ガン？　いいえ、まさか。わたし、ぴんぴんしているわよ。お医者さんの話ではあと二十年は生きられるそうよ。たぶん、もっと長いでしょうけど。いったいどうしてわたしがガンだなんて思ったの？」

「だって、ガンの専門医に会っているじゃないですか！」

「あらあら。わたしが会っていたのは――いまも会っているけれど――ショーン・コネリー顔負けのセックスアピールの持ち主の男性よ。彼がガン専門医かどうかなんて、関係ないわ」

「で、でも、車椅子にすわっていたじゃありませんか。先週、ガン病棟で」

「まあ、そんなところを見ていたの！　きっとサイレントオークションのパンフレットを病院で配り終えた日ね。あの日はおろしたての靴を履いたものだから、足が痛くなってしまったの。だからふざけて乗ったのよ。ゲイリーに車椅子を押してもらって残りのパンフレットを配ったというわけ」

「いやだもう。わたしたち、てっきり」

「なあに? わたしがガンで死ぬとでも思ったの?」

「そう!」ふたり同時にこたえた。

マダムが笑った。「バカげていますよ」

「そうかしら」なんだか腹立たしくなってきた。「ではいったいなぜ、わたしたちにあんな契約を持ちかけたんですか。しかもふたりを同棲させる魂胆だなんて、ひとこともいわずに」

「あら、いけない?」

「話をややこしくしないでください。それにガンで命が危ないというのが誤解だとわかった以上、はっきりいわせてもらいますけど」

マダムが腕時計を見た。

「マテオとわたしは住まいをシェアすることはできません。そんなのクレイジーだわ」

「あらあら、すっかり忘れていた!」マダムが立ちあがった。「遅刻してしまうわ! ゲイリーが迎えに来てくれることになっているの。早めのディナーを取ってオールビーの新しい芝居を見にいくのよ。続きはまた今度ね!」

勝手にそう決めてマダムはさっさと出ていった。後にマテオとわたしを残して。ふたりで「うまく解決して」といい残して。

〝そうします。これまで通り〟

い。

わたしたちはまだ解決の道をさぐっている。いまのところはそうとでもいうしかな

フラステとクルーカット（未解決事件の犯人として逮捕状が出ているビリー・シファーという人物だった）に関しての続報はつぎの通り。

フラステはエドゥアルド・ルブローに雇われてブレンドを潰そうとしたことを認めた。計画が破綻するとルブローは手を引いた。わたしたちが睨んだ通り、フラステは自分だけでケチな泥棒の計画をあたためたのだ。ルブローにアレグロ家秘伝のレシピブックを売りつけてひと儲けしてやれという腹だった。

ルブローの関与は法に引っかからないように巧妙に仕組まれていたので、罵詈雑言を浴びせ――マテオが見事にやってのけた――彼の事業家としての信用を失墜させ、社会的に孤立させることくらいしかできなかった。後半部分はマダムが容赦なく遂行した。

フラステとシファーだが、ふたりはいま刑務所のくさいコーヒーを飲んでいる。彼らが受けた判決以前に、それでじゅうぶん懲罰になっているはずだ。

そしてビレッジブレンドの銘板はどうなったのか？

じつは、長年の友人である肉屋、ロン・ガースンが強盗事件の翌日、銘板を持って店を訪れたのだ。

「ロン！」肉づきのいい腕に銘板を抱えた彼を見て、わたしは声をあげた。「どこでそれを見つけたの？」

「あそこだよ……わかるだろ……〈オスカーズ・ワイルズ〉だ」

「どこにあったの？　マテオはバーを〝隅から隅まで〟さがしたといっていたのよ」

ロンが恥ずかしそうな表情になった。「男性用のトイレにあったんだ」

元夫が店内をくまなくさがしまわったものの、男性用トイレのドアの前で立ちすくんでいるところを想像した。マテオ・アレグロは世界のどこへでも臆せずに出かけていく。中央アメリカでもアフリカでもアジアでも。けれどクリストファー通りの男性用トイレだけには入れない。なんたる臆病者。

「おそらく、わたしが通りの陰でベースボールキャップに髪をたくしこんでいるころ、シファーはこれを隠したんでしょうね」わたしはロンにいった。

「あんた、なかなかかわいかった」彼が頭の後ろを掻いている。「男の子としては、ってことだ」

「あら、ありがとう。っていっていいのよね」

彼にいってあげたかった。あなたもすごくステキだったわよ、と。レザーのベストももじゃもじゃの胸毛もいかり型のタトゥーも。でもここは早々に話題を転換するのがよかろうと判断した。しょせんこの世は怪しい世界。誰もがその住人。やはりエドゥアルド・ルブローの言葉には真実があったのかもしれない。時には見てくれにだまされてみようか。

「また会おうな、コーヒーレディさんよ」

「一杯いかが？」勧めてみた。「店のおごりで」

「おお、いただこうか。ありがとう」

「ラテ？」

「そんなのはダメだ！　ラテなんて女々しい男の飲み物だ。ドッ、、、ドッピオ・エスプレッソをもらおう！」

「ダブル・エスプレッソ一杯！」オーダーを入れながら、ロン・ガースンとクィン警部補がコーヒーの好みについて語り合う機会が〝永遠に〟来ないことを願った。

クィン警部補はいまでは常連だ。あいかわらずダブル・トールラテがお気に入り。彼と顔を合わすたびに、犯罪捜査に協力させてくれとせがんでいる。けれど危うく撃たれそうになった一件があるので、これからはコーヒーに専念して殺人事件はプロに任せろとたしなめられる。

さて、話を今回の事件にもどそう。

ブレンドの階段から転落したリチャード・インストラム・シニアは、アナベル・ハートとはちがって一命を取りとめた。数週間入院したが、地方検察局はそれには構わず、彼を起訴した。罪状は殺人、殺人未遂、加重暴行罪、その他不法侵入などをふくむ軽微な犯罪（インストラムはアナベルを襲った晩、バレリーナの飾りのついた彼女のキーホルダーから正面のドアのカギを盗っていた。事件の翌日クィン警部補とわたしがアナベルのバッグのなかのキーホルダーを見つけたとき、誰かが触れた形跡はなさそうだった。だからブレンドのカギを一つひとつチェックするという作業をしていなかった）。「マンハッタンの地方検事はインストラムの上にどさどさ積み重ねている」彼に科せられたたくさんの罪状をクィン警部補はこんなふうに表現した。

インストラムが雇った弁護士たちは被害者の写真——若く美しく、才能にあふれ、妊娠し、そして息絶えたアナベル・ハート——と、自分たちのクライアント——ＩＰＯで投資家を釣って金を吐き出させ、まんまと私腹を肥やした事業家——を見比べ、司法取引に応じるようリチャード・インストラムに勧めた。

わたしの証言とアナベルのお腹の胎児のＤＮＡ検査の結果がそろえば、陪審員の前で彼の勝ち目はない。彼が賢明な判断を下して司法取引に応じたのはいうまでもない。判決はまだ出ていないが、クィン警部補の話ではおそらく十二年の懲役をいいわたされることになるだろう。暴行、刑法上での過失致死、殺人未遂の罪で。だが彼が償うべき罪はそれだけではないはず……。

ミセス・ダーラ・ブランチ・ハートは望むものを手に入れた。ミセス・インストラムとは対照的だ。アナベルの義理の母親はリチャード・インストラム・シニアを相手取って不法死亡訴訟を起こし、一千万ドルを要求したのだ。このニュースはあの《ニューヨークタイムズ》に何ページにもわたって掲載された。インストラム一家が住むアッパーイーストサイドのニューヨーカーたちは《タイムズ》に載ることをうれしがるが、ことこの件に関しては、注目を浴びることを嫌がった。報道されたくないものを報道されて、さぞやむかついたことだろう。

ビレッジブレンドのことも新聞各紙でふれられている。《ニューヨークポスト》には、ブレンドのコーヒーは『死をもいとわない味』という見出しが躍った。

「なんだかおおげさですね」わたしは記者にいった。「でもコーヒーの粉には、あらゆることが秘められているんです」

確かに、わたしはカップに残ったコーヒーの粉を読む術を身につけている。しかしすべてを見通すことはできなかった。思えばアナベルは、自分はゴミの扱いに関しては経験豊富だと話していた。ヌードダンサーをしていた経験から出た言葉だったにちがいない。が、それはあくまでもひと目でゴミとわかる場合。そうでないゴミとなると、彼女にはお手上げだった。

そう、人はパッケージに惑わされやすい。アナベルは一オンスにつき五百ドルもする化粧品で悪臭を隠しているゴミがあることを知らなかった。それが彼女には致命的だった。ゴミの扱いなんてかんたん、自分は匂いに染まることなくもてあそんでやる――相手がいい匂いのゴミでも悪臭を放つゴミでも――などという考えは、残念ながら甘い。アナベルには栄光へと続く道を歩いていてほしかった。彼女は熱心に働いてくれた。すばらしい素質も持っていた。あと少しで夢がかなうところだった。だが栄光へと続く道を踏みはずさないように歩くのは、おそらくむずかしいことなのだろう。どんなにまっすぐに生きている人であっても。転落する恐怖と闘うだけで、疲れ果ててしまうのかもしれない。

一連の出来事から間もないある朝、開店を待ちかまえるようにフー医師が入って来た。いつものように軽いおしゃべりをしたが、どうもいつもの元気が出ない。それに気づいたフー医師にたずねられるまま、アナベルについて知る限りのことをすべて話した。つまり、彼女が転落したいきさつについて――彼女の死については、あらためて話すまでもない。

お気の毒です、フー医師はそういうと、こんな話をしてくれた。どれほど懸命に努力しても、大切な相手を救えないときがある。それをどのように受けとめていくのか、自分はいまも学んでいるところなのだ、と。セントビンセンツ・ホスピタルの集中治療室で研修医として勤務する彼は、そういう経験に幾度となく直面し、乗り越えて来たのだった。

「どうやって乗り越えるんですか？」わたしはたずねた。

「わかりません。おそらく、悲しむ方法を見つけて、悲しみが消えるに任せるのでしょう。仏教では『本はいつか閉じなくてはならない』という言葉があるそうです」

「わかるような気がするわ。つまり、人生は続いてゆく。そしてあなたを必要としている人がまだまだいる、ということね」

「あなたの人生も同じです。あなたを必要としている人たちがいます」

わたしはアナベル・ハートのことを悲しみ、いまでも彼女のために祈っている。けれどそろそろ彼女の本を閉じるときが来た。そのことを受け入れようと思う。

わたしのなかで彼女はいつまでも若くしなやかで美しい。悲しいことに彼女は道をまちがえ、破滅に追いこまれ、命を落とした。殺人事件が解決したことで、彼女に少しでも安らぎが訪れていますようにと願うばかりだ。

いま、彼女は果てしなく続く音楽とどこまでも続く平らで滑らかな舞台とともにあると信じたい。

【作り方】

1. オーブンを 180 度で余熱する。
2. クリームチーズは室温で柔らかくしておく
3. クルミ、グラニュー糖大さじ２杯、溶かしバターをボールに入れてよく混ぜる。混ぜたものを９インチのケーキ型に入れて底に平らになるよう押しつける。しばらく置き、なじませる。
4. フードプロセッサーにクリームチーズと残りのグラニュー糖を入れ、ふわふわと軽くなるまでじゅうぶんに混ぜる。
5. **4** に中力粉と卵を加えて、さらによく混ぜる。
6. **5** にサワークリームとシナモンを加えてよく混ぜる。
7. エスプレッソにインスタントコーヒーを溶かし、**6**に加えて、さっと混ぜ合わせる。
8. **3**に **7** を流しこみ、オーブンで約1時間焼く（オーブンの種類に応じてさらに 10 ～ 15 分焼く)。そっと揺すってみて、生地が揺れずに硬く焼けていて、表面に薄い焼き色がついていれば焼き上がり。オーブンから取り出し、完全に冷ましたらトッピングにかかる。
9. Ａの材料をすべてあわせて熱し、溶けるまでよく混ぜる。
10. **8** のケーキに **9** をふりかける。
11. よく冷やして、召し上がれ。

Cheese Cake

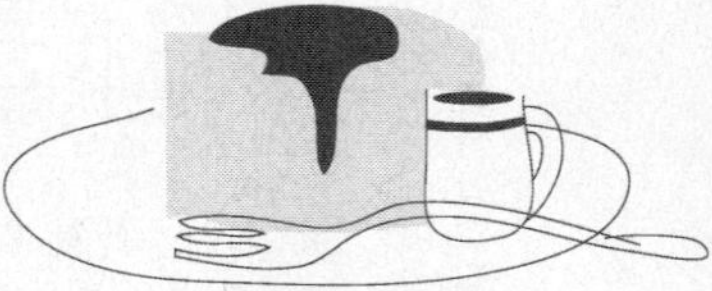

Coffee Syrup

クレアのカプチーノ・クルミ入りチーズケーキ

【用意するもの】
細かく砕いたクルミ……… 1カップ
グラニュー糖…………… 1カップ
溶かしバター…………… 大さじ3杯
クリームチーズ………… 900g
中力粉……………………大さじ2杯
卵……………………… 4個
サワークリーム………… 1/4カップ
シナモン………………… 小さじ1/4杯
濃く抽出したエスプレッソ（豆の種類はお好みで）… 1/2カップ
インスタントコーヒー…… 小さじ1杯

A
セミスイートのチョコレートチップ…1カップ
ヘビークリーム（乳脂肪分36%以上のもの）… 1/2カップ
エスプレッソ…………… 1/4カップ
ココアパウダー………… 大さじ1杯
シナモン………………… 大さじ1杯
砂糖…………………… お好みで

訳者あとがき

ニューヨークはグリニッチビレッジ。歴史が刻まれた町並みの一角にある一軒のコーヒーハウス。いれたてのコーヒーの香りを曲がりくねった通り沿いに漂わせて百年以上になる老舗〈ビレッジブレンド〉を舞台としたコージーミステリをお届けします。

赤煉瓦造りの四階建てのタウンハウスの一階と二階を占めるビレッジブレンドはいつもなら朝の六時には開店して常連さんを迎え入れます。ところが、その日の朝はいつもとはちがっていた。店から通りにコーヒーの香りが流れてくることもなく、店内には人っ子一人いない。

これはどうしたことか。

ビレッジブレンドのマネジャー、クレアは出勤するなり店の異変に気づき、ただならぬことが起きたと直感します。そしてアシスタント・マネジャーのアナベルが階段下で転倒しているのを発見。クレアは事件性を疑いますが、警察はどうも腰が重い。ならば自分がとクレア自ら捜査に乗り出します。ただし、最高のエスプレッソをいれる腕は確かでも捜査にはおよそ素人。おまけにまったなしで進行するコーヒーハウスの切り盛りとプライベートのあれこれもこなさなくてはならず、新人探偵は体当たり、単刀直入、思いついたら即実行、という潔さで大胆に真相に迫ってゆきます。

由緒あるビレッジブレンドの有能なマネジャーでありシングルマザー。そんなクレアと絶妙なチームプレーを発揮する元夫、さらに六分署の捜査官、圧倒的な存在感を放つビレッジブレンドのオーナー「マダム」ら人生経験豊富な登場人物がもらすひとことひとことにも、なかなか味わい深いものがあります。

それにしても本書に登場する数々のコーヒーのおいしそうなこと。

読んでいくうちにコーヒー、とりわけエスプレッソに対する印象ががらっと変ってしまうかもしれません。最近では身近なものとなってきたエスプレッソですが、理想的な一杯をいれるためにどれほど細やかな注意が必要なことか。いやはやなんとも奥が深い。ラテ、モカチーノ、カフェ・カラメル、ラズベリー・モカ、アメリカーノ、カプチーノ、カフェ・モカ、バニラ・ラテなどおいしそうなアレンジコーヒーが出来上がっていく様子は、まさにそこから街の活力が生まれているといった感があります。

一杯のコーヒーは何を秘め、コーヒーの粉は何を物語るのか、ぜひゆっくりと味わっ